KB020465

DREAMBOOKS

DREAMBOOKS★

DREAMBOOKS

사 도 연 판 타 지 장 편 소 설

ORIGINAL FANTASY STORY & ADVENTURE

★
dream
books
드림북스

두 번 사는 랭커 28 탈각(脫殼)

초판 1쇄 인쇄 2020년 8월 7일
초판 1쇄 발행 2020년 8월 24일

지은이 사도연
발행인 오영배
편집 편집부
일러스트 우문
표지·본문 디자인 오정인
제작 조하늬

펴낸 곳 (주)삼양출판사 · 드림북스
주소 서울시 강북구 도봉로 173
대표 전화 02-980-2112 **팩스** 02-983-0660
편집부 전화 02-987-9393 **팩스** 02-980-2115
블로그 blog.naver.com/dreambookss
출판등록 1999년 3월 11일 제9-00046호

ISBN 979-11-283-9913-8 (04810) / 979-11-283-9659-5 (세트)

드림북스는 (주)삼양출판사의 판타지 · 무협 문학 브랜드입니다.

사도연 판타지 장편소설
ORIGINAL FANTASY STORY & ADVENTURE
28
두 번 사는 랭커
| 탈각(脫殼) |
dream books
드림북스

목차

Stage 82.
탈각(脫殼)

쿠릉, 쿠르르—

콰르르릉!

올포원과 신들의 대립이 극한에 달하면서 77층이 한창 요동치던 그때.

츠츠츠—

통칭 하계라 불리는 아래쪽 층계에도 이상 현상이 빚어지고 있었다.

"저, 저게 뭐지?"

"아악! 이게 뭐야!"

"그림자가 전부 위쪽으로 빨려 들어가고 있어……!"

77층까지 오를 엄두를 내지 못한 대다수의 플레이어들에게 있어 올포원 레이드는 새로운 시대 변화에 대한 신호탄이긴 하였으나, 사실 별다른 영향은 크게 끼치지 못하고 있었다.

올포원 레이드가 성공하든 실패하든 간에, 탑 내 질서가 크게 바뀌리란 건 다들 알고 있었다.

그에 따라 랭커들이야 줄을 어디로 서야 할지 머릿속으로 주판을 두들기느라 정신이 없을지도 몰랐지만.

절대다수를 이루는 나머지는 그저 '상위권이 크게 바뀌겠구나' 하는 인식밖에 없었다.

어차피 그들에게 있어 77층은 천계만큼이나 멀리 존재하는 세계였고, 상위권이 바뀐다고 한들 결국 그뿐이라고 여겼던 것이다.

그도 그럴 것이, 아르티야가 기존 8대 클랜을 모조리 부수고 단독 체재를 성립할 때도, 결국 대다수의 플레이어들에게는 자잘한 불편 외에는 큰 변화가 없었기 때문이었다.

어차피 탑의 세계에서 분쟁이란 항시 있는 일이었고, 거기서 파생되는 일들에 일일이 신경 쓰기에는 각자가 해야할 일이 너무 많았다.

하지만.

지금만큼은 달랐다.

1층부터 76층에 이르기까지. 층계 공략에 집중하고 있던 공략자들, 자기 단련에 집중하던 구도자들, 모시는 신이 별도로 내린 계시를 수행 중이던 성직자들, 새로운 아르티야를 꿈꾸며 야망을 태우던 군주들, 어느 누구 할 것 없이 저마다 하던 일들을 모두 멈추고 기겁하고 말았다.

그들이 딛고 있던 땅을 따라 잔뜩 드리웠던 그림자가 본체로부터 뜯기기 시작했던 것이다.

그것은 보는 이들로 하여금 강한 충격을 주는 광경이었다.

제아무리 이적을 남발하는 마법과 주술을 옆에다 두고 산다지만, 그래도 그림자가 항상 주인을 따라다닌다는 '상식'은 깨지지 않는 법이었다.

하지만 그런 그림자들이 일제히 본체로부터 분리되려 하고 있으니……!

특히 그림자들은 살아 있는 생명체라도 되는 것처럼, 저마다 본체로부터 떨어지지 않으려고 발버둥을 치거나, 손으로 머리를 쥐어 싸면서 고통을 호소하는 등 기괴한 모습을 보였다.

하지만 그들에게만 적용되던 막대한 인력을 거스르지 못했다. 뜯긴 그림자들은 공간을 타고 맹렬한 속도로 하늘로 날아 올라갔다. 아니, 정확하게는 '빨려' 들어갔다.

플레이어들의 그림자는 물론, 스테이지를 이루고 있던 구성 요소들의 그림자도 전부 그 속에 섞여 있었다. 높다랗게 선 절벽의 그림자, 거목의 그림자, 바위, 풀, 벌레, 심지어 자잘한 모래 알갱이의 그림자까지, 빠짐없이 전부 하늘 쪽으로 단단히 뭉쳤다.

그야말로 경악이 나올 수밖에 없는 기현상.

"……"

"……"

"……"

모두가 하던 것을 멈추고, 멍하니 하늘을 바라봤다. 언제부턴가 더 이상 비명을 지르거나, 경악을 내지르지도 않았다. 입을 쩍 벌린 채, 그저 흔들리는 눈빛을 하고 있는 것이 전부였다.

그들이 알고 있던 상식을 위배할 뿐만 아니라, 나아가 세상의 법칙을 연구하고 조율하던 마법사와 사도들에게 있어서는 그것을 역으로 거스르는 광경이었기 때문에.

모두가 심장 한편이 간질간질해지는 이상한 기분을 맛봐야만 했다.

그러다.

츠, 츠츠츠—

각 하늘에 구체 모양으로 단단히 맺혔던 그림자 집합체

가 점차 하늘을 따라 퍼져 나갔다. 빛으로부터 스테이지를 차단했다. 낮이었던 곳은 칠흑색으로 물들고, 밤이었던 곳은 달무리와 별빛이 전부 잠겼다.

그리고. 해와 달이 각자 보이지 않는 짐승에 게걸스럽게 뜯어 먹히듯 조금씩 사라지다, 완전히 어둠에 가려졌다.

식(蝕)이 찾아온 것이다.

그 순간, 플레이어들은 기이한 감정이 어느새 가슴팍을 지나 등골에까지 번지고 있는 것을 느끼고 말았다. 느닷없는 오한에 오소소 소름이 돋았다. 그리고 그것이 숙였던 대가리를 치켜들었을 때, 모두는 소리 없는 비명을 질러야만 했다.

빛 한 점 들지 않는 스테이지.

그림자, 아니, 칠흑으로 잠식된 스테이지는 모든 생명체라면 응당 가질 수밖에 없는 원초적인 공포를 자극하고 말았다.

1층부터 76층에 이르기까지. 하계의 모든 부분이 어둠에 잠식되고 만 것이다.

그리고.

[칠흑왕이 스테이지를 굽어다 봅니다.]

모든 플레이어들의 머리 위로.

알 수 없는 내용을 담은 메시지가 공통적으로 떠올랐다.

* * *

[흩어졌던 어뷰저, ###의 정신과 육체가 재구성
됩니다!]

연우가 다시 눈을 떴을 때.

"왔나!"

"허허! 드디어 왔군! 생각보다 너무 늦어져서 어쩌나 싶
었는데."

"다행이야. 그렇지 않아도 지금 바깥이 너무 소란스러워
서."

명장들이 안도에 찬 한숨을 내면서 연우 주변으로 모여
들었다. 예상보다 연우의 복귀가 늦어지자 노심초사하다가
이제야 안도에 찬 한숨을 내쉰 것이다.

"고얀 놈."

유달리 헤노바만이 탐탁지 않다는 표정으로 곰방대를 삐
끔거리며 노려볼 뿐.

"죄송합니다."

연우는 별다른 변명을 하지 않고 고개를 숙였다. 크로노스의 신화에서 생각지도 못한 여러 일들을 겪어야 했다지만, 어쨌거나 늦은 건 사실이었으니까.

한시가 급한 이때, 예정 시간이 조금이라도 늦어지면 모든 게 엉망이 될 수 있었다.

그래도 다행인 건, 양치기 소년이 된 자신과는 다르게, 다른 명장들은 이미 제 할 일들을 모두 끝내 놓은 상태였던 점이었다.

곳곳에서 강력한 기질을 담은 아티팩트들이 감지되고 있었다. 세상에 내놓는다면 하나같이 경탄을 부를 만한 신품(神品)들. 신물로 지정될 것은 물론, 시스템도 S급이나 EX급 등으로 판정 내릴 물건들이었다.

하지만 이것들은 전부 일개 '부품'일 뿐.

연우가 찾는 건 이것들이 아니었다.

"그보다……."

"위쪽을 봐라."

헤노바는 연우가 무슨 말을 하려는지 알고 있다는 듯, 곰방대의 담뱃잎을 털어 내면서 뚱한 목소리로 말했다.

연우의 시선이 저절로 위쪽으로 향했다.

그곳에.

휘휘휘!

부서진 검의 조각들이 소용돌이를 그리고 있었다.

연우는 단박에 그게 무엇인지 알아차릴 수 있었다.

[조각 난 크로노스의 신화들이 당신에게 자신들
을 봐 줄 것을 요청합니다!]

부서진 비그리드의 조각들. 크로노스의 신화가 한 차례
붕괴하면서 비그리드도 똑같이 해체된 게 분명했다. 하지
만 비그리드는 '죽은' 게 분명한데도, 여전히 막대한 신력
을 자랑하고 있었다.

아니, 이전과는 전혀 다르다고 할 수 있을 정도로 성질이
확연히 달라져 있었다.

분명 기질은 똑같았다. 하지만 이전에는 난폭하거나 날
카로운 느낌을 주는 등 어디로 튈지 모르는 성향을 폈다면,
지금은 한껏 정제되어 도도하고 힘차게 흐르는 큰 강을 보
는 듯했다.

크로노스의 신화가 재정립되고, 시간과 죽음의 태엽이
모두 복구되면서 신력도 온전히 제 형상을 갖추게 된 것이
다.

연우는 자연스레 그쪽으로 손을 뻗었다. 그리고 보이지
않는 연결고리를 따라, 감응(感應)을 시도하면서 언령(言靈)

을 부여했다.

"갖춰져라."

크로노스가 자기 소생의 신화를 완성하고도 아직까지 비그리드가 복구되지 않았던 것은 마지막 한 조각이 부족해서였으니. 그 조각은 재정립된 크로노스라는 개념을 표현해 줄 만한 새 정의(定義)였고, 연우는 여기다 언령을 이용해 이름을 부여하는 것으로 새 정의를 규정시키고자 했다.

　

[의미가 부여되었습니다.]

[정의가 규정되었습니다.]

[비그리드가 숨겨진 진명을 드러냅니다!]

　

화아아!

비그리드의 조각들이 재빠르게 합쳐지기 시작했다.

찰칵, 찰칵—

조각들은 별다른 혼란 없이 제자리를 찾아가기 시작했다. 다만, 이전과는 순서가 전혀 달랐다. 완성된 형태도 달랐다.

　

[진명, '하르페'가 모습을 드러냅니다!]

어떤 것은 대낮의 형태인 하르페가 되었고.

[진명, '게 불그'가 모습을 드러냅니다!]
[진명, '듀렌달'이 모습을 드러냅니다!]
……

창의 형태인 게 불그가 되기도 했으며, 어떤 것은 장검인 듀렌달이, 칼리번이, 발뭉이, 미스틸테인이 되었다.

수도 없이 만들어진 많은 검들이 연우를 주변으로 뱅그르르 돌면서 춤을 춰 댔다.

[하르페의 신화, '페르세우스'가 당신을 바라봅니다.]
[게 불그의 신화, '쿠 흘린'이 당신을 바라봅니다.]
[듀렌달의 신화, '롤랑'이 당신을 바라봅니다.]
……

[조각 난 크로노스의 신화들이 일제히 당신을 응시합니다!]

그것들 하나하나가 전부 비그리드가 품고 있던 진명의 본체였으며, 크로노스가 지구에서 전생을 거듭 겪으면서 쌓은 업의 조각들이었다.

그것들이 전부 온전한 자아를 갖추었다. 비록 형상은 검이었지만, 그 위로 크로노스가 전생(前生)들에서 취했던 모습들이 일제히 환영처럼 나타났다. 그들은 똑같이 자신의 막내아들이자, 유일한 후계자를 바라보았다.

그리고.

입을 모아 속삭였다.

어서 자신들이 쌓은 업을 계승하라고.

진정한 신왕으로 굴기하라며.

그리하여 그 영광을 세계만방에 떨치라고!

"여기 있다."

여기에 상황을 가만히 지켜보던 헤노바가 다가와 무언가를 내밀었다.

옥쇄원동파생기. 연우는 그것을 받으면서 품속에 있던 칠흑옥을 꺼내 그 속에다 끼웠다. 딸칵. 원래 하나였던 것처럼 그런 소리가 났다.

"합쳐져라."

지이이잉!

[옥쇄 현상이 발현됩니다!]
[칠흑옥이 신력을 방출하여 조각난 크로노스의
신화들과 연결되었습니다!]

[결합이 시작됩니다!]

수많은 검들이 다시 조각나 흩어지더니 칠흑옥을 중심으로 합쳐졌다. 마치 제자리를 찾아가듯이 너무나 자연스러운 움직임이라, 혼란 따윈 전혀 없었다. 그리고 그 속에는 명장들이 만든 신품들도 섞여 있었으니. 독립성을 갖춘 각각의 신화들이 서로 충돌하지 않도록, 유기적인 형상을 갖출 수 있도록 보조하는 역할을 맡았다.

그리하여.

조각과 부품들은 한데 맞물리면서 성역을 뒤덮을 정도로 거대한 검의 형상을 갖추었고.

[진명, '스퀴테'가 모습을 드러냅니다!]

[비그리드가 새롭게 완성되었습니다.]
[보유된 업이 강화되었습니다.]
[보유된 업이 강화되었습니다.]

……

　[모든 업이 하나로 합쳐지면서 거대 신화를 구성합니다.]

　['비그리드'의 이름이 '스퀴테'로 영구 변경되었습니다.]

　[스퀴테의 신화, '크로노스'가 당신을 응시합니다.]

　['크로노스'가 자신의 이름을 불러 주기를 간절히 갈망합니다.]

　"이곳으로, 오라."

　마지막 언령과 함께 그것은 곧 기다렸다는 듯이 손잡이를 이쪽으로 향하면서 연우의 손으로 빠르게 빨려 들어갔다. 연우가 사용하기엔 너무나 큰 크기였지만, 어느새 손아귀에 잡혔을 때는 작은 크기로 작아져 있었다.

　합일(合一)!

　화아악!

　크로노스가 전성기 시절에 자랑하던 힘이 연우의 체내

곳곳으로 쏟아졌다. 인지 영역이 확장되고, 세계관이 강화되었다. 연우는 자신이되, 자신이 아닌 새로운 힘을 한껏 만끽하고 있었다.

　[시간의 태엽이 당신을 시계추로 지정하였습니다!]
　[시침이 돌아갑니다.]
　[분침이 돌아갑니다.]
　[초침이 돌아갑니다.]
　……
　[죽음의 태엽이 함께 작동하며 신위를 보강합니다!]

　[신왕(神王)의 격(格)을 온전히 갖춥니다!]

시간의 태엽과 죽음의 태엽이 서로 맞물리면서 작동을 완성하였을 때.
크로노스는 온전히 눈을 뜰 수 있었다.
번쩍!
연우의 눈가 위로, 합일이 완료되었다는 것을 증명하는 칠흑색 안광이 치솟았다.

『아들아.』

연우의 머릿속에 울리는 크로노스의 목소리에는 강한 울림이 담겨 있었다. 마치 수백 명에 달하는 크로노스의 여러 자아들이 동시에 말하는 것 같았다.

"네."

『네놈이 내 신화 속에서 친 깽판에 대해서는 이따 이야기하자꾸나.』

크로노스는 조급함을 느꼈다. 이 영역 너머, 77층에서 탈각을 강제로 시도하는 차정우의 신력을 감지했던 것이다. 어떻게 올포원을 홀로 감당하겠다는 건지. 부활을 이뤘어도, 그것을 즐길 새도 없이 그는 여전히 아들에 대한 걱정으로 가득 차 있었다.

『일단은 네 동생부터 구하러 가자.』

연우는 별다른 대답 없이 손에 쥔 비그리드, 아니, 스퀴테를 휘둘러 77층으로 향하는 공허를 활짝 열어젖혔다.

*   *   *

"재미없군."

비마질다라는 천천히 길을 거닐며 혼잣말로 작게 중얼거렸다.

그가 지난 자리. 수많은 신들이 줄줄이 추락하여 탄내와 피비린내가 짙게 났지만, 그는 전혀 아랑곳하지 않고 있었다. 모두가 그의 시야에 들지 않으려 꼭꼭 숨고 있었다.

"이 몸을."

그것이.

"이 몸을 달아오르게 해 줄 만한 이는 어디에 있단 말인가?"

비마질다라를 더더욱 안달 나게 만들었다.

탑에 갇힌 이래, 얼마나 되었는지 짐작도 가지 않을 만큼 까마득한 세월 동안.

그는 스스로가 아수라왕이었단 사실도 잊은 채, 줄곧 자기 수행만 거듭해 왔다.

언젠가 이 탑의 제약에서 벗어나, 천마에게 다시 도전장을 던지기 위해서.

사실 탑에 갇힌 것을 저주라고 여기며 천마에게 원한을 불태우던 다른 신이나 악마들과 다르게, 비마질다라는 그것에 대해 크게 개의치 않고 있었다.

아니, 오히려 그는 탑에 갇힌 것을 내심 좋아했다.

폐관 수련과 다를 바가 없으니까. 이곳만큼 외부의 방해 없이 단련할 수 있는 곳이 또 어디에 있단 말인가. 거기다 고개만 돌려도 제법이라 할 만한 존재들이 적잖게 있으니

심심할 이유가 전혀 없었다. 물론, 강제로 대련 상대로 지목된 이들의 생각은 다를지 모르지만, 그것이야 자신이 알게 뭔가.

그는 오로지 싸움을 위해 살아온 존재였으며, 거기서 희열을 느끼고, 삶의 목적과 방향성을 찾는 존재였다. 그리고 고된 고행(苦行) 끝에 쟁취하는 승리를 가장 가치 있는 것으로 여기곤 했다.

그래서 언젠가 천마를 꺾고 말겠다는 다짐은 그를 계속해서 쉬지 않고 움직이게 만드는 원동력이 되어 주었다.

하지만 언제부터였을까? 그런 원동력이 점차 힘을 잃고 가라앉기 시작했다.

언젠가 자신 앞에 나타날 줄 알았던 천마는 '잠에 들었다'는 말과 함께 일절 천계에 그 모습을 내비칠 생각을 하지 않았고.

그가 마음껏 뛰어다닐 무대라고 생각했던 천계는 언제부턴가 말라흐와 르 인페르날의 협정으로 분쟁이 뚝 그치고 말았다.

그 혼자서 아무리 날뛴들 여러 신과 악마들에게 두려움은 줄 수 있을지언정, 전쟁은 더 이상 일어나지 않았다.

그것이 비마질다라의 울분을 터지게 만들었다.

신과 악마는 절대 양립할 수 없을 물과 기름 같은 관계이고, 천계는 그들만 한 존재들이 갇혀 있기에 너무나 좁다. 누군가의 억압에 억눌려 있다는 것도 그리 좋은 모양새가 아니니 비마질다라로서는 서로 박 터지게 싸우길 바랐지만, 이들은 그런 자긍심 따윈 내다 버린 채 어느새 천계 생활에 익숙해지고 있었다. 그저 되도 않는 자존심만 남아 피조물들 앞에서 으쓱댈 뿐.

비마질다라의 눈에는 이 모든 게 같잖게만 보일 뿐이었다.

닭장 속에 갇혀 알이나 까는 닭.

좁은 우리에 갇혀 언제 처분될지 모르는 신세로 있는 돼지와 소.

가축.

딱 그 꼴밖에 되지 않는 것이다.

그래도 혹시나 하는 마음에, 불이라도 지펴 볼 수 있을까 싶어 어느 신의 사회로 홀로 쳐들어가 본 적도 있었으나, 저항할 생각도 제대로 하지 못하는 그네들의 한심한 꼴을 보고 결국 칼끝을 내려야만 했다.

도저히 상대할 가치도 없었으며, 그런 놈들에게 칼을 휘둘러서야 자신이 쌓은 무(武)에 대한 치욕이나 다름없었기 때문이었다.

그래서 비마질다라는 그 뒤로 칼을 꺾었다.

못난 가축들이나 모여 있는 우리에서 칼을 들어 봤자, 결국 무의미한 헛손질에 불과할 뿐이니. 그딴 헛짓거리를 할 바엔 애당초 들지 않는 게 도리라고 여겼기 때문이었다.

그래서 비마질다라는 아예 천계에서는 등을 돌린 채, 그쪽으로는 전혀 신경도 쓰지 않았다.

뜻하지 않은 은퇴. 그 후로 흐른 세월은 신과 악마들로부터 비마질다라의 이름이 주던 무게도 조금씩 희미해지게 만들었다.

그러던 어느 날.

정말 우연찮게 그는 하계를 보게 되었다. 무료함을 견디다 못해 시간을 죽일 생각으로 보는 것이었으므로 별다른 기대 따윈 없던 상태였다. 심지어 반복되는 일상에 지친 나머지, 이렇게 무의미하게 살 바에는 차라리 '자살'을 하는 것이 낫지 않을까 하는 생각을 염두에 두고 있던 차였다.

그때, 연우를 보았다.

죽은 쌍둥이 동생의 복수를 하겠답시고 천둥벌거숭이처럼 날뛰던 놈.

사실 사연 따윈 눈에 들어오지 않았다. 탑에 입장하는 피조물들 중에서 그럴듯한 개인사를 간직하지 않은 존재는 없었으니까.

하지만.

연우는 그중에서도 유달리 반짝반짝 빛나고 있었다.

목적을 이루기 위해서라면 자신의 목숨과 안위 따위도 도구로만 여길 뿐이고.

때에 따라서는 초월자들과 거래도 하고, 적당히 공갈 협박도 일삼으면서 힘을 비축해 나가는 모습이.

어느 피조물들도 해내지 못했던 일들을 기어코 연달아 해내면서 조금씩 전전하는 광경이.

'투쟁'을 번갈아 하면서 끝끝내 승리를 쟁취하는 과정들이 그의 얼어붙었던 심장을 다시 뛰게 만들었다.

그래.

저것이다.

내가 잊었던, 내가 그리던 모습이 바로 저것이었다. 비마질다라는 그렇게 생각했다.

그래서 연우가 하는 모습을 가만히 지켜보았고.

거기서 강한 영감을 얻은 뒤, 수천 년 만에 처음으로 자리에서 일어났다. 검을 쥐었고, 밖으로 나섰다. 그리고 연우처럼 다시 시작하겠다는 마음가짐으로, 자신을 둘러싸던 모든 것을 내버렸다. 절교라는 소속도, 악마라는 신분도 더이상 필요 없었다.

—나는 비마질다라. 위대한 아수라의 왕일지니. 세상 무엇이 있어 나의 앞을 가로막을 수 있단 말인가.

비마질다라의 이름을 어렴풋하게나마 기억하고 있던 신들은 황급히 숨었다. 그가 약해졌으리라 판단하고, 명성을 쟁취하기 위해 달려들었던 악마들은 모두 죽었다. 수백에 달하는 초월자들이 단칼에 도륙 났을 때, 천계는 다시 몸을 떨어야만 했다.

비마질다라는 그동안 검을 꺾었던 게 아니었다. 손에서는 놓았을지언정, 마음속에서는 항시 검을 더 날카롭게 벼리고 있었던 것이다.

그렇게 비마질다라는 무사 수행을 빙자하여 천계 곳곳을 떠돌아다녔고, 자신이 아직 건재하노라고 만방에 직접 알렸다. 여태 잠들었던 감각들이 하나둘씩 깨어났다.

그리고 허기가 졌다. 긴 잠에서 깨어난 맹수가 빈속을 달래기 위해 초원을 누비듯이, 그는 이 들끓는 감각들을 잠재워 줄 존재를 찾아다녔다.

다행히.

그럴 수 있을 만한 존재가 바로 여기에 나타나려 하고 있었다.

뚝!

비마질다라가 걸음을 멈춘 자리.

그 앞으로 공허가 활짝 열리면서 막강한 신력의 폭풍이
밖으로 새어 나왔다. 그조차 검을 쥐고 있는 손길에 힘이
바짝 들어가게 할 만큼 날카로운 기질. 아무래도 자신이 바
랐던 대로, 상대는 모든 힘을 온전히 갖추다 못해 그 이상
의 것까지 이룬 모양이었다.

그래서 그 존재가 완전히 모습을 드러냈을 때.

"내 이름은 비마질다라."

비마질다라는 움직였다.

"그대가 이곳에 임하기만을, 간절히 기원했노라."

콰르르릉—

쿠쿠쿠!

연우의 대답 따윈 필요 없었다.

그가 바라는 것은 그저 지금 이 희열을, 이 욕구를, 이
즐거움을 풀어내는 것이었으니까.

*   *   *

반신(Demi—God).

초월자도, 필멸자도 아닌 어중간한 상태.

탈각만 이룬 이 형태는 영혼이 완전히 성숙되면서 천천히 제 형태를 갖춰 가는 일종의 과도기라 할 수 있었다. 꽃으로 치면 천천히 피어나려는 꽃봉오리였다.

신과 악마들에게는 반편이라 불리기도 한다지만.

그것도 탈각을 이룬 대상이 어떤 업을 이뤘는지에 따라, 어떤 격을 갖추려는지에 따라, 천차만별로 갈라질 수밖에 없었다.

당연한 말이지만.

수많은 업을 기록한 차정우가 이룬 업과 이룰 격은 천계 내에서도 비견할 만한 존재가 그리 많지 않았다.

쿠쿠쿠쿠—

차정우는 달렸다. 영체가 또렷해진 만큼, 체내에서는 웅혼한 힘이 휘몰아치고 있었다. 또렷해진 감각은 생전에 이룬 것보다 훨씬 높은 경지를 개척했다고 말해 주고 있었다!

콰아앙!

차정우가 내려친 검이 올포원의 손날과 부딪쳤다. 폭발한 힘이 사방으로 휘몰아쳤다.

『무얼 노리려는지는 잘 알 것 같다만, 허튼짓일 뿐이다.』

올포원은 짐짓 굳은 목소리로 일갈을 내지르면서 차정우를 힘껏 밀어냈다. 손끝에서 폭사된 수십 줄기의 광선이 차정우를 옥죄기 위해 덮쳐들었다.

　차정우는 언젠가 헤노바가 자신을 위해 만들어 준 드래
곤 슬레이어를 위로 쳐올렸다. 땅거죽이 강제로 일어나면
서 광선들을 모조리 쳐 냈다. 토벽이 와르르 무너지면서 먼
지구름이 자욱하게 퍼지고.

　『어차피 너의 초월은 반쪽짜리에 불과하지 않더냐.』

　쉭!

　올포원이 바로 차정우의 뒤편에서 소리 없이 나타났다.
그건 텔레포트나 블링크 같은 마법과 궤를 달리했다. 그저
공간을 '접어' 이동한 것에 가까운 움직임. 올포원을 상징
하는 대표 스킬 중 하나, 〈축지〉였다.

　『그만큼 자격이 부족할 것이니.』

　화아아아!

　동시에 올포원의 손바닥이 벼락처럼 차정우의 등 쪽으로
닥쳐들었다. 한순간, 그의 손이 황금색 빛무리를 내뿜으면
서 수십 배로 확장한 듯한 착각이 일었다.

　〈대수인(大手印)〉!

　　[오류 발생! 초월을 더 이상 진행할 수 없습니다.]
　　[오류 발생! 초월을 더 이상 진행할 수 없습니다.]
　　……

[더 이상 초월을 진행하기엔 자격이 부족합니다.
자격 요건을 모두 갖춘 뒤에 다시 도전하십시오.]

　[초월이 정지하였습니다!]

　신격이란 것은 영혼의 정화(精華)다. 하지만 차정우의
사념체는 자격은 갖추었어도, 가장 중요한 조건인 영혼은
상실한 상태였으니. 당연히 초월을 완성하는 데도 조건 미
달일 수밖에 없었다. 올포원은 바로 이 점을 지적한 것이
다.
　하지만.
　『그래서.』
　콰아아앙!
　차정우는 기민한 감각을 이용, 몸을 반대쪽으로 돌리면
서 재빨리 드래곤 슬레이어를 잡아당겼다. 그리고 〈무차별
난사〉를 이용해서 그간 메모라이즈 해 뒀던 마법들을 모조
리 개방했다.
　『뭐, 어쩌라고?』
　개중에는 생전에 그가 익히지 않았던 권능이나 신권 급
마법들도 수두룩했다. 회중시계 속에서 반복했던 삶 중에
는 마법사나 성직자로서 지냈던 것들도 적잖게 있었다. 그

리고 당연한 말이지만, 만통 특성을 가지고 있는 한 저절로 높은 경지를 구축할 수밖에 없었다.

하지만 그것들은 단순히 대수인의 충격파를 조금이라도 상쇄하기 위한 일회용에 지나지 않았다. 대신에 차정우는 몸을 최대한 뒤로 빼면서 결전기를 뽑아낼 만한 시간을 벌 수 있었다.

『미안하지만, 난 지금도 좋거든. 아버지도, 형도, 다 같이 웃으면서 있을 수 있는 이 시간이.』

〈하늘 날개〉
〈빛의 파도〉

『지구에서도 못한 걸 지금 하고 있는데, 당신이 뭔데 나더러 자격이 있니 없니를 판단해? 이 꼰대 같은 영감이!』

등 뒤로 그가 오래전에 완성했던 한 쌍의 날개가 달리면서 마력과 신력을 최대로 증폭시켰고, 그는 그것을 칼끝에 극한으로 압축시켰다가 그대로 터뜨렸다.

번쩍. 올포원의 것과는 전혀 다른 색깔을 자랑하는 새하얀 빛무리가 황금의 광벽(光壁)을 그대로 횡단했다.

올포원이 다시 축지를 전개해 공격을 회피하고, 차정우의 사각지대에서 나타나 대수인을 터뜨렸다.

어지간한 신격들도 쉽사리 상대할 수 없을 만큼 강맹한 일격. 올포원은 이것으로 차정우를 제압할 생각이었다. 죽일 생각은 없다. 저주받은 운명의 굴레로 인해 영혼도 잃은 아이가 그저 안타까울 뿐이니까. 단, 탈각을 이룬 만큼 '감옥'에는 가둬 놓겠지만.

하지만.

차아앙!

차정우는 마치 '알고 있었다'는 듯이 몸을 측면으로 틀어 다시 한번 더 대수인을 튕겨 냈다.

『그러니까 제발 우리 부자한테서 손 좀 떼 주지 않으실래요?』

무언가 이상하다.

올포원은 문득 그런 느낌을 받고 말았다.

분명히 초월이 정지했을 것인데도 불구하고, 차정우를 둘러싼 신력이 계속 기하급수적으로 증폭되고 있었다. 방금 전의 일격도 그가 이리 쉽게 막아 낼 수 있는 것이 절대 아니었다. 웬만한 신격들 따위는 소멸로 이끌 만한 힘이었을 텐데……?

'설마?'

그 순간, 올포원은 불현듯 이상한 낌새를 눈치채고 말았고.

『이제야 알았어? 영감님, 참 소식 늦으시네. 요즘 세상은 얼리어답터의 시대인데, 그렇게 시대에 뒤떨어져서야. 쯧쯧!』

차정우는 이죽거리면서 다시 한번 더 빛의 파도를 터뜨렸다. 수십 갈래로 나눠진 빛줄기들은 하나하나가 전부 다 다른 특징을 담고 있었다. 아니, 권능을 품고 있었다.

올포원은 황금색 빛을 사방으로 둘러치면서 빛줄기들을 일일이 치워 내는 한편, 〈천리안〉을 활짝 열어 77층이 아닌 78층을 올려다보았다.

최근 들어 그를 축출하기 위해 극도로 활성화되었던 여러 고대신과 개념신들의 연결 고리가…… 모두 차정우에게로 향해 있었다.

　[제히레이터의 편린이 가호합니다!]
　[윤트세—참블의 조각이 축복합니다!]
　[제자노스의 파편이 은총을 내립니다!]
　……

『이건 무슨……?』

지금은 기억하는 이들도 아주 드문 고대신들이, 억겁의 세월이 지나 자아조차 희미해지고 만 존재의 편린들이 마치 사도에게 힘을 부여하듯이 차정우에게 힘을 실어 주고 있었던 것이다.

헤아릴 수도 없을 만큼 많은 존재들의 축복이라니!

마치 옛날에 연우가 죽음의 신과 악마들을 제 육체에 오롯이 담아냈던 것처럼.

수천 개에 달하는 신과 악마들의 권능들을 한꺼번에 수용했던 것처럼, 그와 비슷한 모습을 보이고 있었던 것이다.

다른 점이 있다면, 지금 차정우가 그릇으로써 담아내고 있는 존재들은 일반적인 신격들과는 궤를 달리하는, 더 지고한 존재들이라는 점이었으니.

당연히 올포원의 목소리가 살짝 떨릴 수밖에 없었고.

『놀랐지?』

차정우는 그런 올포원을 놀리듯이 이죽거렸다.

『그럴 수밖에. 나도 그랬는데.』

드래곤 슬레이어가 다시 빛의 파도로 물들면서 여러 색으로 찬란하게 빛났다. 금방이라도 폭발할 것처럼 떨리는 검에서는 마치 용의 울음소리가 나는 것 같았다.

『이 많은 아저씨들이 날 돕겠다는데 어째? 내가 '낮' 의 정당한 후계자라나, 뭐라나?』

『…… '낮' 이라고?』

순간, 올포원의 동작이 거짓말처럼 뚝 멈췄다. 그를 중심으로 금방이라도 타오를 것처럼 굴던 황금색 광채도 정지했다.

그리고 낮게 깔리는 목소리. 하지만 그 속에는 깊은 울림이 있었다.

차정우는 바로 그 점을 놓치지 않았다.

왜 저런 반응을 보이는지는 알 수 없었지만, 방금 전에 했던 말들 중 어떤 부분이 그의 가슴 속에 있는 무언가를 자극했다는 건 직감할 수 있었다.

처음으로.

올포원이라는 존재를 알고 난 뒤 처음으로 보게 된 심적 동요.

당연한 말이지만, 그런 걸 그냥 놓치고만 있을 차정우가 아니었다.

『'낮'이란 게 뭔지는 몰라도, 나는 그냥 가만히 있어도 알아서 주던데. 이 아저씨들이 아저씨는 좀 싫어하나 봐?』

올포원의 속을 박박 긁을 요량으로 이기죽거리고선, 갑자기 드래곤 슬레이어를 뒤집어 그대로 땅바닥에다 내리꽂았다.

순간, 드래곤 슬레이어를 둘러싸던 오색찬란(五色燦爛)한 빛들이, 아니, 구색(九色)으로 빛나던 빛들이 지면을 따라 한껏 번져 나갔다.

그리고.

쿠쿠쿠쿠!

앞으로 길게 쭉 뻗은 빛들이 일제히 몸을 일으키기 시작했다. 땅거죽이 거칠게 뒤집히고, 빛의 세계를 이루고 있던 결계를 한껏 휘저어 놓았다.

적, 청, 백, 흑.

사방(四方), 네 방위에는 각각을 상징하는 색채의 용이.

자, 녹, 남, 회.

사우(四隅), 네 모퉁이에는 사방의 색을 섞은 용들이 찬란한 숨결을 내뱉었다.

그 용들은 전부 네메시스—전생에 미리내라는 이름을 지니고 있던 존재가 가진 것과 비슷한 형체를 지니고 있었다.

그리고.

황(黃).

중심이 되는 차정우의 발밑에서 가장 큰 용이 몸집을 일으켰으니.

그것들은 하나하나가 마치 빛의 입자들을 극한으로 압축시켜 빚은 것 같은 형상을 띠고 있었다.

광룡(光龍).

정확하게는 아홉 개의 머리를 지닌 용이었다.

〈구두룡진(九頭龍陣)〉

차정우를 수호하는 아홉 고대신들의 힘을 각각 보유한 용들은 저마다 각기 다른 숨결을 내뱉었다. 비록 빛의 형상을 띠고 있지만, 하나하나가 영성을 띠고 있는 존재들.

하늘 날개를 통해 채널링이 개통된 아홉 고대신들의 힘을, 빛의 파도로 빚어낸…… 반신 차정우가 '낮'의 적통으로 인정받으면서 처음으로 창안한 권능이었다.

콰르르릉!

차정우를 보호하듯 똬리를 튼 황룡을 제외한, 나머지 여덟 용이 일제히 차정우의 의식에 따라 용틀임을 시작했다.

『확실히…… 그 프네우마와 퀴리날레의 후손이니 당연하다면 당연한 셈인가. 그래. 그렇군. 허허허…… 그대들의 선택은 그런 것이었나? 하지만 그렇다 하여도.』

바드득.

빛으로 둘러싸여 있어 정확한 모습은 알 수 없지만.

어쩐지 올포원이 분노를 겨우 억누르면서 이를 가는 듯
한 소리가 나는 듯했다.

『그동안, 탑이 지속되는 이 기나긴 시간 동안, 내가 그대
들에게 했던 설득은 결국 헛짓거리에 지나지 않았구나. 이
건 숫제 나를 능멸하는 것이나 다름없는 짓일지니.』

번— 쩍!

올포원의 전신이 다시 화려한 배광으로 물들었다.

『나는!』

그리고 그 화려함만큼이나, 올포원은 거세게 울부짖고
있었다. 더 이상 차분했던 말투는 온데간데없이 사라진 상
태였다.

『이 몸은! 나는! 증오하겠노라! 그리고 저주하겠노라! 이
제는 기억하는 이들조차 없는 옛 과거에 휘둘리는 망령들
을! 피조물을 벌레로 여기는 신들을! 필멸자들을 유희 거리
로만 여기는 악마들을! 용을! 거인을! 초월이랍시고 거들먹
거리면서 우리 따윈 의중에도 두지 않는 너희 모두를! 그리
고……!』

올포원은 고개를 위로 한껏 들었다.

『나에게 이딴 저주의 굴레를 씌운 당신을!』

비록 이곳은 그의 심상 세계인지라 푸른 하늘 따윈 보이
지 않았지만, 어차피 올포원이 보고 있는 건 그런 게 아니

었다.

그 너머.

77층을 넘고, 78층도 뛰어넘으며, '미영역(未領域)'으로 분류된 8 · 90층대와 98층의 천계, 그리고 99층의 무관(無關)마저 아래로 둔 꼭대기 층에 앉아 있는 존재를 보고 있었다.

아마 모르긴 몰라도.

'그'는 지금쯤 그곳에 홀로 앉아서 이곳을 모니터링하고 있을 게 분명했다.

한때는 세상에서 가장 존경하는 사람이었고, 든든한 배후라 여기고 있었지만, 지금은 가장 증오하는 존재.

『아버지!』

올포원은 하늘을 보며 울부짖었다.

하지만 이런 부름에도 불구하고.

…….

하늘은 조용하기만 했다.

아무런 메시지조차 떠오르지 않았다.

『당신이 무슨 생각을 하는지는 모르오! 아니, 알고 싶지도 않소! 하지만 한 가지만은 알아 두시오!』

그러나 올포원은 그럴 줄 알았다는 듯 고래고래 악다구니를 질러 댔다. 이렇게라도 해야만 이 끓어오르는 분노를 조금이라도 토해 낼 수 있을 것 같았다.

『이 모든 저주받은 일들이 끝나면, 반드시 당신을 찾아가리라! 그리하여 어떻게든 결착을 낼 것이오! 당신이 문을 열어 주지 않는다 하여도, 이제는 내가 열 것이오!』

'낮'의 부활은 원래 올포원이 추구하던 목표였다.

'낮'은 질서의 진영에 있어 중축이라 할 수 있는 곳. 우주 창생을 주관한 초대자라 할 수 있는 것이다. 하지만 탑이 세워지고 '밤'과 완전히 단절되면서 그 명맥도 거의 끊어지다시피 한 상태였다.

메타트론이나 바알이 있다지만, 그들은 '낮'이 남긴 찌꺼기나 다름없는 존재들. 더구나 그들은 일찌감치 올포원과 등을 졌기 때문에 올포원도 그들에게 의탁할 생각은 없었다.

대신에 깊게 잠든 고대신들을 설득하고자 하였고.

거기서 다시 의견 대립이 생겨 무력 충돌이 빚어지고 말았다.

올포원이 '낮'을 부활시키고자 했던 이유는 아주 간단했다. 그들의 힘이 탐나서가 아니라, 칠흑왕을 좇아 호시탐탐 이쪽으로 넘어올 기회를 엿보는 '밤'의 존재들을 막기 위해서였다.

─우주 창생? 천지창조? '낮'과 '밤'? 그딴 게 다 알게 무엇이란 말인가! 그네들의 일은 그네들이 다 알아서 하란 말이오! 어째서 거기에 힘없는 피조물들만, 필멸자들만 휩쓸려 다쳐야 한단 말인가!

─그대들은 생각이나 해 보았던가? 그대들이 유희라고 생각했던 것에 필멸자들은 다치고, 쓰러지고, 슬퍼하며, 죽소. 그대들이 당연한 권리라고 생각했던 것들 때문에 필멸자들은 가축이나 다름없는 세월을 반복하오.

─난…… 난 그 모든 것을 막을 것이오. 아무도 다치지 않도록. 이 세상에서, 힘이 세다는 이유만으로 그대들이 피조물들에게 함부로 대할 수 없도록! 그것을 지키는 것만이 내 사명일 것이오.

하지만 우주 창생에 관여하여 피조물들에 대해 가장 이해심이 깊을 거라고 생각했던 고대신들도, '낮'도 결국 일반적인 신격들과 다를 바가 없었으니.

올포원은 그 사실에 절망했고.

하늘과 땅을 갈라 신들로부터 인간을 배제시키는 절지천

통의 업적을 세우고도, 이제는 방관자로 돌아선 아버지를 원망했다.

그렇기에.

올포원은 더 이상 참지 않을 생각이었다.

그동안은 그래도 약간이나마 가슴 한편에 미련을 두기도 했다.

77층에 눌러앉아서 내려오고자 하는 신과 악마들을 방해하고, 올라가고자 하는 인간들을 통제했다. 인위적으로 절지천통을 유지하고 있던 셈이었지만, 그래도 이렇게 하다 보면 언젠가 상황이 나아질 것이라 여겼다.

이해 따윈 애당초 바라지 않았다. 그저 감내하고 또 감내하다 보면, 자연스레 질서가 정착되어 초월자들의 세계는 그네들만의 세계로, 필멸자들의 세계는 필멸자들만의 세계로 귀착될 거라 여겼다.

그런다면 더 이상 미련 없이 편히 스러질 수 있으리라. 그런 작은 소망을 품기도 했다.

하지만 이제는 그럴 수 없었다.

움직이리라.

올포원은 그렇게 고했다.

더 이상 이곳에 앉아 있기만 하지 않고, 층계를 오르리라 선언하였다.

그리하여.

신과 악마들을 모두 삭제하고, 천마의 위를 찬탈하여, '밤'의 존재를 직접 물리치리라고.

그래서 당신들이 말하는 우주 창생인지 뭔지 하는 것을 마무리 지어, 남은 미래를 피조물들에게 돌려주고 자신은 사라지겠노라고 포고하였다.

『이 몸이 지옥으로 가지 않는다면, 어느 누가 지옥으로 갈 텐가.』

그 말과 함께.

쿵!

올포원이 한 발을 세게 내디뎠다.

순간, 그를 둘러싸던 세상이 정지하였다. 아니, 77층을 포함한 탑이 위치한 모든 공간이 보이지 않는 무언가에 단단히 속박되어 꿈쩍도 않았다.

차정우도.

구두룡진도.

공헌치를 쌓던 신들도.

관전하던 악마들도.

신위도, 법칙도.

그 무엇도 예외는 없었다.

　　　　*　　　*　　　*

　　[플레이어, 비바스바트가 온전한 격(格)을 드러냅
니다!]
　　[신위가 작동하였습니다.]

　　[시스템이 다운되었습니다!]
　　[탑을 구성하고 있던 모든 기능이 정지하였습니
다.]
　　[효과가 강제 종료됩니다.]
　　[축복이 강제 종료됩니다.]
　　[가호가 강제 종료됩니다.]

　이미 외부에서는 큰 혼란이 빚어지고 있었다.

　신들이 열심히 싸우다 말고, 갑자기 거짓말처럼 뚝 정지
해 버리고 만 것이다.

　『이건……?』

　순간, 그들의 얼굴에 경악이 스쳐 지나갔다.

　『설마!』

　『천마군림보(天魔君臨步)! 천마군림보다! 이 상황에 천
마, 천마가 나타난 건가……?』

『아냐, 이건! 기질이 달라. 올포원! 올포원이……!』

『녀석이…… 설마 천마군림보도 밟을 수 있었다고?』

　　[77층에 입장한 모든 신들이 경악성을 내뱉습니
　다!]

　　[77층을 관전하던 모든 악마들이 비명을 지릅니
　다!]

천마군림보.

천마로 하여금 '황'의 위치에 오를 수 있게 한 최고의 권
능.

영역에 노출된 모든 것들을 정지 상태로 만들며, 거기서
빠져나갈 수 있는 건 아무것도 없었다. 그리고 걸음을 옮길
때마다 구속력은 더 커지고 마니, 수많은 신과 악마의 사회
가 속절없이 탑에 갇혔던 것도 전부 이 저주스러운 권능 때
문이었다.

그런데 올포원이 이것을 흉내 낼 줄 안다고?

여태 그런 사실을 모르고 있던 이들로서는 비명을 지를
수밖에 없었고.

『고행(苦行), 또 고행이로다.』

올포원은 여태껏 숨겨 뒀던 비장의 패를 꺼낸 이상, 더

이상 거리낄 것이 없다는 듯이 수비적인 태도를 버리고, 공격적인 성향을 내비쳤다.

그의 마음가짐에 따라 빛의 세계도 불길처럼 활활 타오르면서 뜨거운 고열을 내뿜었다.

그것은 태초에 있었다던 '시원의 불'을 연상케 했으니.

『천마군림보에 이어서 영혼석까지……?』

『올포원! 그대는 미쳤는가!』

『모든 것을……! 이 탑마저 전부 불태울 생각이냐!』

『대체 무슨 짓을!』

[77층에 입장한 모든 신들이 올포원에게 항의합니다!]

[77층을 관전하던 모든 악마들이 공포에 질립니다!]

[이상을 눈치챈 신들이 98층으로 되돌아가고자 합니다.]

[포탈 과부하로 인해 이동에 과부하가 걸렸습니다.]

[층계 이동이 마비되었습니다!]

『태우고 태워, 사르고 또 살라 무(無)로 돌릴지니.』

그런 비명을 무시하고.

『모든 것이 헛되고 또 헛되도다.』

올포원은 그동안 누적해 두었던 시원의 불을 방출시켰다.

세상 전체를 집어삼킬 듯이 크게 일어난 불길이 모든 것을 단숨에 먹어 치웠다. 그리고 불살랐다. 빛과 열이 스테이지를 빼곡하게 물들였다.

그 속에서는 어떤 비명도 들리지 않았다. 매질인 공기마저 모두 태워졌기에 소리도 전달되지 않았던 것이다.

천마군림보에 묶이고 말았던 모든 존재들이 그렇게 단번에 소거되고 말았고.

[77층에 입장한 대다수의 신들이 삭제되었습니다!]

[클라우드 시스템의 기능 정지로 인하여 데이터 복원이 이뤄지지 않습니다.]

[생존한 신들이 비명을 지릅니다!]

[생존한 신들이 고통을 호소합니다!]

[정신을 차린 신들이 재차 도주를 시도합니다!]

스테이지가 붕괴하고 말았다는 메시지가 계속 떠올랐다.

하지만 문제는.

천마군림보는 모두 '일곱' 걸음으로 이뤄져 있다는 점이었다.

[두 번째 '천마군림보'가 이어집니다!]

[주의하십시오! 새로운 폭발이 이어집니다!]

......

[세 번째 '천마군림보'가 이어집니다!]

......

[신의 사회, '멤파스'가 전멸하였습니다!]

[신의 사회, '데바'가 대파하였습니다!]

[신의 사회, '천교'가 절멸에 가까운 피해를 입었습니다!]

......

[신의 진영이 극심한 혼란에 잠겼습니다!]

[천계가 침묵에 잠겼습니다!]

[77층을 관전하던 모든 악마들이 아연실색합니다!]

[78층에 위치한 모든 고대신이 채널링의 강제 종료로 인한 페널티를 안았습니다!]

[76층 아래에 위치한 모든 사도와 성직자들이 채널링의 강제 종료로 인한 페널티로 혼란에 잠겼습니다!]

[신의 부재로 인해 신위로 작동 중이던 모든 법칙의 기능이 추가 정지되었습니다.]

[강제 정지로 인한 시스템 다운의 여파가 커집니다.]

……

[탑의 상태가 '혼란'으로…….]

[탑의 상태가 '공포'로…….]

[탑의 상태가 '마비'로…….]

……

주신이나 최고신의 반열에 오른 이들도 겨우 제 목숨을 부지하기에 급급할 뿐. 77층에 있던 다른 신들은 모두 시원의 불에 태워지고 말았으니.

과거 루시퍼의 환란 때보다 더 큰 피해가 펼쳐지고 있었다.

　　[플레이어, 비바스바트가 78층으로 오르고자 합니다!]
　　[네 번째 '천마군림보'가 이어집니다!]

　　[시스템 다운으로 인해 중앙 관리국이 제재를 가할 수가 없습니다!]

올포원은 자신의 성역이 초토화된 건 전혀 아랑곳하지 않고, 여태 수천 년 동안 미뤄 뒀던 '등정(登頂)'을 시도하였다. 그는 지나는 층계마다 가지고 있는 시원의 불을 모두 소모하여 스테이지를 모조리 불사를 참이었다.
　그러던 그때.

　　[시간의 태엽이 작동하고 있는 중입니다!]
　　['작은 굴레'가 강제로 정지되었습니다.]
　　[네 번째 '천마군림보'가 정지하였습니다.]
　　['시원의 불'이 정지하였습니다.]

『이건?』

올포원은 78층으로 오르려다 말고, 갑자기 자신의 발목을 붙잡는 이질감을 느꼈고.

['작은 굴레'가 되감기됩니다.]

자신이 분명 천마군림보로 쐐기를 박아 뒀던 세계가, 다시 거꾸로 되돌아가는 것을 볼 수 있었다.

[알 수 없는 힘이 시스템 해킹에 성공하여 강제 부팅을 시도합니다.]

[종료된 클라우드 시스템이 재작동합니다.]

[백 서버(Back Server)가 이뤄집니다!]

*　　　*　　　*

"푸하핫!"

연우가 떠난 자리에서.

비마질다라는 세상이 떠나가도록 크게 웃음을 터뜨렸다.

주변은 모든 것이 망가져 있는 상태였다. 멀쩡한 건 하나도 남아 있지 않았다. 공간도 일부 균열이 간 데다가, 그 주변으로 번진 시커먼 그을음 위로 신력이 스파크처럼 마구 튀었다.

에러 메시지도 계속 중첩되어서 떠오르는 중이었다.

[오류 발생.]
[오류 발생.]
[알 수 없는 충격으로 일대 시스템이 전원 마비되었습니다!]
[원본 데이터의 훼손 정도가 심각합니다!]
[복구에 필요한 데이터를 찾을 수가 없습니다!]

아마 중앙 관리국이 직접 나선다고 해도, 저 에러 메시지를 모두 수정하고 복구하려면 상당한 시일이 필요할 테지.

어쩌면 손상이 너무 심각한 나머지 원상 복구는 불가능할지도 몰랐다.

이게 전부 단 일 합 만에 빚어진 결과들.

연우와 비마질다라는 단 한 번의 충돌로 이런 말도 안 되는 결과를 초래한 것이다.

만약 하계 구경을 즐겨 하는 신이나 악마들이 있었다면

다들 큰 충격에 젖었을지도 모르는 일이었다.

물론, 지금은 그들 전부 77층에 시선이 고정된 나머지 이쪽으로 신경 쓸 겨를도 없을 테지만.

하지만 연우나 비마질다라는 그런 주변의 시선 따윈 애당초 신경 쓰지도 않는 부류들이었고.

시간만 좀 더 여유로웠다면 밤새도록 칼을 실컷 나누었을 게 분명했다.

　—……천마군림보? 신화 속에서도 하지 않았던 짓인데. 여기서?

　—영감한테는 미안하지만 겨루기는 차후로 미뤄야겠어. 서둘러 해야 할 것이 있어서.

연우는 포탈 밖으로 나온 순간 다짜고짜 날아든 비마질다라의 공격을 여유롭게 튕겨 내면서 그렇게 말했다.

물론, 비마질다라는 그런 연우를 호락호락하게 보내 줄 호인이 아니었다.

애당초 세상사에 관심도 끊고 살던 그를 이곳으로 불러들인 게 연우가 아니던가. 아니, 정확하게는 연우에 대한 호승심이었다.

그렇다면 이 호승심을 완전히 떨쳐 내기 전까지는 절대 놓아 줄 수가 없었다.

연우가 자신과 대등하게 일 합을 겨룰 수 있을 정도로 성장할 때까지 잠자코 기다려 준 것만 해도, 그로서는 여태 단 한 번도 보인 적이 없었던 초인적인 인내심을 내보인 것이나 마찬가지였으니까.

아무리 연우가 지금은 때가 아니라고 해도, 그런 걸 전혀 신경 쓸 때가 아니라 하더라도. 끝까지 따라붙어서 끝장을 볼 생각이었다.

만약 그래도 승부에 집중을 하지 못한다면, 걸리적대는 것들을 먼저 치워 버릴 용의도 있었다.

이를테면.

'올포원과 손을 잡아 혹을 잘라 버릴 수도 있겠지.'

혹.

여태껏 연우가 투쟁의 신위를 얻어 가면서까지 계속 성장하게 만든 원동력이었지만, 이제 와서는 약점이나 다름없는 쌍둥이 동생을 말하는 것이다.

그리고 그와 함께 주변에 있는 곁가지들까지, 전부.

'무릇 칼을 든 무부(武夫)에게는 약점이 될 만한 것들을 진즉에 끊을 줄 아는 냉철함도 필요한 법일지니.'

냉철(冷徹).

냉정함과 철혈을 말하는 것이다.

하지만 그동안 비마질다라가 보았던 연우는 냉철한 것 같으면서도, 자신의 '가족'들에게 있어서는 약한 면이 없잖아 있었다.

문제는 스스로가 그것이 문제라는 자각이 전혀 없다는 것.

그래서 비마질다라는 자신이 대신해서 칼이 되어 줄 요량이었다. 직접 약점이 될 만한 것들을 제거해 주고, 그 모든 분노와 원망을 받을 수 있다면.

그때는 진짜 제대로 된 승부를 볼 수도 있을 테니까.

아마 모르긴 몰라도 층계 한두 개쯤 날아가는 건 문제도 아닐 것이다.

천계가 열린 이후, 그런 싸움을 벌인지가 언제였는지 이제 생각도 나지 않던 터라 더더욱 구미가 당길 수밖에 없었다.

하지만.

'이제는 굳이 그럴 필요까지는 없겠지.'

웅, 우우웅!

비마질다라를 상징하는 신물, '세주품(世住品)'이 크게 흔들리고 있었다.

그가 무수히 많은 격전을 치르면서 육계(六界)의 왕으로 오르는 동안 함께했던 분신과도 같은 검.

검면은 그런 오랜 세월을 반영하기라도 하듯, 크고 작은 상처들로 가득했다. 심지어 일부 날은 이가 다 빠져 있기도 했다.

그러나 그동안 비마질다라는 세주품을 수리하거나 복구할 생각 따윈 하지 않았다. 이것에 남은 흔적들이 모두 자신이 걸어온 길의 발자취이며, 신화의 증명이라고 생각했기 때문이었다.

하지만 이 중에서도 가장 비마질다라가 신경 쓰는 흔적은 총 두 가지였다.

하나는 데바의 주신격인 인드라가 자신의 딸을 납치하면서 겨룰 적에 남았던, 검면 정중앙을 가로지르는 뇌흔(雷痕)이었고.

다른 하나는 천마가 한창 절교와 겨룰 적에 여의봉이 부수고 지나간, 손잡이 부근에 남은 광흔(光痕)이었다.

그리고 지금.

또 다른 하나가 생기게 되었다.

우측 검날 한쪽, 큰 균열과 함께 남은 그을음. 화흔(火痕).

바로 연우와 충돌한 자리였으니.

이것을 본 순간, 비마질다라는 직감적으로 깨달을 수 있었다.

조금만 더. 조금만 더 기다린다면 더 큰 과실을 딸 수 있겠구나. 이 화흔을 남긴 불길은 이제 막 지펴지기 시작하였으니, 곧 활활 타오를 것이다. 그때, 맞닥뜨린다면 더 큰 희열을 느낄 수 있을 테지.

그래서 비마질다라는 올포원을 잡기 위해 움직인 연우의 뒤를 굳이 잡지 않았다. 오히려 올포원이라는 좋은 장작이 연우라는 불길을 더 크게 피워 줄 것을 기대했다.

그리고 그때까지, 그는 바로 이곳에서 가만히 기다릴 생각이었다.

"아제아제, 바라아제…… 바라승아제, 모지 사바하……."

비마질다라는 언젠가 이름 모를 누군가가 유언처럼 남겼다가, 이제는 자신의 말버릇처럼 되어 버린 반야심경의 뒤 구결을 가만히 읊조리면서 하늘을 응시했다.

빛의 세계가…… 붉은빛으로 물들고 있었다.

가자, 가자, 저 피안의 세계로 가자. 모두 함께 저 피안의 세계로 가자.

오, 깨달음이여. 축복이어라.

                    *   *   *

'이…… 건?'

차정우는 너무 경황이 없는 나머지 한동안 상황이 어떻게 된 건지 냉철하게 판단을 내릴 수가 없었다.

올포원이 천마군림보를 밟은 것까지는 기억이 선명했다. 곧바로 77층을 가득 물들이고 있던 빛의 세계가 이상한 불길로 전환되는 것까지도 어렴풋하게나마 기억에 남아 있었다.

하지만 그 뒤가 문제였다.

천마군림보는 고대신들의 가호를 받고 있는 차정우도 어떻게 감당하기 힘들 정도로, 강해도 너무 강한 것이었고.

두 번째, 세 번째 걸음이 이어졌을 때는 모든 것을 불사르는 재앙이 되어 있었다.

마치 어느 신화 속에서 우주가 파멸에 접어들 때 일어난다는 겁화(劫火)가 생각날 정도였으니. 거기다 그 뒤에 이어진 겁풍(劫風)이 그나마 남아 있던 것을 헤집어 놓았고, 어디서 치솟았는지 모를 겁수(劫水)가 엉망이 된 모든 것들을 말끔하게 치워 버렸다.

하늘에 무수히 박혀 있던 신들이 줄줄이 추락하거나 소

멸하고 말았다. 그 와중에 차정우는 고대신의 가호를 깡그리 끌어모아 어떻게든 버티고 버텼다.

물론, 수많은 신들을 집어삼킨 불길 앞에서 그 정도는 턱없이 부족했다.

그래서 차정우는 '죽음'을 각오하고 있었다. 영혼도 없는 상태에서 또 한 번 더 죽어서야 이제는 사자 소환도 더 이상 먹히지 않을 테지만, 그래도 내심 올포원을 열 받게 했다는 사실이 통쾌하기도 했다. 그렇게 올포원이 흔들리는 것은 그로서도 처음 본 것이었으니까.

'남은 뒷일이야 형과 아버지에게 맡겨도 되는 거였고……. 뒤를 더 못 보는 게 아쉽긴 하지만, 그래도 이제 할 일은 다 했다고 생각했는데.'

그런데.

차정우는 자신이 아직 멀쩡히 살아 있다는 것을 깨달을 수 있었다.

비록 마법과 신력의 증폭제 역할을 했던 드래곤 슬레이어는 금방이라도 부서질 것처럼 잔뜩 균열이 퍼져 있는 상태였지만.

그의 앞에는 라플라스와 흡혈군주, 그리고 페렌츠 백작이 그보다 더 처참한 몰골로 서 있었다. 모두 피투성이가 된 채로, 거친 단내를 풀풀 날리면서 다 부서진 결계를 겨우 떠받치고 있었다.

「괜찮니, 아가?」

그리고 라나가 애타는 시선으로 차정우의 머리를 쓰다듬었다.

그에겐 갈리어드나 브라함과 마찬가지로 스승이었으며.

한때 어머니의 정을 느끼게 해 주기도 했던 사람.

그를 보는 눈길에는 걱정이 가득했다.

그리고 차정우는 뒤늦게 라나의 몸이 금방이라도 부서질 것처럼 위태롭게 흔들린다는 사실을 알아차리고 말았다.

그제야 알 수 있었다. 올포원이 쏟아 냈던 군림보의 압박이며 겁화의 소용돌이까지, 그가 무사할 수 있었던 것은 라나가 전부 대미지를 감당해서였단 것을.

『스……!』

「다행이구나. 무사해서.」

그래서 이러면 어쩌냐고 따지려 했지만, 그는 도중에 말을 끊어야만 했다.

라나의 시선이 따스해도 너무 따스했으니까.

그 눈빛은.

병석에 계시면서도 '아침은 먹었니?' 하고 걱정스레 물어보시던 어머니의 것과 너무나 똑같았다.

「전에는 내가 널 지켜 주지 못했지만, 이제라도 이렇게 지켜 줄 수 있어서 다행이구나. 너와 잠시라도 이렇게 있을 수 있었던 게 참 즐거웠……!」

라나가 흐릿한 미소를 흘리면서 사라지려 했다.

차정우가 반사적으로 재빨리 손을 뻗었다. 이렇게라도 하면 그녀를 붙잡을 수 있을까 싶어서. 하지만 손은 허망하게 라나를 그대로 통과하고 말았고, 라나는 웃는 낯 그대로 잘게 부서졌다. 소멸이었다.

안 된다고.

이렇게 또 가시면 안 된다고 소리를 지르려는데.

[네 번째 '천마군림보'가 이어집니다!]

두— 웅!

마치 범종을 크게 울리는 듯한 소리와 함께, 다시 몇 배로 증폭된 새로운 중압감이 스테이지 전체를 짓눌렀다. 이대로 있다가는 스테이지뿐만 아니라, 층계 자체가 무너져 내리는 게 아닐까 싶을 정도로 어마어마한 압박감에 차정우는 몸이 으스러질 듯한 고통을 느껴야만 했다.

하지만 그것보다도 훨씬 더 큰 분노가 그의 심기를 잡아당겼다. 차정우의 시선이 저절로 위쪽으로 향했다.

올포원. 그가 어느새 하늘로 이어지는 계단을 천천히 오르고 있었다.

　　[플레이어, 비바스바트가 78층으로 오르고자 합
　니다!]

　막아야만 한다.

　차정우의 머릿속에는 그런 생각밖에 들지 않았다. 비록
'낮'이니 뭐니 하는 존재들과의 채널링이 모두 단절되었다
지만, 지금은 그런 걸 신경 쓸 겨를 따윈 없었다.

　스승님의 복수를 어떻게든 해야만 했다. 하늘로 오르려
는 올포원을 어떻게든 이 땅으로 끄집어내려야만 했다.

　하지만…… 지금 이렇게 망가진 몰골로 할 수 있는 게
대체 뭐가 있지?

　천마군림보로 인해 손발이 모두 꽁꽁 묶인 이때, 반격이
라고 할 수 있을 만한 게 남아 있을까?

　'만통(萬通)!'

　바로 그런 순간에 떠오른 것이 자신이 가진 특성이었고.

　차정우는 모든 감각을 활짝 열었다.

　비록 영혼과 육체는 군림보에 의해 묶여 있을지언정, 인
식 체계까지 구속할 수는 없을 테니까!

[특성 '만통'이 활성화됩니다!]

[인지 영역이 대폭 확장되었습니다. 층계를 넘어선 구획에 대한 탐색이 가능해졌습니다.]

[감각이 무언가를 찾습니다.]

[감각이 무언가를 찾습니다.]

......

[단절된 여러 채널링 중에서 비교적 형태가 멀쩡한 단선을 찾는 데 성공하였습니다.]

[단선에 접촉을 시도합니다.]

[실패하였습니다.]

[단선에 접촉을 시도합니다.]

[실패하였습니다.]

......

[특성 '만통'에 의해 강제로 단선에 접촉이 되었습니다. 끊어진 남은 단선들을 복구하고자 합니다.]

[현재 복구율: 1, 2, 3...... 67...... 89%.]

[소실된 채널링이 일부 복구되었습니다.]

[단말이 회복되었습니다.]

[주체인 고대신들과의 통신이 일부 복구되었습니다.]

[연결이 불안정합니다!]

......

[특성 '만통'에 의해 불안정한 영역을 인지 정보로 대체합니다. 기존에 획득한 정보들의 등급이 두 단계 이상 상승합니다.]

[아카샤의 기록을 일부 엿볼 수 있는 권한을 획득하였습니다!]

[칭호 '낮(에로스)의 적통'이 제 기능을 드러냅니다!]

완전한 복구는 이룰 수 없었지만, 그것만으로도 충분했다.

단 한 번만.

단 한 번만 올포원의 발을 묶을 생각이었으니까.

[천마가 당신에게 흥미를 보입니다.]

'미안.'

그래서 차정우는 부서질 듯이 위태롭게 구는 드래곤 슬레이어에게 사과를 하면서, 다시 한번 더 칼을 위로 쳐올렸다. 아니, 묶여 있으니 쳐올리 '고자' 했다.

차차창!

드래곤 슬레이어가 압박감을 버티지 못하고 그대로 부서졌다. 산산조각 난 조각들이 비산하며 아름답게 반짝이고, 그 사이로 있을 턱이 없는 궤적이 한 줄 그어졌다.

빛살도, 소리도 없는 궤적. 그저 마음속으로 그린 것에 지나지 않았지만, 실제 공간이 떠밀렸다. 대기가 갈라지고, 그 너머에 있는 것에 닿았다. 차정우가 베고자 한 것은 올포원의 발끝.

스걱—

그리고 마치 종이가 잘리는 듯한 소리와 함께, 올포원을 이루고 있던 배광 중 일부가 베여 나갔다.

심검(心劍).

마음으로 검을 일으켜 적을 베는 경지를 선보인 것이다.

물론, 완벽하지는 못해 올포원을 둘러싸던 빛무리 중 아주 사소한 일부를 벤 것에 불과했지만.

『대체, 무엇을……?』

그 덕분에 차정우는 그 너머에 있던 올포원의 진짜 얼굴이 충격에 젖는 것을 엿볼 수 있었고.

[네 번째 '천마군림보'가 원인을 알 수 없는 방해로 실패하였습니다!]

등정을 시도하려던 올포원의 걸음을 붙들 수 있었으며.

[시간의 태엽이 작동하고 있는 중입니다!]

연우가 도착할 시간을 벌 수가 있었다.

『수고했다.』

무뚝뚝하지만 따스한 형의 그런 칭찬 한 마디와 함께.

세상이 역전(逆轉)했다.

[백 서버가 이뤄집니다!]

쿠쿠쿵!

마치 세상을 구성하고 있던 톱니바퀴가 역회전을 하는 듯한 괴기한 소리. 동시에 그들을 둘러싸고 있던 모든 공간이 뒤집혔다.

여태껏 펼쳐졌던 모든 현상들이 되감기되었다. 천마군림보가 없던 것이 되면서 올포원이 그대로 차정우가 있던 곳으로 떨어지고, 스테이지를 휘몰아쳤던 시원의 불이 제자리로 돌아왔으며, 부서진 신격들이 수복되었고, 층계가 원상태를 갖추었다.

다쳤던 망자 거인들이며 라플라스 등도 온전해진 모습으로 차정우의 옆에 섰고.

　소멸되었던 라나도 다시 원래대로 돌아와 그의 뺨을 쓰다듬어 주고 있었다.

『아……!』

　그 말도 안 되는 기적 앞에서.

　차정우는 흔들리는 눈으로 감탄을 흘리고 말았다.

　형이.

　연우가 넓은 등을 보이면서 그의 앞에 서 있었다.

"괜찮냐?"

　　[삭제된 데이터가 모두 복원되었습니다!]

"그래 보이니 됐다."

　연우는 차정우의 대답도 듣지 않고, 곧장 올포원이 있는 곳으로 몸을 날렸다.

　팟!

　차정우는 흐릿하게 남은 잔상을 멍하게 바라보았다. 그러다 피식 웃으면서 말했다.

『라나.』

「……그래.」

『우리가 이겼네요. 그죠?』

결과를 단정 짓는 차정우의 목소리에는 묘한 확신이 들어 있었다.

＊　　　＊　　　＊

[천마가 침묵합니다.]

[천마가 말없이 당신을 살핍니다.]

＊　　　＊　　　＊

『너, 대체 무슨 짓을……?』

올포원은 한순간 자신에게로 닥쳐온 연우의 공격을 밀어내면서, 믿기지 않는다는 투로 소리쳤다.

방금 전에 천마군림보를 뚫고 배광을 가른 차정우의 심상 훼절(心想毀折)도 문제라면 문제였지만.

그보다 자신이 남긴 '현상'들을 무위로 돌려 버린 연우의 굴레 조작(羈絆操作)은 더 큰 문제였다.

천리안을 통해 연우가 신왕의 격을 갖추고, 시간의 태엽을 자유롭게 다룰 수 있게 되었다는 사실은 금세 알아차릴 수 있었다.

하지만 그렇다고 해도, 자신이 남긴 흔적을 '무시'해 버린다는 것은 도저히 있을 수가 없는 일이었다.

올포원. 그는 탑에서 벌어지는 모든 일들을 주관하고 통제하는 시스템의 화신이자, 자아였으며.

그 속에 구속된 모든 존재들이 보내는 신앙을 갈취하여 현상과 결과를 확정 짓는 사용자(User)였다.

근데 그의 의도를 무시하고, 시스템이 결정지은 사안을 뒤집어 버린다고?

그것이 의미하는 바는 단 하나.

바이러스.

시스템을 배제하고, 오히려 좀먹는 존재.

하지만.

"무슨 짓이긴."

그때까지도 올포원은 짐작조차 하지 못했다.

"네 밥그릇 뺏는 소리지."

연우는 단순한 바이러스에 그치지 않고, 오히려 관리 영역까지 전부 넘보고 있다는 것을.

[어뷰저 ###가 비공개 설정해 두었던 자신의 이
름을 공개 설정으로 바꾸었습니다!]

[각 층계의 '명예의 전당'에 비공개로 기록되었던 이름들이 전부 공개 처리되었습니다!]

[1층 1위 ### → 차연우]

[2층 1위 ### → 차연우]

[3층 1위 ### → 차연우]

......

[76층 1위 ### → 차연우]

『......!』

그제야 올포원은 연우가 노리는 바가 무엇인지 깨달을 수 있었다.

그는 시스템의 화신으로서, 탑에 거주하는 모든 존재들의 신앙을 갈취하기 때문에 올포원(All for One)이라는 신위를 유지할 수 있었다.

고대신과 개념신을 포함한 모든 초월자들이며 플레이어들이 덤벼들어도 그를 꺾지 못했던 건, 그들이 달성한 힘의 총합만큼을 그가 소지하기 때문이었다.

하지만.

여기서 그에게로 쏟아지는 신앙 중 일부를 도중에 갈취할 수 있다면?

[모든 명예의 전당에 기록된 어뷰저 차연우에 대한 점수가 합산됩니다!]

[축하합니다! 그동안 깨지지 않았던 신기록을 달성하는 데 성공하였습니다!]

[새로운 랭킹 1위에 등극하였습니다!]

[1위: 비바스바트 → 차연우]

그동안 부동의 1위로 기록된 자리를 빼앗는 것만큼, 신앙을 갈취할 수 있는 최고의 방법도 없으리라.

화아악!

그렇게.

올포원으로 향하던 신앙선들이 꼬이면서 다수가 연우에게로 맞닿았고.

그것들은 일제히 배광(背光)으로 드러나 연우를 빛무리에 잠기게 만들었다.

그리고 그만큼 올포원을 둘러싸고 있던 빛무리는 힘을 잃어 갔으니……

[알 수 없는 힘이 어뷰저 차연우에게로 깃듭니
다!]

[음령이 활성화됩니다!]

그동안 미루고 미뤄 두었던.

연우의 탈각(脫殼)이 시작되었다.

Stage 83.
올포원

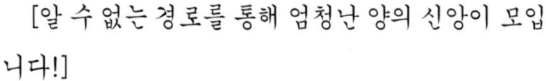

　　[알 수 없는 경로를 통해 엄청난 양의 신앙이 모입니다!]

　　[알 수 없는 경로를 통해 엄청난 양의 신앙이 모입니다!]

　　······

　　[가파른 속도로 신앙 수치가 오르고 있습니다!]

　　[주의! 너무 가파른 신앙 수치의 증가는 자칫 영혼에 막대한 무리를 줄 수 있습니다! 원활한 통제를 위해 인위적인 조절을 필요로 합니다!]

　　[주의! 막대한 양의 신앙이 쏠리는 관계로 영혼이

현재 과부하 상태에 잠겼습니다! 자칫 영혼이 붕괴될 우려가 있습니다!]

......

['주의' 단계가 '권고' 단계로 상향 조정되었습니다!]

['권고' 단계가 '경고' 단계로 상향 조정되었습니다!]

......

['경고' 단계가 '지급 경보(至急警報)'로 상향 조정되었습니다!]

[영혼이 수용할 수 있는 신앙 수치를 훨씬 초과하였습니다!]

[현재 탈각이 진행 중입니다. 3, 4…… 6%…….]

[신성(神聖)이 또렷해집니다.]

[신화(神話)가 단단해집니다.]

['완숙(完熟)' 상태였던 영혼의 한계가 해제되어 격이 상승하였습니다. 현재 상태: 개화(開花).]

[신앙 수치 한계 수용량이 대폭 증가하였습니다!]

[초과된 신앙을 재수용합니다. 88, 89%……99.8%…… 102.1%]

[영혼이 수용할 수 있는 신앙 수치를 훨씬 초과하였습니다!]

[탈각이 빠르게 진행 중입니다. 12, 13……
16%…….]

[신성이…….]

[신화가…….]

……

['개화' 상태였던 영혼의 격이 상승하였습니다.
현재 상태: 장려(壯麗).]

……

[영혼이 수용할 수 있는 신앙 수치를 훨씬 초과하
였습니다!]

[탈각이 빠르게 진행 중입니다. 19, 20……
22%…….]

'빠르게' 진행 중이라는 메시지와 다르게.

연우의 탈각은 '거북이걸음'이라는 말이 생각날 정도로
아주 느릿하게 진행되고 있었다.

그동안 연우가 영혼을 필멸자로서 이룰 수 있는 최고의
격으로 올려 두었고.

강화될 신위도 두 가지나 되었으며.

신화로 변할 업의 양도 아주 어마어마했기 때문이었다.

그 모든 것이 완전히 승화(昇華)를 하려면 당연히 그만큼 상당한 시간이 필요할 수밖에 없었다.

더군다나 여기에는 올포원으로부터 갈취한 신앙들도 있었으니.

그것은 '일부'인데도 불구하고, 영혼이 수용할 수 있는 한계 허용치를 훨씬 초과할 만큼 어마어마한 양을 자랑했다.

탈각이 진행되면서 영혼이 신령(神靈)으로서 빠르게 변화를 하는 중임에도, 그만큼 그릇이 계속 확장되는데도 불구하고. 그것을 금세 채우고도 남을 만큼 엄청났던 것이다.

그나마 신왕의 격을 회복한 크로노스와 합일을 한 상태이기 때문에 겨우 버틸 수 있는 것일 뿐.

이미 연우의 영혼은 과부하 상태에 잠겨 있는 것이나 마찬가지였다.

바로 그때.

새로운 변화가 더해졌다.

　　[영혼에 가중되는 신앙 수치의 압박이 거세집니다!]
　　[경고! 영혼이 위태롭습니다.]
　　[경고! 영혼이 흔들립니다.]

......

[신왕의 격으로 영혼이 단단히 떠받쳐집니다.]

[영혼에 가중된 압박이 육체로 흘러넘칩니다. 육체에 가중되는 압력이 갑자기 거세지면서 붕괴가 시작될 조짐을 보입니다.]

[용의 인자가 반발합니다!]

[마의 인자가 반발합니다!]

[신의 인자가 반발합니다!]

[거인의 인자가 반발합니다!]

......

[네 개의 인자가 서로 긴밀하게 연결되며 압박과 가중을 버텨 냅니다.]

[허용치를 넘어섰습니다.]

[네 개의 인자 간에 연결된 회로망이 한결 더 두터워집니다.]

[회로망이 견고해집니다.]

[회로망이 확장됩니다.]

거신마룡체라는 말도 안 되는 특성을 지녔던 육체가, 새로운 변화를 맞았던 것이다.

[네 개의 인자가 한꺼번에 임계점을 돌파합니다!]

[7차 각성이 시작됩니다!]

탈각에 이은 새로운 각성까지.

콰드드득—

덕분에 연우는 올포원을 빠르게 몰아치는 와중에도 육체가 시시각각 변하고 있었다.

거기서 빚어지는 끔찍한 고통이 엄청났지만, 그는 눈썹 하나 흐트러트리지 않았다. 마치 지금은 올포원을 처치하는 데만 몰두하겠다는 듯이.

쿠릉, 쿠릉, 쿠르릉!

콰콰콰콰—

스퀴테를 휘두를 때마다 검고 붉은 검뢰가 번쩍이면서 올포원이 빚어내는 황금색 광채를 자르고, 꿰뚫고, 부수며, 지웠다가, 다시 쏟아졌다.

여태껏 올포원을 상대했던 이들 중 어느 누구도 이렇게 홀로 올포원을 몰아붙일 수 없었으니.

그것은 탑에 거주하는 존재라면 누구나 시스템의 속박에서 벗어날 수 없었기 때문이었다.

어떤 힘과 권능을 지녔다고 한들, 절대 올포원의 손바닥에서 벗어날 수 없었다.

무왕마저도 지니고 있는 능력은 한참 전에 그를 추월하였으나, 결국 '올포원'이라는 신위를 뛰어넘진 못했다.

하지만.

연우는 달랐다.

　[해당 대상은 시스템에 노출되지 않은 상태입니다.]

　[명령어가 작동하지 않습니다.]

『말도 안 되는!』

올포원이 처음으로 경악성을 내뱉을 정도로, 말도 안 되는 입지를 이미 구축하고 있었기 때문이었다.

어뷰저라는 상태를 유지하여 절반은 시스템의 속박에서 벗어나면서, 나머지 절반은 예속된 상태로 신앙을 갈취한다.

　[알 수 없는 힘이 지속적으로 중앙 정보 처리 장치 (中央情報處理裝置)에 대한 해킹을 시도합니다!]

"안 되긴 뭘 안 돼?"

연우는 올포원의 대수인을 옆으로 쳐 내면서 차갑게 웃
었다.

"돼."

　[일부가 이미 장악되었습니다.]
　[경고! 방어하십시오.]
　[경고! 방어하십시오.]

휘휘휘!

연우를 따라 휘몰아치는 신력의 폭풍이 더 거세지면서,
검은 그림자가 불길하게 일렁이고, 그 위로 붉은 불길이 몇
번이나 치솟으며 황금색 색채를 지워 나갔다.

그리고.

파앗!

연우가 날린 일격이, 마침내.

　[검뢰가 신앙선을 일부 단절시키는 데 성공했습
니다!]
　[플레이어, 비바스바트를 구성하고 있던 신위, 올
포원이 잠시간 흔들립니다.]

[모습이 드러납니다!]

수천 년간 올포원을 둘러싸고 있던 배광이 처음으로 흩어졌다. 신앙의 상당한 양을 연우에게 갈취당하면서 밝기가 많이 약해진 데다가, 신앙선까지 일부 끊어지면서 생긴 결과였다.

그리고 거기서 드러난 얼굴은 연우에게도 아주 익숙했다.

녹턴과 똑같은 얼굴.

하지만 거기에 담긴 표정은 생각했던 것보다 훨씬 다채로웠다.

경악.

충격.

불신.

당황.

그리고…… 두려움.

"당신도 결국."

그런 녀석을 보면서.

"사람이었군."

연우는 차갑게 한마디를 내뱉으며 있는 힘껏 녀석을 밀었다.

쿠르르르—

올포원은 오른쪽 손날로 스퀴테를 막아 내면서도, 다른 손으로 다시 배광을 끌어 올려 전신을 뒤덮었다.

하지만 이미 연우는 그동안 올포원에게 갖고 있던 모든 경이나 신비를 떨쳐 버린 상태였다.

아니, 오히려 올포원을 보면서 한껏 비웃음을 던졌다.

그동안 녀석이 배광을 뒤덮은 채로 살아왔던 이유가, 바로 이런 모습들을, 표정들을 외부로부터 숨기기 위함이었단 것을 깨달았기 때문이었다.

자신과 별다르지 않았던 것이다.

가면.

연우가 자신의 정체를 숨기기 위해 얼굴을 가렸듯이, 올포원은 세상으로부터 자신을 숨기고 싶었다. 그에게는 배광이 바로 가면의 역할을 했던 것이다.

차이점이 있다면 그는 더 깊게 숨고자 했던 것이라고 해야 할까.

대화를 할 때도 직접적인 육성이 아닌, 육합전성이나 어기전성을 한껏 고수했으니까.

"예전부터 느낀 거지만…… 당신은 나와 닮아도 너무 닮았어."

연우는 그렇게 작게 읊조리면서 검뢰의 출력을 최대로

끌어 올렸다.

『허튼소리!』

하지만 올포원은 으르렁거리면서 양 손바닥으로 합장 자세를 취했다. 조금씩 사그라졌던 배광이 단번에 하늘로 삐죽 치솟으면서 거대한 빛의 기둥을 만들어 냈다.

그 속에는 시원의 불이 가득 담겨 있었다. 엄청난 빛과 열이 폭풍과 함께 뒤섞인 채로 파문을 잔뜩 그려 냈다.

그리고.

[첫 번째 '천마군림보'가 펼쳐집니다!]
[충격에 주의하십시오!]

그는 다시 한번 더 천마군림보를 밟고자 했다.

다만, 전과 달리 그 대상은 연우뿐.

스테이지 전체를 짓눌렀던 모든 압박감을 그를 둘러싼 공간에만 쐐기처럼 박아 넣어 존재를 아예 부숴 버릴 참이었다.

동시에.

[시스템이 해당 대상을 버그로 판단하여 강제 축출을 하고자 시도합니다!]

[방화벽이 최고 단계인 9단계로 상향 조정되었습니다. 이레귤러와 관련된 모든 기능을 정지 및 차단합니다.]

[백신이 최고 단계인 9단계로 상향 조정되었습니다. 이레귤러를 바이러스로 판단, 축출 및 삭제하고자 합니다.]

[알 수 없는 힘이 방화벽을 무시하고자 합니다!]

[알 수 없는 힘이 백신에 거세게 저항합니다!]

하지만 연우도 지지 않겠다는 듯이 거칠게 밀어냈다. 음검은 시스템의 틈을 비집고 들어가 무력화를 시도한다. 이것은 그 과정의 일환일 뿐이었다.

['프네우마의 하늘'이 작동 중입니다!]

[단단히 고정된 시간의 태엽을 빠르게 되감습니다!]

[백 서버가 발생하였습니다.]

['천마군림보'의 발동이 강제 취소되었습니다!]

올포원은 어떻게든 천마군림보를 밟아 연우의 존재를 속박하려 들었으나.

연우는 이것을 강제로 없던 일로 만들면서 유유히 빠져나오고, 재차 공세를 가했다.

황금색 광채와 검붉은 어둠이 서로 맞물리기를 반복했다.

쿠쿠쿠쿠……!

스테이지를 잔뜩 뒤덮은 두 사람의 싸움은 서로 한 치도 밀리지 않는 팽팽한 대치를 이뤘다.

*   *   *

「홍홍홍! 역시 우리 주인님이라니까용! 죽어서도 같이 따라다니길 너무 잘한 것 같단 말이죵!」

라플라스는 빛의 세계를 뒤덮어 가는 그림자를 보면서 제자리에서 방방 뛰었다.

너무 재미있어 죽겠다는 투. 천마군림보가 취소되면서 몸을 회복한 그는 두 번 다시 없을지도 모를 대전투를 보면서 잔뜩 흥분한 상태였다.

흡혈군주나 페렌츠 백작 등도 연우를 보면서 한껏 전율을 하고 있었다.

사룡들도.

망자 거인들도.

디스 플루토도.

올림포스도.

모든 권속들이 싸움을 멈추고, 연우와 올포원을 바라보고 있었다. 빛을 뒤덮는 그림자에 잔뜩 열광했다.

심지어 빛의 세계 외곽에서 죽다가 겨우 살아난 신들조차도, 연우를 멍한 시선으로 바라보았다. 유일신이 되고자 했던 주신들도, 창조신들도 예외는 없었다.

경외(敬畏).

그들의 마음속에는 한결같이 똑같은 감정이 떠올랐다.

하지만.

차정우만은 달랐다.

안색이, 너무 딱딱하게 굳어 있었다.

형의 등장을 가장 기뻐했던 이가 이런 반응이라니.

「무슨 일이니?」

라나만이 뒤늦게 그런 차정우의 시선을 읽고 조심스레 물었다.

『라나, 이건……!』

차정우가 다급한 어조로 뭐라고 말을 하려는데.

[알 수 없는 힘에 의해 시스템 키(凡)가 최고 관리 등급을 획득하였습니다.]

[최고 관리자 자격으로, 77층에 있는 모든 존재들이 강제 퇴장되었습니다!]

갑자기 망막 위로 긴급 메시지가 떠오르더니, 그들 모두가 빛무리에 잠겼다.

팟!

[탑 외 지역에 입장했습니다.]

그리고 차정우 등이 나타난 곳은 다른 층계도 아닌, 탑의 바깥이었다.

"이, 이게 무슨……?"

"뭐지? 갑자기 이게 어떻게 된 거야?"

차정우를 비롯해 77층에 있던 아르티야의 멤버들 모두가 우왕좌왕했다.

탑 외 지역에 있던 낙오자들도 이게 대체 무슨 일인가 놀란 기색이 역력했다.

[76층에 입장한 플레이어들이 모두 강제 퇴장되

었습니다.]

[75층에 입장한 플레이어들이 모두 강제 퇴장되었습니다.]

......

[1층에 입장한 플레이어들이 모두 강제 퇴장되었습니다.]

하지만 탑에서 활동 중이던 모든 플레이어들이 방출되었단 사실을 깨달았을 때, 혼란은 더 커지고 말았다.

[98층으로 퇴장된 모든 신들이 이게 대체 무슨 짓이냐며 중앙 관리국에게 거칠게 항의합니다!]

[77층을 관전 중이던 모든 악마들이 스크린이 암전된 것을 중앙 관리국에게 따져 묻습니다!]

[중앙 관리국이 사태와 원인을 파악하는 중이라는 답변을 발표하였습니다!]

['말라흐'의 서기장, 메타트론이 침묵합니다.]

['르 인페르날'의 수좌, 바알이 침묵합니다.]

신들도 악마들도 모두 쫓겨났다는 메시지. 심지어 중앙

관리국도 전혀 이유를 모르고, 메타트론과 바알도 침묵에 잠겼다.

"……뭐?"

"그럼 지금 저 탑에는 아무도 없단 거잖아?"

헤아릴 수도 없을 만큼 많은 플레이어들은 두려움에 젖은 시선으로, 여전히 높다랗게 서 있는 탑을 바라보았다.

무언가…… 일이 벌어지려 하고 있었다.

바로 그때.

츠츠츠—

"그, 그림자가 내려온다!"

"77층부터 1층까지 전부 잠기고 있어!"

77층에서 조금씩 바깥으로 새어 나오던 그림자가 탑의 표면을 타고 미끄러져 내렸다. 마치 화선지가 먹물 통에 떨어진 것처럼, 하계로 통칭되는 탑의 아랫부분이 모두 그림자에 잠기고 있었다.

「무슨……!」

라나도 이유를 알지 못해 목소리가 잘게 떨리는 가운데.

차정우는 어느새 하계를 전부 잠식한 뒤, 차차 둥그스름한 모양으로 다듬어지는 그림자를 보면서 생각했다.

마치 저것이……

[칠흑왕이 한껏 웃으면서 세상을 굽어다 봅니다.]
[천마가 말없이 세상을 봅니다.]

…… '알' 처럼 보인다고.

*　　*　　*

"……."
탑 외 지역의 지상에서는 전혀 보이지 않는 드높은 상공 위.
하르모니아는 자신의 발아래에 깔린 둥근 '알' 을 무심한 얼굴로 내려다보고 있었다. 아무런 감정도 담기지 않은 얼굴. 마치 조각을 한 것처럼 아름다웠고, 그것이 마치 인세에 존재하지 않을 것처럼 보여 오히려 기괴함을 자아냈다.
'알' 을 만들어 내는 것.
그리하여 여의봉을 먹어 치우고, 저 깊디깊은 공허에 묶여 심연에서 잠들어 있는 칠흑왕을 깨우는 것만이 지상 과제였던 그녀로서는 그토록 바라마지 않던 순간이 찾아온 것이었지만.
어쩐지 그녀는 기뻐 보이는 기색이 전혀 없었다.
그저 '알' 의 표면을 따라 불길하게 일렁이는 그림자를,

아니, 이제 서서히 칠흑으로 변하는 검은 아지랑이를 바라보기만 할 뿐.

"오효효효. 평상시에는 커다란 곰 인형을 끌어안고 방긋방긋 웃으시더니. 그런 모습은 다 어디로 가고, 그렇게 차가운 표정만 짓고 계신가요?"

바로 그때, 뒤에서 괴상한 웃음소리가 들렸다. 하르모니아가 이 일을 계획할 때 쉴 틈 없이 들어서 이제는 익숙해지다시피 한 웃음소리.

고개를 돌린 곳에, 이블케가 외눈 안경을 고쳐 쓰면서 서 있었다. 그의 시선도 온통 '알'에 단단히 고정되어 있었다.

"어떻게 나온 거지?"

하르모니아는 눈을 가늘게 좁혔다.

관리자는 탑에 귀속된 존재. 시스템에 종속되어 그 의지를 대변한다. 일종의 처리 장치나 다름없는 것이다.

당연히 탑을 벗어나는 것은 절대 불가능했다. 그래서는 데이터가 완전히 삭제되거나, 보존되더라도 기억 장치가 없어 활동이 불가능할 테니까. 그렇기에 관리자는 항상 탑에서만 생활이 가능했다.

그런데 이렇게 바깥에 나와 활동을 한다고?

도저히 있을 수 없는 일이지만.

"관리직을 놓았거든요. 오효효!"

이블케는 별것 아니라는 투로 다시 기분 좋게 웃었다.

"원래 리더는 시기를 잘 읽고 몸소 낮은 곳으로 내려와 직원들과 소통을 나눠야 하는 법이지요."

하르모니아는 어떻게 그게 가능한 건지 굳이 묻지 않았다. 최초 관리자이면서, 탑 내에서도 가장 오래된 존재. 그의 정체나 기원을 캐내는 것은 이미 포기한 지 오래였다.

수상쩍은 점이 아주 많았지만, 하르모니아가 그와 손을 잡은 이유는 단 하나.

이해관계가 일치하기 때문이었다.

이블케는 세상 누구보다 탑, 그 자체를 싫어하고 있었다.

"그럼 지금……?"

"관리국은 엉망이지요. 사실 그냥 책상 위에 사표만 던져두고 나왔거든요."

"……."

가뜩이나 연우와 천계의 77층 침공으로 정신이 없을 텐데. 관리국의 수장이 빠진다면 어떻게 될지 불에 보듯 뻔했다.

이블케는 아주 장난스럽게 말했지만, 사실 저것도 전부 계산하에 벌인 일일 것이다.

"오효효! 물론, 그렇다고 해서 제가 저와 뜻을 함께하기로 한 이들까지 내칠 정도로 막무가내는 아니랍니다. 외장

메모리에 관련된 힌트도 같이 남겨 두었으니, 그걸 푸신 분들은 따로 백업을 해 두시겠지요."

쉽게 말해 추종자들 중에서도 실력 좋은 이들만 가려 뽑겠단 뜻이었다.

사실상 관리국은 결딴났다고 봐야 하지 않을까. 시스템도 그만큼 제대로 작동하질 않을 테니 망가질 테고. 화신인 올포원도 신앙을 갈취당하면서 기능이 마비되었고, 연우도 해킹을 이리저리 시도했으니 사실상 마비 상태라고 봐야겠지.

'신들이 더 난리를 치겠네.'

하르모니아는 어쩐지 천계에서 벌어지고 있을 모습들이 눈에 선명하게 보이는 것 같았다.

관리국은 먹통이며, 하계는 칠흑으로 잠식되고 있다. 올포원과 연우는 서로 부딪치고 있고, 그러면서도 천계에 갇혀 옴짝달싹할 수밖에 없는 상황.

그런 와중에 탑에 의해 가라앉아 있던 칠흑왕이 서서히 깨어나는 것을 지켜봐야만 한다? 게다가 탑이 서서히 녀석에게 먹히는 꼬락서니를 보면서도 도망치지 못한다?

당연히 공포에 질릴 수밖에 없을 것이다.

그동안 '죽음'을 자신들과는 전혀 무관한 것으로만 여겼던 존재들이. 하계의 벌레들만이 가지고 있다 여겼던 것들이, 정작 그것이 그들의 문 앞에 성큼 다가와 있음을 안다면 과연 어떤 느낌이 들는지.

그리고 그런 공포와 두려움은 칠흑왕의 기지개를 더 원활하게 만들 좋은 자극제가 되어 줄 것이다.

그러다 곧 '꿈'과 함께 저물고 말 테고.

이 세계 전체가 칠흑왕의 꿈으로 떨어지는 것이다.

"다만, 조금 안타까운 점이 있다면, 더 많은 주신들을 '알' 속에다 던져 놓지 못한 것이랄까요. 차연우 님의……오, 이렇게 이름이 제대로 나오는 걸 보니 조금 신기하긴 하지만. 여하튼 차연우 님이 무엇을 그리고 있는 것인지를 잘 모르겠단 말이지요."

외눈 안경 너머로 이블케의 눈이 반짝였다. 튜토리얼에서부터 지금에 이르기까지, 연우가 벌여 왔던 여러 놀라운 일들이 있는 만큼 지금은 또 어떤 모습을 보여 줄까 기대에 잔뜩 찬 눈빛이었다.

어차피 그로서는 저 빌어먹을 탑만 없앨 수 있다면. 하르모니아가 승기를 쟁취하는 것도, 연우가 반전을 벌이는 것도 다 좋았다.

"그래도 이렇게 좋은 기회를 그냥 허투루 날릴 수는 없겠지요."

이블케는 잠시 고개를 들어 이곳에서도 잘 보이지 않는

98층을 보았다.

하계와 달리 저곳은 아직까지 그림자가 차오르질 않아 여전히 시린 배광을 뿜어 대고 있었지만. 그것도 언제 꺼질지 모를 정도로 위태롭게 흔들리고 있었다.

아마 저곳에서 제우스가 그와의 거래를 충실히 이행하고 있겠지.

"……."

하르모니아는 더 이상 이블케 쪽으로 시선을 주지 않았다. 어차피 둘 다 공통적으로 원하는 목적은 거의 이뤘으니, 이제부터는 각자가 개인플레이를 해야 할 때였다. 이블케가 다른 어떤 꿍꿍이를 지니고 있다 한들, 그녀가 신경 쓸 거리는 아니었다.

다만, 걸리는 점이 있다면.

'브라함…….'

그녀는 더 이상 보지 못할 누군가의 이름을 생각하다, 가만히 눈을 감았다.

번쩍!

순간, 그녀가 검은 빛무리에 젖어 든다 싶더니, 폴리모프가 해제되면서 탑 외 지역을 전부 뒤덮고도 남을 만큼 거대한 크기를 자랑하는 용종이 모습을 드러냈다.

크롸롸롸!

탑 외 지역이 들썩일 만큼 엄청난 포효를 터뜨리면서, 하
르모니아는 자신이 해야 할 일을 시작했다.

이제부터.

부화 의식을 시작할 차례였다.

                    *   *   *

[알 수 없는 힘이 시스템에 대한 통제 권한을 획득
하고자 시도합니다!]

잘게 부서지고.

[제어 장치에 일부 침투하였습니다.]
[비교 기능이 감염되었습니다.]
[연산 기능이 약화되었습니다.]
[판단 기능이 정지하였습니다.]

파훼되고.

[명령어가 무력화되었습니다!]

......

[중앙 정보 처리 장치의 무력화로 인해 정보 수집 및 해석에 막대한 시간이 소요됩니다.]

[서버와 클라이언트 사이에 일시적인 네트워크 지연 현상이 빚어지고 있습니다.]

수복이 더 이상 이뤄지지 않았다.

[시스템 기능의 마비로 인해, 권능 '불사(不死)'가 불발됩니다!]

『으음......!』

올포원의 목소리가 잘게 떨렸다.

이래서는 난감하다는 투.

하지만 연우는 그것이 신음 소리라는 것을 알고 있었다. 방금 전 검뢰에 의해 왼쪽 팔이 잘려 나갔다. 아무리 올포원이라 하더라도, 통각을 전부 차단한 게 아닌 이상에야 아프지 않다면 그게 더 이상한 것이겠지.

그러나 녀석은 그보다 더 크게 당황하고 있는 게 분명했다. 분명히 자동적으로 이뤄져야 할 시그니처 스킬이 제대로 작동하지 않고 있었으니까.

[권능, '불사'를 대신해 하위 스킬, '재생'이 발동
되고자 합니다.]
[알 수 없는 힘이 스킬, '재생'의 발동을 일부 저
지합니다. 독소가 잔뜩 쏟아집니다.]
[스킬, '무채독'이 발동 중입니다!]

['죽음'이 이식되고 있습니다.]

올포원의 잘린 왼팔에는 배광이 더 이상 덮이질 못하고,
대신에 검은 그림자가 끈적끈적하게 달라붙어 안쪽으로의
침투를 시도하고 있었다.

"잘되지 않을 거야. 괜히 당신의 그 옛 같은 시그니처 스
킬들을 막으려고 온갖 고생을 한 게 아니니까."

『……나에 대해 연구를 많이 하였군.』

"칭찬으로 받아들이지."

연우는 시니컬하게 웃었다.

올포원 레이드를 결심하고 난 뒤부터.

그리고 크로노스가 녀석에 의해 쓰러졌다는 사실을 알
고, 무왕이 녀석을 뛰어넘으라며 유언을 남기고 난 뒤부터.

연우는 음검을 완성하면서도, 한편으로는 어떻게 해야만 올포원 잡을 수 있을지를 수도 없이 연구했다.

다행히 녀석에 대한 데이터는 꽤나 많이 갖고 있었다.

동생이 회중시계에서 벌인 시뮬레이션에서 보았던 정보들이며, 아버지가 겪었던 경험들, 그리고 연우가 직접 창공 도서관에서 녀석과 겨루면서 체득한 것들까지.

이런 것들을 바탕으로, 다양한 공략법을 만들어 낸 것이다.

음검을 이용해 시스템 해킹을 시도하여 번번이 권능 발동을 방해하고.

정보 공개를 통해 신앙을 갈취하며.

스퀴테를 완성해서 영체에 강제로 손상을 입혔다.

무채독을 이용해서 '죽음'을 강제로 이식시킨 것도 바로 그런 이유 때문이었다.

이쪽에서 신앙을 아무리 갈취한다고 해도 한계가 있기 마련이었으니. 올포원이 그동안 탑에다 남긴 족적이 큰 데다가, 자체적으로 보유하고 있는 신화도 엄청나기 때문에 신체적인 능력도 어느 정도 다운시킬 필요가 있었다.

불사가 불발되고 '죽음'이 호시탐탐 녀석의 목숨을 먹어치우려 들 테니, 그것만 해도 뼈아픈 타격일 것이다.

하지만.

'그래도 강해.'

연우는 겉으로 여유롭게 웃은 것과 다르게 살짝 조바심이 났다.

분명히 여러 수를 사용해 이제 올포원과 대등한 수준에까지 이를 수는 있었다. 올포원이라는 신위도 한껏 크게 흔들어 놓았다.

여태껏 기나긴 탑의 역사 동안 아무도 이루지 못한 업적을 이룬 셈이었지만, 바로 이 점이 문제였다.

팽팽한 대치.

압도적인 승기가 아닌 것이다.

'과연 천마의 아들이라고 해야 하나. 쉽지가 않아.'

올포원은 신위가 아니더라도, 이미 그 자체만으로도 강했다. 제천류로 짐작되는 무예 실력도 대단했고, 간간이 발휘되는 천마군림보는 아주 위협적이었다. 괜히 그동안 랭킹 1위의 자리를 굳건하게 지킬 수 있었던 것이 아니었다.

이래서는 올포원을 완전히 꺾어 탑을 부숴야겠다는 기존의 계획이 더뎌질 수밖에 없었다.

더군다나 문제는.

[시나리오 퀘스트(칠흑왕의 야욕 I)가 원활하게
진행 중입니다!]

[칠흑왕이 분신이 벌이는 대리전에 흡족해합니
다.]

　[천마가 가만히 대리전을 살핍니다.]

　칠흑왕과 천마도 무슨 생각인지 도통 알 수가 없다는 점
이었다.

　아무리 신경을 쓰지 않으려 해도, 그게 좀처럼 쉽지 않았
다.

　호시탐탐 자신을 부추겨서 '꿈'에서 깨어나려는 칠흑왕
과 자신의 아들이 죽을 위기인데도 불구하고 아무런 의사
표시도 하지 않는 천마.

　둘 모두 그에게는 너무나 부담스러운 존재들이었다.

　거기다 하르모니아나 이블케도 대체 무슨 생각을 하고
있는지 알 수 없으니.

　결국.

　이 팽팽한 대치를 깨고 판을 이쪽으로 완전히 뒤집기 위
해서는 새로운 패가 필요한 셈이었다.

　'역시…… 태극혜 반고검이 필요해.'

　무왕도 누누이 말하지 않았던가. 음검이 있어야만 올포
원을 상대할 수 있는 방법이 생기고, 태극혜 반고검이 완성

되어야만 시스템도 완전히 부술 수 있을 것이라고.

〈양도(陽刀)〉의 유무가 문제였다.

'하지만 지금 내 상태로는 양도를 익히지 못해.'

외뿔부족이 태양지체라는 특성을 타고나 음검을 익히지 못한 것처럼.

연우도 음령이라는 새로운 특성을 구축하면서 양도는 배울 수 없게 되어 버렸다.

일종의 딜레마인 셈이었다.

'차라리 탈각이라도 빨리 이뤄진다면 새로운 방법을 찾을 수 있을까 싶었지만……'

[탈각이 이뤄지고 있는 중입니다. 24, 25……
26%……]

갈취하고 있는 신앙이 너무 많아서일까. 탈각의 속도가 너무 느렸다. 거기에 따라 7차 각성도 현저히 느리게 진행되고 있는 상황.

이렇다면 결국 남은 방법은 하나였다.

'하지만 그건……'

연우의 눈이 깊게 가라앉았다.

                    *   *   *

"젠장! 아무것도 도와줄 수 없는 게 이렇게나 짜증이 날
줄이야……!"

판트는 칠흑으로 물드는 탑을 보면서 이를 바득바득 갈
았다. 무력한 자신의 꼴이 그저 한탄스럽기만 할 뿐이었다.

더구나 그는 내심 찝찝한 부분이 있었다.

연우가 아직 태극혜 반고검을 익히지 못했다는 것.

무왕의 말에 따르면 그것이 없어서는 올포원과 시스템을
완전히 부수지 못할 텐데……!

그러던 그때.

그동안 말없이 옆에서 탑을 보고만 있던 여동생, 에도라
가 나지막하게 깔린 목소리로 입을 열었다.

"아니. 도와줄 방법이 하나 있긴 있어."

"뭔데?"

"내가 오라버니의 권속이 될 수 있게 도와줘."

"그게 무슨 헛소리야!"

판트는 저도 모르게 펄쩍 뛰고 말았다.

연우의 권속이 될 수 있게 해 달라는 것.

그 뜻은 단 하나였다.

죽어서 연우의 그림자에 귀의하겠다.

"냉정하게 생각해. 양도를 익히지 못한…… 아니, 익힐 수가 없는 오라버니가 양도를 취할 수 있는 방법은 그것밖에 없어."

"……!"

"그리고 내가 없어진다면 10층의 랭킹도 오라버니에게로 갈 테고. 그렇다면 더 많은 신앙을 얻을 수 있어."

구구절절 옳은 말이었다.

현재 연우가 하계에서 유일하게 1위를 못한 층계가 있었다.

10층.

백색 세계에서 문을 따라 길을 찾는 시련을 갖고 있던 그곳은 에도라가 1위를 차지했던 것이다. 〈혜안〉을 이용한 결과였다.

에도라는 그것을 연우에게로 헌납해서 하계의 모든 순위를 1위로 통일하자고 말하는 것이다.

이미 통합 랭킹을 홀로 쥐고 있는 마당에 아주 사소한 차이밖에 되지 않겠지만, 그 정도라도 판세에 큰 영향을 줄 수 있을지도 모르니까.

이뿐만이 아니다.

에도라가 연우의 그림자 속으로 귀속될 수 있다면, 양도를 이루는 모든 데이터도 연우에게 고스란히 넘기는 게 가능해진다.

양도의 기초 구성이 되는 혜안을 시작으로, 그동안 에도라가 정리해 뒀던 모든 것들을 연우가 얻을 수 있다면 태극혜 반고검을 완성할 수 있을지도 몰랐다.

아니, 연우가 직접 펼치지 못한다 하더라도, 에도라가 권속으로 있게 된다면 강제로 틀을 맞출 수는 있을 테니까.

"어차피 죽어도 오라버니 옆에서 사자 소환으로 나타날 수 있는 거니까. 그리 나쁠 것도 없잖아."

에도라는 뭔가 단단히 결심한 얼굴로 판트를 바라봤고.

"헛소리 마라."

판트는 생각할 가치도 없다는 듯 짧게 일축했다.

그의 얼굴은 어느 때보다 진지했다.

"나더러 직접 동생을 희생시키라고? 너 어디 대가리에 총이라도 맞았냐?"

"냉정하게 판단해. 오빠는 내 혈육이기에 앞서 일족의 왕이야. 아버지의 복수를 하기 위해서는……!"

"아니. 나는 일족의 왕이기에 앞서서 네 핏줄이다. 가족도 지키지 못하면서 무슨 일족을 경영해? 대의를 위한 희생이니 뭐니 하는 같잖은 소리 할 거면, 이 일 끝날 때까지 영감님한테 부탁해서 너부터 감금해 버릴 테니 그렇게 알아."

"……."

"하여간 평상시에 혼자서 똑똑한 척은 다 하면서 꼭 이럴 때만 나사가 빠져 갖고는."

판트는 에도라를 아예 대놓고 무시해 버렸다. 더 이상 듣기 싫다는 듯.

에도라는 아랫입술을 질끈 깨물었다.

그녀라고 해서 어찌 죽고 싶을까. 하지만 그렇다고 해도 당장 연우에게 도움이 될 만한 방법은 그것밖에 보이지 않았다.

'한 번만 저 안으로 새겨 넣을 수 있다면 어떻게든 될 텐데…….'

에도라의 생각이 깊어지던 그때.

"요는 양도에 대한 정보를, 저 이상한 '알' 안쪽으로 새겨 넣을 수만 있으면 된다는 건가?"

뒤에서부터 나지막한 목소리가 두 남매에게 들렸다.

언젠가는 좋아했지만, 이제는 더 이상 그럴 수 없는 목소리.

판트와 에도라가 반사적으로 고개를 돌렸다.

그곳에.

녹턴이 무뚝뚝한 얼굴로 서 있었다.

*　　　*　　　*

[시간의 태엽이 한없이 느리게 감깁니다!]

외부 시간이 느려지고, 사고 세계는 빨라졌다.

올포원이 새로운 공세를 준비하는 것을 보면서. 연우는 크로노스와 새로운 공략법을 모색하고자 했다.

『너 설마 며늘아기를 잡아먹겠다거나 하는 소리를 하는 건 아니지?』

크로노스의 목소리가 연우의 머릿속을 울렸다.

'아버지.'

『왜?』

'드디어 노망나셨습니까?'

『이 새끼가 아버지한테 못하는 말이 없어!』

'멀쩡하시다면 그런 말씀을 하실 리가 없잖습니까.'

물론, 연우라고 해서 에도라의 권속화를 생각해 보지 않은 건 아니었다.

그림자에 귀속된다는 건, 그 영혼이 가진 모든 것을 종속시킨다는 의미.

즉, 양도와 음검을 합칠 수 있는 방법이 생긴다는 의미였다.

하지만 그런 생각은 떠올리자마자 즉각 폐기했다.

'더 이상 희생은 보고 싶지 않습니다.'

희생되었던 아버지와 동생을 이제야 겨우 다시 만나게 되었는데. 또 다른 아픔을 겪기는 싫었다. 당시에는 힘이 없어서 그랬다지만, 지금도 만약에 그렇게 된다면 도저히 정신을 차릴 수가 없을 것 같았다.

『하긴. 너는 좀 이상한 데서 멘탈이 유리였지.』

크로노스는 헛웃음을 흘렸다. 그러면서도 한편으로는 안도하고 있었다.

보통 이만한 힘에 취하고 나면, 신이든 악마든 누구나 점차 감정을 상실한 괴물이 되기 마련이었다. 대부분의 주신들이 그러했고, 크로노스 역시 신왕 시절에 그러기도 했다. 젊은 시절의 결의 따윈 모두 잊은 채, 권력만을 탐하는 기계가 되었던 것이다.

하지만 연우는 여전히 인간으로서의 마음을 잃지 않고 있었다.

아주 사소한 마음가짐의 차이라 하더라도.

크로노스는 그런 아들이 너무나 고맙고 사랑스러웠다.

『그래도 네 음험한 성격에 저치를 상대할 방법을 전혀 생각지 않았을 리는 없고. 뭐냐, 방법은?』

음험한 성격이라니. 연우는 대체 아버지에게 자신의 이

미지가 어떻게 박혀 있는 것일까 싶었지만, 굳이 딴죽을 걸지 않고 진지하게 대답했다.

'아버집니다.'

『나?』

'예.'

『내 신화를 믿는다는 거군.』

크로노스는 단숨에 연우의 생각을 읽을 수 있었다.

그는 지구에서 만 년에 가까운 세월을 무수히 전생(轉生)하면서 수많은 영웅들의 업적을 터득해 왔다.

그러니만큼 기초가 탄탄할 수밖에 없었고.

만약 양도를 익힌다면 그만한 적격자도 없는 셈이었다.

자신이 익힐 수 없다면 아버지에게 대신 배우게 하면 되는 것이다.

무엇보다.

연우는 합일을 염두에 두고 있었다.

그런다면 자신의 음검과 아버지의 양도가 서로 맞물려 돌아가며 태극혜 반고검을 온전히 끌어낼 수 있을 테니까.

『하지만 무공이라는 건, 내가 생각하고 있던 것과 전혀 다른 별개의 영역인 것 같더라만.』

다만, 크로노스는 조금 난감한 기색을 폈다. 그라고 해서 외뿔부족의 비전인 무공을 배우고 싶지 않은 건 아니었다.

하지만 그걸 익힌다는 게 결코 쉽지 않다는 것쯤은 잘 알고 있었다.

그만큼 무공은 전혀 다른 영역이었다. 외뿔부족이 괜히 한때 지고종(至高種)으로 분류되었던 것이 아니었다.

사실 그로서는 무공을 개조하다 못해 이제는 창안하고 있는 연우가 신기해 보일 지경이었다.

『난 거기에 대한 지식이 전혀 없다. 그런데 그중에서도 최고 반열이라 할 수 있는 걸 이런 단시간에 배우는 건……힘들지 않을까?』

네 스승도 결국 완성하지 못한 걸 대체 나더러 어떻게 단시간에 익히라는 거냐. 거기다 체질이나 특성도 다르지 않으냐. 크로노스는 그렇게 말하고 있는 셈이었다.

하지만.

'아뇨. 됩니다.'

연우는 단호했다.

『음? 허! 평상시에는 버릇없던 네가 이 아비를 사실은 얼마나 속으로 흠모하고 존경하고 있었는지는 모르겠다만, 그게 그처럼 쉬웠으면 진즉에 이 아비도 무공을 배웠을……!』

'아버지의 신화를 다시 쌓은 사람이 저라는 것, 벌써 잊으셨습니까?'

『너, 설마?』

'양도를 배울 수 있는 자격은 이미 만들어 두었습니다.'

『……!』

크로노스는 자신도 모르게 헛웃음을 흘리고 말았다.

대체 자신도 모르는 사이에 자신의 몸에다 무슨 짓을 해 버린 건지!

하지만 어찌 보면 당연하다고 할 수 있는 일이기도 했다.

연우는 영혼을 새로 정립하면서 음령을 갖출 정도로 이미 음검에 대해 깊은 이해도를 가졌다. 그렇다면 이때의 방식을 이용해 스퀴테를 제작하는 것도 충분히 가능하단 뜻이었다.

이걸 두고 이제 자신을 양령(陽靈)이라고 해야 하는 걸까, 아니면 말 그대로 양도(陽刀)라고 해야 하는 걸까, 하는 헛웃음을 흘리다가, 곧 진지한 어투로 물었다.

『하지만 나에게 며늘아기 일족의 특성을 부여했다고 해도, 그걸 발현하는 건 전혀 다른 이야기일 텐데?』

양도를 펼칠 수 있는 기반이 마련되어도, 정작 펼치는 건 전혀 다른 이야기일 테니까.

'양도를 전부 다 펼치실 필요는 없습니다.'

『그럼?』

'일 합(一合) 정도면 괜찮지 않겠습니까?'

『일 합? 음! 하긴 그 정도면 해 볼 만할지도…….』

양도를 연속으로 펼쳐 내는 것이 아니라, 단 한 번 펼치는 것이라면 어떻게든 해낼 수 있을지도 모른다. 그 역시 수많은 전생을 통해 쌓은 깨달음이 있으니까.

『하지만 내게 어떻게 전수해 주려는 것이냐?』

'생각해 둔 게 있습니다.'

『음?』

연우의 말에 크로노스는 도저히 짐작도 가지 않는다는 듯 고개를 갸웃거렸다.

＊　　　＊　　　＊

―계속 패배자로 남을 거면 그냥 그렇게 있어.

하지만 스승님의 제자로 남고자 한다면, 일어서.

녹턴은 빙왕, 트와이스와 함께 무기력한 은거 생활을 하고 있던 중에 어느 날 갑자기 그런 서신을 받고 말았다.

발신인도, 수신인도 적혀 있지 않은 편지.

대체 누가 놓고 간 건지, 머리맡에 놓여 있었다.

만약 상대가 마음만 먹었다면 자신을 쉽게 벨 수 있었을 거란 섬뜩한 생각을 하면서도.

녹턴은 그걸 보고 누가 남긴 메시지인지를 단번에 깨달을 수 있었다.

연우였다.

이해는 가지 않았지만.

그에게 있어 자신은 당장 찢어 죽여도 시원찮을 원수에 불과할진대.

소중한 스승을 앗아 간 놈팡이일 텐데 어째서 이런 짓을 하는 걸까.

하지만.

녹턴은 굳이 거기에 대해서 의문을 던지지 않았다.

그저 자리에서 일어나기만 했다.

그리고 움직였다.

마치 그렇게 해야만 하는 것처럼.

빙왕과 트와이스는 곧 죽을 사람처럼 굴던 그가 왜 갑자기 생각을 바꿨는지 알 수 없었지만, 반겨야 할 일이기에 옆에서 응원했다.

녹턴은 검을 쥐었고.

다시 검집에 넣었다.

그리고.

77층에서 올포원 레이드가 시작되었다는 빙왕의 말을 듣고 곧장 발걸음을 옮겼다.

그렇게 해서 도착한 곳이 바로 이곳이었다.

"할아버지, 아무래도 우리……."

"음, 그래. 아무래도 누울 자리를 찾아온 것 같구나."

녹턴의 뒤를 쫄래쫄래 따라왔던 빙왕과 트와이스는 이쪽으로 쏟아지는 외뿔부족의 살벌한 시선에 한없이 쭈뼛거려야만 했다.

그들 역시 아무리 하이 랭커에 해당한다고 해도, 무서운 건 무서웠으니까.

특히 새로운 왕이라던 판트는 당장에라도 그들을 찢어 죽이겠다는 투였다.

"네놈이 대체 무슨 낯짝으로 여길 온 거지? 그새 뒈지고 싶어져서 모가지라도 내밀러 왔나?"

하지만 그러거나 말거나.

녹턴은 살기를 느끼면서도, 고요한 눈빛으로 에도라를 보고 있었다.

"나 역시 한때는 스승님으로부터 태극혜 반고검을 익히도록 훈련을 받았으니, 대략적인 구결이나 운용법은 알고 있다. 하지만 그때는 혜안이 완성되기 전이었으니 양도가 아직 정립되질 못했었지. 반면에 그 심득(心得)은 너만 갖고 있는 것이고. 안 그러나?"

판트가 도중에 버럭 소리를 지르면서 둘 사이에 뛰어들었다.

"파문된 주제에 어디 함부로 그딴 말을 들먹이는 거냐! 다시 한번 더 스승 운운을 하면 주둥이부터 찢……!"

"오빠."

"그래. 에도라야. 심장이 막 벌렁벌렁하지? 어서 저놈을 내가 치워 줄……."

"좀 닥쳐."

"……응?"

"뭐라고 말하는지 알아들을 수가 없잖아. 그러니까 좀 닥치라고."

"……."

판트는 에도라의 살벌한 말에 입을 꾹 다물어야만 했다. 무슨 말을 하고 싶어도, 싸늘하게 굳은 에도라의 얼굴을 보고 있노라니 아무 말도 나오지 않았다.

하지만 에도라는 그쪽으로 시선도 주지 않고 녹턴을 잔뜩 노려보았다.

"그래서 하고 싶은 말이 뭐죠?"

"그 심득, 나에게 일러다오."

"그 뒤에는요?"

"말했잖나. 저 안에다 새기겠다고."

"그게 가능할……!"

"가능하다. 검흔(劍痕) 안쪽에다 의념을 새겨 넣을 거니까. 저치 정도 되는 이라면 금세 그걸 알아볼 수 있을 테지."

"……."

"어차피 나는 음령도, 태양지체도 아니니 심득을 얻는다고 해도 쓰지 못해. 그러니 맡겨 봐도 손해는 안 볼 텐데?"

〈신안(神眼)〉

에도라는 영매가 되면서 터득한 눈을 활짝 열어 녹턴을 면밀히 살폈다. 거짓 여부를 따질 때마다 답변이 돌아오는 식이었다.

「심득을 전달할 수 있나?」

—참.

「정말 사사로운 이용은 안 될까?」

—참.

「혹시 다른 꿍꿍이는 없는 걸까?」

—없음.

「아무런 이득도 없는데, 그럼 여긴 왜 온 거지?」

—알 수 없음.

녹턴은 분명히 자신이 한 말에 한 치의 거짓도 없는 게 분명했다. 그가 왜 이곳에 나타났는지는 여전히 알 수 없었지만, 도움이 된다면 써먹어야만 했다.

"좋아요. 그렇게 하죠. 단, 만약에라도 오라버니에게 허튼짓을 하신다면……!"

"어차피 이렇게 많은 이들로부터 미움을 받고 있는데, 그런 짓을 했다가 정말 죽으려고?"

녹턴은 이미 자신의 주변을 에워싼 대장로와 부족원들을 보면서 쓴웃음을 지었다.

그 순간, 에도라가 입술을 달싹였다.

에도라의 설명이 이어지는 동안.

녹턴의 얼굴이 시시각각 기묘하게 변했다.

놀라면서도 한편으로는 이해를 하고, 뭔가를 깨달은 듯한 표정.

녹턴 역시 한때 무왕 아래에서 태극혜 반고검을 수련해왔고, 비록 파문이 되었다고 하더라도 검을 단련하는 것을 절대 게을리한 적이 없었다.

실제로 무왕을 상대할 때에 탈각과 초월까지 보이려 하지 않았던가. 비록 무왕이 그것을 강제로 끊어 버리긴 했다지만, 그래도 지금도 그가 원하기만 한다면 언제든지 시도할 수 있었다.

그런 그가 놓아 버렸던 검을 다시 쥐었고, 에도라로부터 새로운 심득을 얻고 있었다.

그 때문일까.

녹턴은 심득을 연우에게 전달해 줘야 한다는 의무감에 비장한 얼굴을 하고 있었지만, 언제부턴가 그런 것들을 모두 잊어버린 것 같았다.

그만큼 에도라의 심득은 그에게 있어 신천지(新天地)였고, 별세계(別世界)였다.

그동안 무의 끝자락을 어느 정도 봐 왔다고 자부했음에도 도저히 생각지 못한 새로운 우주를 본 듯한 느낌을 받고 말았다.

그리고.

그 자신이 서 있는 곳이 얼마나 협소하고 왜소한지를.

그동안 얼마나 자신이 우물 안 개구리였는지를 절실히 실감할 수 있었다.

그렇기에 녹턴은 언제부턴가 눈을 감고 가만히 뭔가를 되뇌었다. 정리하고 또 정리하면서, 기존에 자신이 터득한 심득과 비교하여 세계관을 마구잡이로 확장시켰다.

에도라가 설명을 끝낸 뒤에도 한참 동안 감은 눈을 뜨지 않다가.

번쩍!

눈을 뜬 순간, 눈동자 위로 기광(奇光)이 번뜩였다.

살짝 말려 올라간 그의 입가에 맺힌 미소는 삭막하기만 하던 이전과 다르게 어느 정도 여유가 있었다.

"양도란 것은 세계를 작동시키는 틀에 맞춰서 나를 재해석하고, 거기에 맞게끔 하나의 부품이 되는 과정인 거로 군……. 그래서 세계의 이면을 꿰뚫어 볼 수 있는 혜안을 필요로 하는 거고. 그렇게 이해했는데 맞나?"

의념을 외부로 방출해서 강제로 세계의 틀을 조작하려는 음검과는 아주 대조될 수밖에 없겠어. 녹턴은 그런 뒷말을 붙였다.

에도라가 여기에 뭐라고 답하려 했지만, 녹턴은 손을 뻗어 그런 에도라의 말을 막았다.

"아니. 이 뒤는 안 듣도록 하지. 그래서는 지금 겨우 정리한 것이 흐트러질 것 같으니까."

녹턴은 음검의 무론(武論)을 중심으로 양도를 해석하여 연우에게 넘겨줄 심산이었다. 그래야 그가 훨씬 수용하기 편할 테니까.

"그래도 한 가지만큼은 확실하군."

그리고 녹턴은 검집으로 손을 가져갔다. 순간, 그를 노려
보던 판트며 부족원들이 바짝 긴장했다. 그를 따라 흐르던
공기가 이질적으로 바뀌었기 때문이었다.

대장로는 그 속에 살의가 없다는 것을 읽고, 어서 물러나
라며 손짓을 했다. 부족원들은 하나같이 싫어하는 티를 내
면서도, 지시대로 몇 발자국 물러서서 녹턴을 위한 공터를
만들어 주었다.

"인생을 제멋대로 살기 바쁜 나나 막내 사제에게는 양도
가 어울리지 않는다는 것."

녹턴은 그렇게 중얼거리면서 천천히 검을 뽑아 들었다.

스르릉!

검이 햇살에 부딪혀 찬란하게 빛났다. 분명히 몇 년이 넘
도록 제대로 관리를 하지 않아 때가 타고 날이 잔뜩 빠져
있는데도, 어쩐지 새것처럼 반짝이는 것 같았다.

"무량(無量)……."

판트는 그것을 보면서 작게 중얼거렸다.

무량검. 언젠가 무왕이 떠난다고 의사를 밝힌 녹턴에게
파문을 선언하면서 작별 선물로 주었던 검.

판트는 무왕이 그것을 만들기 위해 며칠 동안 밤을 새면
서 얼마나 많은 장인들을 채근했는지, 그리고 그 틀을 잡기

위해 그가 얼마나 노력을 쏟아부었는지 잘 알고 있었다.

녹턴은 그런 무량검을 세게 쥐고서 발을 앞으로 내디뎠다.

아무런 예비 동작도, 징후도 없는 걸음에 불과했지만.

무심하게 무량검을 위에서 아래로 내긋는 순간, 세상이 떠밀리는 듯한 느낌이 들었다.

거기서.

"음?"

대다수의 부족원들은 뭔가를 본 것 같은데, 아무런 흔적도 남지 않은 데에 고개를 갸웃거렸고.

"……!"

여전히 신안을 열고 있던 에도라는 눈을 크게 떴으며.

"…….."

판트는 입을 꾹 다물었다.

그리고 대장로는 나지막한 목소리로 작게 중얼거렸다.

"망할 나유 녀석이 돌아와 검을 나눈다면, 그것을 받아낼 수 있는 건 저 아이밖에 없을지도…….."

뜻은 연우에게로 전해졌으되.

무(武)는 녹턴에게로 향하였구나.

대장로는 곳곳에 남아 있는 무왕의 흔적들을 보면서 씁쓸함을 지울 수가 없었다.

심검(心劍).

검을 쥔 무인이라면, 어느 누구나 닿고 싶어 한다는 경지
가 바로 그곳에 있었다.

*　　　*　　　*

『그 생각해 뒀다는 게 대체 언제 오는……!』

크로노스는 올포원과 팽팽하게 부딪치다 말고, 갑자기
이곳으로 강하게 엄습하는 무언가를 감지하고 말았다.

공간과 공간의 단면을 자르듯이 훅 들어오는 일격이 너
무나 섬뜩할 정도로 날카로워서, 저 선상 위에 놓였다간 제
아무리 신격이라고 해도 영혼이 그대로 단절되고 말 것 같
다는 직감이 강하게 들었기 때문이었다.

더군다나 그들이 있는 곳이 빛과 칠흑이 호시탐탐 서로
를 잡아먹으려 얽혀 드는 성역이라는 것을 감안한다면.

이를 '무시하고' 들어오는 공격은 절대 경시할 수 있는
것이 아니었다.

신왕의 격을 복구해서 전성기 시절로 부활했다고도 할
수 있을 크로노스조차도 놀랄 만한 공격인 셈이었다.

이런 건…… 무왕이 초월을 이루기 전에 보였던 일검과
아주 비슷한 것 같은데.

하지만 이상하게 그곳에 살의는 전혀 실려 있지 않아 무언가 이상하다는 생각이 들었고.

뒤늦게 연결된 아들의 의식이 별다른 동요를 하지 않는 것을 보고 깨달을 수 있었다.

저것이 바로 연우가 준비해 뒀던 것임을!

『이게 무슨……?』

반면에 전혀 아는 바가 없던 올포원으로서는 경악에 찬 목소리를 낼 수밖에 없었다.

지금 저것은 그 자신이 이루었던 기질을 바탕으로 하면서도, 무왕의 업이 얹어져 있었다.

그게 사뭇 당황스러울 수밖에 없었다.

촤아아악!

연우와 올포원이 부딪치려다 말고, 도중에 서로 방향을 꺾어 지나간 자리 위로 한 줄기 선이 길쭉하게 그어졌다.

빛과 어둠의 영역을 가로지르며 정중앙에 틀어박힌 거대한 검흔(劍痕).

하늘에서부터 대지에 이르기까지, 아주 길쭉하게 남은 검흔은 공간 자체에 깊게 박힌 나머지 빛과 어둠이 어떻게든 지워 보려 하는데도 절대 꿈쩍 않았다.

그것은 이미 하나의 현상이었다.

세계의 법칙마저도 뛰어넘을 정도로 강렬한 의념이 세상

에다 강하게 남긴 흔적.

거기서 풍기는 수많은 의념들에.

『허……!』

올포원은 무왕의 재림을 보는 것 같아 탄식을 흘렸고.

『호오.』

크로노스는 탄성을 내뱉었으며.

"……왔군."

연우는 그럴 줄 알았다는 듯 고개를 끄덕였다.

'역시 이자에게 맡기길 잘했어. 이렇게 나설 확률은 반 반이라고 생각하긴 했지만.'

녹턴은 생전에 무왕도 인정할 정도로 실력이 뛰어났고, 검을 다루는 솜씨는 자신과 비슷하다고 말하기도 했었다. 그만큼 세 명의 제자들 중에서도 무학에 대한 깊이가 남달 랐다는 뜻이었다.

연우는 바로 이 점에 착안해서 녹턴을 통해 양도를 전수 하고자 했다. 그러면 음검과 양도의 차이점을 명확하게 꿰 뚫어 보고, 이를 바탕으로 재해석하여 보다 알아보기 쉬운 형태로 자신에게 알려 줄 수 있을 테니까.

물론, 무왕을 사라지게 만든 주범이니만큼 다시 가까이 할 생각은 없었다.

다만, 시간이 흐른 뒤 머릿속이 냉정해지고 나서는 무왕의 뜻을 어느 정도 받아들일 수 있게 되었기 때문에 그에게 새로운 기회를 주고자 했을 뿐이었다.

'가짜'라는 생각이 자꾸 드는 정신적 외상으로부터 탈출하여 '진짜'인 그 자신을 찾을 수 있게 하고, 완전한 자립을 이룰 수 있도록.

'그것이 스승님의 유언이었으니까.'

다행히 녹턴은 연우의 자극에 맞춰서 다시 자리를 떨치고 일어나 검을 쥐는 데 성공할 수 있었다.

아니, 사실 손은 검을 그동안 놓고 있었을지도 몰라도, 마음 한편에서는 여전히 검을 쥐고 있었던 게 분명했다.

'아버지.'

『왜 그러냐.』

'이 정도는 보실 수 있으시겠죠?'

『흥. 너는 이 아비를 너무 과소평가하는구나. 당연히.』

크로노스가 차갑게 웃었다.

『'흉내' 정도는 낼 수 있지.』

크로노스가 아무리 무공의 무 자도 모른다고 해도, 오랜 세월 동안 영웅의 신화를 쌓은 만큼 기본적인 개념은 이미 터득하고 있었다.

더군다나 녹턴이 남긴 검흔은…… 뭘 모르는 사람이 보아도 전율을 일으킬 정도로 강렬한 인상을 심어 주었다.

그리고 의념을 읽을 줄 아는 경지의 고수라면, 누구나 세계관이 확 트일 수밖에 없는 높은 길이 제시되고 있었다.

그것은 단순히 양도에 대한 심득일 뿐만 아니라, 녹턴의 모든 것이 담긴 정수이기도 했기 때문이었다.

그래서 크로노스는 깊은 이해도를 바탕으로 그것을 제식대로 빠르게 해석할 수 있었고.

화아아!

이를 바탕으로 양도에 필요한 기초적인 모든 과정을 빠르게 끝마칠 수 있었다.

휘휘휘휘!

물론, 그건 완벽한 양도는 아니었다.

아무리 녹턴이 정보를 전달한다고 해도 이는 왜곡될 수밖에 없고, 크로노스도 자신의 시점에서 어느 정도 왜곡해서 듣게 될 테니까.

애당초 연우도 그런 사실을 잘 알기 때문에 모든 양도를 바라지 않았다. 그가 원하는 건 단 한 번. '일 합'이었다.

그러나.

그것만으로도 스퀴테는 여태껏 보이던 것과는 전혀 다른 현상을 빚어낼 수 있었다.

[스퀴테가 알 수 없는 힘을 구현합니다!]

스퀴테를 중심으로, 강풍이 시계 방향을 그리면서 빠르게 회전했다. 크로노스가 여태 줄줄이 내뱉던 사념을 세계의 틀에 맞춰서 바꾸게 되자, 저절로 법칙이 그를 중심으로 돌아가기 시작했던 것이다.

그리고 그렇게 회전하기 시작한 강풍은 하늘로 오르기에 양(陽)이 되었고.

연우가 여태껏 구현하고 있던 음검은 역방향을 그리면서 회전하여 천천히 아래로 침잠해 음(陰)의 성질을 폈다.

반대로 도는 기류와 기류가 서로를 방해하지 않고, 오히려 마치 톱니바퀴처럼 맞물리면서 속도에 박차를 가했으니.

『호오. 발산하는 의념이 커지면 커질수록, 몇 곱절로 증폭하는 힘이라……!』

그 모양새는 마치 음양이 서로 꼬리를 물면서 회전하는 태극을 보는 것만 같았다.

세상이…… 그와 동화하여 전체가 꿈틀거리고 있었다.

[알 수 없는 힘이 시스템의 제약에서 벗어나고자 합니다!]

[경고! 시스템이 재단할 수 없는 막대한 양의 정보가 쏟아지고 있습니다. 렉 현상이 발생합니다.]

[경고! 막대한 정보를 연산하는 것이 더뎌지고 있습니다. 시스템이 다운될 우려가 있습니다.]

......

[경고! 알 수 없는 힘이 전반적인 시스템에 막대한 악영향을 끼치고 있습니다!]

[제어 장치가 정지되었습니다!]

그 중심에서 연우는 이것이야말로 진정한 태극혜 반고검이라는 사실을 깨달을 수 있었다.

언제부턴가 올포원이 내뱉던 어기전성도 힘의 막대한 기류에 파묻혀 들리지 않았다.

콰콰콰!

[77층을 구성하고 있던 모든 기능들이 마비됩니다.]

[스테이지가 붕괴됩니다.]

빛과 어둠으로 가득했던 세계가 허물어졌다. 흰색 물감

과 검은색 물감을 섞으면 회색으로 변하듯, 스테이지 전체가 이리저리 굴절되면서 잿빛으로 가라앉고 있었다.

시스템이 교란되었다. 그러다 비교, 연산, 판단과 같은 정보 처리 기능이 전부 정지되면서 올포원의 빠른 움직임도 덩달아 정지되었다.

치직, 치지직!

노이즈가 잔뜩 꼈다. 배광으로 잔뜩 뒤덮인 올포원의 형상이 금방이라도 부서질 것처럼 이리저리 흔들렸다.

그가 뭐라고 소리를 질러 댔다. 여전히 들리지는 않았지만, 간간이 부서지는 배광 아래로 드러나는 얼굴은 충격으로 굳어 있었다.

말 도 안 돼

그렇게 말을 하는 것 같았다.

연우는 막대한 힘의 역류에 금방이라도 몸이 부서질 것처럼 휘청거렸지만, 반대로 오히려 역방향으로 회전하는 두 힘의 회전축에 있었기 때문에 온전히 버틸 수 있었다.

이것이 태극혜 반고검이구나.

세계의 이치를 바꾸려 하는 반대되는 두 힘이 맞물려 돌아가기에 태극(太極)이고.

의념이 섞였기에 혜(慧)이며.

그 형태가 마치 우주 창생의 기초 재료가 되었다던 거인이 태어난 알을 연상케 하여 반고(盤古)라.

그리고 그것을 펼쳐 내는 형태가 바로 검(劍)이니.

연우는 언젠가 스승님이 이루고자 그토록 노력했던 힘의 완성을 눈앞에 둔 채로.

음양이 맞물리는 지점을 따라, 스퀴테를 거세게 내리쳤다.

동시에 현자의 돌과 드래곤 하트에 쌓여 있던 막대한 양의 마력도 그곳으로 쑥 하고 빠져나갔다.

따다다당!
철컹, 철컹―

어디선가 그런 소리가 나는 것 같았다.

존재를 강제로 속박하는 모든 사실이 산산조각 나는 듯한 소리.

그리고 실제로 플레이어 올포원을 구성하고 있는 모든 데이터들이, 시스템과 연결된 모든 기능들이 강제로 단절되고 말았다.

[시스템 에러!]

[시스템 에러!]

[원인을 찾을 수 없습니다.]

[원인을 찾을 수 없습니다.]

[해당 데이터와 연결되어 있던 디스코 조각들이
모두 알 수 없는 이유로 훼손되었습니다.]

[원본 데이터를 찾을 수가 없습니다.]

양도를 완전히 구현해 내지 못했기에 비록 단 일격에 지
나지 않았지만, 효과는 확실했다.

'올포원'이라는 존재를 구성하고 있던 모든 요소들이 순
식간에 부서지면서, 시스템으로부터 받고 있던 가호와 축
복, 그리고 효과들이 모조리 취소되고 만 것이다.

그리고 그 자리에 남은 것은.

올포원이 아닌, 비바스바트라는 인물뿐.

배광도 마치 바람에 훅 꺼진 촛불처럼 완전히 사라지고
없었다.

불신과 경악으로 가득한 눈이 보였고.

연우는 마력을 한순간에 탕진한 현기증에 금방이라도 쓰
러질 것 같았지만, 초인적인 인내심으로 〈순보〉를 밟아 단

숨에 비바스바트의 앞까지 다다랐다. 너무나 빨랐기에 순보는 마치 최종형이라는 〈축지〉를 방불케 했다.

올포원, 아니, 비바스바트는 몸을 뒤로 빼려 했지만.

그보다 먼저 연우의 왼손이 그의 목을 낚아채고 말았다.

"드디어 잡았군."

연우의 입꼬리가 시니컬하게 올라갔다.

"어떻게……?"

육합전성도 이제는 사라지면서 육성이 흘러나왔다.

불신으로 가득한 녀석의 눈을 보고 있노라니, 연우는 자기도 모르게 실소가 터졌다.

"몰랐나? 원래 운영자는 핵쟁이를 못 이기는 법인데 말이지."

　　[알 수 없는 힘에 의해 시스템 기능이 마비되었습니다!]

　　[또 다른 알 수 없는 힘에 의해 중앙 정보 처리 장치가 해킹되어 명령어 해독에 막대한 차질이 빚어집니다!]

　　[시스템이 올 다운됩니다!]

첫 번째는 양도를.

두 번째는 음검을 의미했다.

양도는 세계의 틀에 '나'를 맞추는 과정이니, 시스템이라는 세계에 스퀴테가 맞춰져 일종의 트로이 목마 같은 바이러스가 된 셈이고.

음검은 '나'를 기준으로 세계의 틀을 강제로 조정하는 것이니, 시스템을 강제로 해킹하는 해커 역할을 맡게 된다.

그리고 이 과정을 비집고 들어가 모든 것을 끊어 내는 것.

그리하여.

[9단계의 방화벽이 무력화되었습니다!]

[9단계의 백신이 취소됩니다!]

……

[모든 방어 체계가 사라졌습니다.]

[운영 체제가 정지되었습니다.]

[시스템에 주입되던 명령어 기능이 모두 상실되었습니다!]

시스템을 운영하는 주체나 다름없던 신위 '올포원'을 사라지게 만드는 것.

이것은 어쩌면 탑에 들어온 이상, 강제로 구속될 수밖에 없는 존재들에게 새로운 활로를 모색할 수 있는 기회를 주고자 했던 누군가—소호 금천의 안배인지도 몰랐다.

소호 금천이 대체 무슨 생각을 가지고 있었는 건지는 모른다. 하지만 확실한 건, 탑을 처음으로 열었던 트리니티 원더 중 한 명인 그가 이런 기술을 남겨 놓은 데에는 그만한 이유가 있기 마련이라는 것이었다.

그래서 연우는 그것을 터득하여 시스템을 모조리 끊어 내는 데 성공하였고.

[플레이어, 비바스바트가 신위 '올포원'을 상실
하였습니다!]

드디어 올포원과 제대로 된 일전을 벌일 수 있게 되었다.
아니, 우위를 점할 수 있게 되었다.

[77층을 지켜보고 있던 모든 신들이 강한 충격을
받았습니다!]
[77층을 지켜보고 있던 모든 악마들이 올포원의
신화가 붕괴되는 것에 비명을 지릅니다!]
……

[모든 죽음의 신들이 왕의 재래에 으게 축복합니다!]

[모든 죽음의 악마들이 왕의 행차에 큰 환희를 느낍니다!]

......

[비마질다라가 그럴 줄 알았다는 듯, 흡족하게 고개를 끄덕입니다.]

[케르눈노스가 고요한 눈빛으로 당신을 바라보다, 그 배후에 있는 존재를 가만히 주시합니다.]

......

['말라흐'의 서기장, 메타트론이 동요하는 98층의 민심을 달래고자 선도합니다.]

['르 인페르날'의 수좌, 바알이 누군가를 잔뜩 경계합니다.]

[플레이어, 비바스바트에게로 향하던 신앙이 플레이어, 차연우에게로 전가됩니다!]

[신성이…….]

[신화가…….]

......

['난만(爛滿)' 상태였던 영혼의 격이 상승하였습
니다. 현재 상태: 홍실(紅實).]

……

[영혼이 수용할 수 있는 신앙 수치를 훨씬 초과하
였습니다!]

……

[탈각이 느리게 진행 중입니다. 31, 32……
35%…….]

[탈각 속도가 계속 저하되고 있습니다. 막대한 고
통이 뒤따릅니다.]

[정신을 잃을 경우, 탈각에 상당한 차질이 생길 수
있습니다. 안전한 곳으로 피신하여 탈각을 마무리할
것을 권고합니다!]

비바스바트에게로 향하던 모든 신앙이 꺾이기 시작했으
니까.

덕분에 연우는 탈각의 속도가 이전보다 현저히 느려지는
것을 느낄 수 있었다.

여태껏 '무적'이나 다름없었던 올포원의 신화가 깨지고,
절대 거스를 수 없을 것 같았던 시스템이 처음으로 무력화

된 것을 본 신과 악마들이 흔들리기 시작한 탓이었다.

여태껏 탑에 속박된 존재들은 도전자건, 초월자건, 어느 누구를 막론하고 올포원을 항상 '벽'으로 생각해 왔다.

그가 탑 내에서 최강자이며 아무도 꺾지 못한 무패의 인물이라고.

그리고 그러한 믿음과 인식들은 가뜩이나 시스템의 총애를 받고 있는 올포원에게 신앙까지 더해 주면서, 그를 절대 거스를 수 없는 난공불락의 철옹성으로 만드는 역할을 하게 되었다.

하지만 이제 그러한 철옹성의 문은 처음으로 뚫리게 되었고, 어쩌면 무적과 무패도 아닐지 모른다는 의구심을 갖게 했다.

그렇게 믿음이 사라질수록, 올포원에게로 향하던 신앙은 급속도로 몰락하고 말았다.

이에 따라 그의 주변을 조금씩 맴돌려던 배광이 서서히 사그라졌고.

반대로 연우를 중심으로 배광이 찬란하게 피어올랐다.

신과 악마들이 새로운 절대자로서 연우를 점찍게 되었기 때문이었다.

덕분에 수용해야만 하는 신앙이 자꾸만 늘어나 탈각이 늦어지고 말았다. 거기에 맞춰서 7차 각성이 이뤄지고 있다지만, 그것도 더 큰 고통을 주면 주었지 절대 작지는 않았다.

더군다나.

[칠흑왕이 분신의 선전에 크게 기뻐합니다.]

칠흑왕의 신심(信心)도 무척이나 두터워지면서, 분신으로서 활용할 수 있는 칠흑의 양도 자꾸만 늘어났다.

그리고 당연한 말이지만.

연우는 한번 잡기 시작한 승기를 놓칠 인물이 절대 아니었다.

[천마가 슬픈 눈빛으로 77층을 살핍니다.]

콰르르릉!

연우는 비바스바트의 목을 낚아챈 그대로 수직 하강을 시도했다. 녀석이 어떻게든 빠져나오고자 아둥바둥했지만, 이미 바짝 힘이 들어간 연우의 왼손을 꺾을 정도는 아니었다.

콰아앙!

커다란 크레이터가 형성되는 것과 동시에 빛의 세계를 따라 균열이 잔뜩 퍼졌다.

마치 유리창을 땅에 떨어뜨린 것처럼. 조각 난 공간들이 이리저리 튀어나오면서 땅에 처박힌 비바스바트와 그 위에 올라탄 연우를 여러 방향에서 비췄다. 수천수만 개의 상(像)이 동시에 맺혔다.

그리고 연우가 올포원을 짓누르는 힘이 커지면 커질수록, 대기를 짓누르는 압박감이 커질수록, 그를 중심으로 휘도는 그림자가 더 격렬하게 회오리치면서 빛의 세계를 갈가리 찢어 놓기 시작했다.

콰콰콰—

와장창창!

그러다 임계점에 다다랐을 때, 그 많은 상들이 동시에 아래로 우수수 쏟아졌다.

[강한 충격으로 인해 성역, '빛의 세계'가 강제 취소되었습니다!]

[77층, 빛의 관이 온전한 모습을 드러냅니다!]

성역이 무너지면서 드러난 스테이지는 밝은 햇빛 아래, 녹색 언덕이 아름답게 펼쳐진 배경을 가지고 있었다.

여태껏 공개된 적이 거의 없다시피 한 광경.

"난…… 난……!"

비바스바트는 몸을 파르르 떨었다. 잔뜩 일그러진 얼굴은 무언가를 외치고 싶어 하는 듯했다.

원통해서, 억울해서, 절규라도 내뱉고 싶어 하는 얼굴.

처음에 연우가 동생이 실종되고 어머니도 돌아가신 뒤에 보였던 것과 똑같은 얼굴이었다.

그러다.

"이대로 질 수 없다! 물어야만 한단 말이다!"

비바스바트는 억지로 연우를 떨쳐 내면서 달렸다. 신위는 사라졌을지언정, 아직까지 본신의 무력은 남아 있었으니까. 천마군림보에서부터 대수인에 이르기까지, 그는 순차적으로 이어지는 일련의 동작들을 보이면서 광휘를 잔뜩 쏟아 냈다.

배광의 광도(光度)에는 미치지 못하더라도, 여전히 눈부신 광휘가 번쩍이면서 그의 주변을 맴돌았다.

하지만 광휘는 이전처럼 위협적이지 못했다. 연우를 둘러싼 그림자와 칠흑을 뚫지 못하고, 오히려 먹혀들어 가고 말았으니까.

[그림자의 농도가 짙어져 칠흑의 속성을 띠게 됩니다.]

[칠흑이 광휘를 잠식합니다!]

마치 빨대를 타고 움직이는 것처럼, 칠흑은 단숨에 광휘를 쫓아 비바스바트를 옥죄어 갔다.

동시에 스테이지를 조금씩 물들이던 어둠도 단숨에 확장되면서 밝게 빛나던 스테이지의 하늘을 뒤덮어 갔다.

[77층이 칠흑으로 완전히 뒤덮였습니다.]
[심상 세계가 구현됩니다.]
[대성역이 구축됩니다.]
……

[명토(冥土)가 선포되었습니다!]
[죽음이 잠식합니다.]
[시간이 뒤틀립니다.]
……

[칠흑왕이 새롭게 형성된 분신의 영토를 보면서 실소를 흘립니다.]
[현재 1층부터 77층까지 모두 칠흑이 잠식한 상태입니다.]

[하계가 칠흑에 잠겼습니다!]

콰콰쾅!

쿠릉, 쿠릉, 쿠르르—

연우는 호시탐탐 날아드는 광휘를 옆으로 잇달아 쳐 내면서 비바스바트와의 간격을 바짝 좁히고, 잇달아 스퀴테를 휘둘러 댔다. 드래곤 하트와 현자의 돌에서 마력이 모두 소비되었다지만, 그건 시시각각 쏟아지는 수많은 신앙들로 인해 빠르게 채워진 상태. 그렇기에 움직이는 데는 전혀 문제가 없었다.

검뢰가 잇달아 떨어졌다. 광휘가 방어막 형태를 띠면서 불길을 옆으로 흘려보냈지만, 그럴 때마다 크로노스가 양도를 발동시켜 비바스바트의 움직임을 빠르게 봉쇄시켰다. 그리고 그 사이로 음검이 발동되어 날카롭게 녀석의 옆구리를 가르고 지나갔다.

비바스바트는 마치 망망대해 위에 홀로 떠 있는 난파선처럼 보였다. 풍랑이 점차 거세게 몰아치면서 금방이라도 가라앉을 것처럼 위태롭게만 보이는 난파선.

그가 자랑하던 모든 것들이 사라지고 없었다.

시스템의 비호도, 항상 충만하던 신앙도. 그의 성역도 이제 연우에게 빼앗기면서 모든 법칙까지 송두리째 이쪽으로 넘어왔다.

그리고.

[첫 번째 '천마군림보'가 펼쳐지려 합니다!]

[시간의 태엽으로 인해 발동이 강제 취소되었습니다!]

......

[신위를 상실하면서 권능, '불사'가 모든 효과를 잃었습니다!]

......

[권능, '대수인'이 불발되었습니다!]

......

그가 자랑하던 권능들까지도.

"아버지에게 물어야만 해! 왜 이런 세상을 만든 것인지! 왜 지옥 같은 굴레를 만들어 낸 것인지!"

고립무원(孤立無援).

그만큼 그를 제대로 가리킬 수 있는 단어가 어디에 있을까.

모든 것을 상실한 그에겐.

오로지 처연한 절망과 처절한 절규만이 남아 있을 뿐이었다.

[77층이 플레이어, 차연우의 신위로 가득 찹니
다!]

콰직!

그러다 스퀴테가 광휘를 가르고 지나면서, 비바스바트의
오른쪽 가슴팍에 틀어박혔다.

['죽음'이 플레이어, 비바스바트를 강제로 침투
합니다!]

[죽음과 관련된 온갖 저주가 쏟아집니다.]

['병사(病死)'가 구현됩니다.]

['독사(毒死)'가 구현됩니다.]

['아사(餓死)'가 구현됩니다.]

['갈사(喝死)'가 구현됩니다.]

['형사(刑死)'가 구현됩니다.]

......

[플레이어, 비바스바트의 신화가 부서져 흘러내
립니다!]

푸화악!

갈라진 가슴팍 위로 피가 튀었다. 하지만 그보다 훨씬 많은 양의 활자들이 우수수 쏟아져 내렸다.

그것은 그동안 비바스바트를 구축하고 있던 신화였다. 절대자로서 살아오며 탄탄하게 쌓아 올렸던 업적들.

격을 복구한 스퀴테의 날은 아주 날카로워서 육체뿐만 아니라 영혼까지 벤다. 당연히 신령을 구성하는 요소인 신화까지 '뜯겨' 나갈 수밖에 없었다.

소싯적 크로노스가 가이아의 저주를 겨우겨우 이겨 내면서 터득했던 권능, 〈참령(斬靈)의 인(刃)〉.

이것이 비바스바트의 영혼을 난도질하고, 거기다 온갖 죽음의 저주까지 더하면서 병을 주고, 독을 먹이며, 목을 타게 하고, 더위를 주입하여 몸이 완전히 무너지게 만들었다.

[천마가 차마 싸움을 제대로 지켜보지 못하고 고개를 옆으로 돌립니다.]

"난……!"

촤촤촤—

연우는 스퀴테를 빠르게 휘몰아치면서 비바스바트를 끝까지 몰아붙였다.

왼팔이 잘리며 위로 튀어 오르고, 오른쪽 다리가 무릎 아래로 잘려 나갔다. 옆구리에 깊은 상처가 났으며, 어깨 살이 크게 도려져 나갔다.

그럴 때마다 콸콸 쏟아지는 핏속에는 신화가 가득 섞여 있었다.

비바스바트가.
무너지고 있었다.

"나…… 는……!"

[천마가 두 눈을 질끈 감습니다.]

그러다 스퀘테가 우측 어깨에서부터 좌측 옆구리까지, 긴 선을 그리면서 미끄러졌다.

부서진 심장 위로 핏물과 활자가 그 어느 때보다 크게 튀어 떨어졌다. 그의 몸뚱이가 뒤로 무너졌다. 초점을 잃은 눈이 황망하게 하늘을 바라보고 있었다.

"물…… 어야……!"

[천마가 양손으로 두 귀를 닫습니다.]

비바스바트가 이렇게까지 무너지고, 그렇게까지 불러 대는데도 천마는 여태 나타나질 않고 있었다.

연우의 망막에는 떠오르던 천마와 관련된 메시지도 녀석의 눈에는 띄지 않는 듯했다.

이유는 알 수 없지만, 천마가 방해하지 않을 것은 확실했다.

연우는 왼손을 활짝 펼쳤다. 멍울이 맺히면서 드러난 톱니 이빨은 다른 어느 때보다도 탐욕스럽게 빛나고 있었다.

"삼켜라."

콰직!

톱니 이빨이 그대로 비바스바트의 부서진 심장에 틀어박혔다.

[권능, '하데스의 식령검'이 플레이어, 비바스바트에 대한 식령을 시도합니다!]

[천마가 주저앉아 눈물을 흘립니다.]
[칠흑왕이 대리전의 승리에 크게 웃음을 터뜨립니다.]

하 하 하

어디선가 그런 웃음소리가 들린 것 같았다.

분명 아무것도 들리지 않았고, 울리는 소리도 나지 않았
지만. 연우는 그 메시지를 보는 것만으로도 이곳을 재미나
게 지켜보던 누군가가 그런 웃음소리를 내었을 것이란 느
낌을 받을 수 있었다.

[77층을 지켜보고 있던 모든 신들이 충격적인 결
과에 아무 말을 잇지 못합니다!]

[77층을 지켜보고 있던 모든 악마들이 곧 사라질
비바스바트의 영혼에 강한 흥미를 갖습니다!]

……

[비마질다라가 새로운 절대자의 탄생에 강한 호
승심을 느낍니다.]

[케르눈노스가 여전히 당신의 배후를 노려봅니
다.]

……

[모든 죽음의 신들이 왕이 세운 위대한 업적에 경
의를 표합니다.]

[모든 죽음의 악마들이 왕이 닦은 위대한 신화에

찬란합니다.]

수많은 반응들이 시시각각 쏟아졌다.

하지만.

연우는 그런 걸 도저히 신경 쓸 겨를이 없었다.

[탑의 모든 신앙이 당신에게로 귀의합니다!]

가뜩이나 감당이 어렵게만 느껴지던 신앙이 비바스바트
를 완전히 꺾으면서 몇 배로 불어나 영혼 안쪽으로 꾸역꾸
역 쏟아진 데다가.

비바스바트가 죽어 가면서 내뱉는 신화의 양도 생각했던
것 이상으로 방대했기 때문이었다.

[플레이어, 비바스바트의 신화가 권능, '하데스의
식령검'이 온전히 소화하기 힘들 정도로 방대합니
다!]

[현자의 돌(오만·식탐·색욕)의 성질 중 '식탐'
이 포기하지 않고 거칠게 투레질을 하며 억지로 먹
어 치우고자 합니다.]

[신화의 양이 방대합니다.]

[신화의 양이 방대합니다.]

……

[현자의 돌(오만·식탐·색욕)이 '오만'의 성질을
드러내며 반발하는 비바스바트의 신화를 억누르고
자 합니다.]

['오만'이 기승을 부립니다.]

['오만'이 기승을 부립니다.]

……

[현자의 돌(오만·식탐·색욕)이 '색욕'을 통해
비바스바트의 신화를 어떻게든 회유하고자 합니
다.]

[비바스바트의 신화가 완강하게 거부합니다!]

세상의 모든 용종을 죽이고, 수많은 신과 악마들을 홀로
감당하였던 철옹성이 쌓은 신화가 절대 적을 리가 없었다.

하지만 현자의 돌은 어떻게든 반발하는 비바스바트의 신
화를 꺾고자 기승을 부렸다.

쿠쿠쿠쿠!

스테이지가 위아래로 떨렸다.

이것은 연우와 비바스바트가 벌이는 또 다른 싸움이었다.

그러다.

흐릿하던 비바스바트의 눈가에 살짝 초점이 잡혔다. 연우와 잠시간 눈이 마주쳤다.

한순간, 그는 무언가를 말하려는 듯했다. 슬프면서도 금방이라도 쓰러질 듯이 위태롭고 처연하기만 한 눈빛. 그것은 어쩐지 연우를 동정하는 것처럼 비치기도 했다.

너도 나와 다르지 않을……

결국 버림을 받고 말……

장기판의 말에 불과한……

제멋대로 튀어 오른 활자들이 그런 문장들을 만들어 내면서 연우의 눈앞으로 뱅글뱅글 맴돌았다.

비바스바트. 녀석은 대체 뭘 말하고 싶은 걸까.

하지만 녀석의 그런 눈빛은 오래가지 못했다.

콰직!

파아아아—

전신으로 퍼져 나간 균열이 커지면서 몸이 가루가 되어 와르르 무너졌기 때문이었다.

[현자의 돌(오만·식탐·색욕)이 반발하던 비바스바트의 신화를 억제하는 데 성공하였습니다!]

['오만'이 거드름을 피웁니다.]

['식욕'이 더 포악하게 날뜁니다.]

['색욕'이 군침을 흘립니다.]

……

[식령이 가속화됩니다!]

[소화 속도가 빨라졌습니다.]

[시스템 오류.]

[시스템 오류.]

[더 이상 명령권자를 찾을 수가 없습니다.]

[모든 시스템이 정지합니다.]

……

[명령권자의 상실로 인해 기존 운영 체제가 모두 삭제되고 말았습니다.]

[대안점을 모색합니다.]

[신앙의 절대다수가 한 지점으로 향하는 것이 발견되었습니다.]

[새로운 운영 체제가 설치되었습니다.]

[당신은 바로 새로운 운영 체제의 주체이자, 명령

권자, 그리고 화신입니다.]

......

[축하합니다! 새로운 올포원이 탄생하였습니다!]

시스템은 아무리 기능이 마비되거나 정지한다고 해도, 탑이 완전히 무너지지 않는 한 절대 사라지지 않는다.

화신이 사라진다고 해도, 그것을 대체할 만한 존재를 찾기 마련이었다.

시의 바다와 중앙 관리국이 올포원을 대체하려던 자리에 연우가 완전히 앉게 된 것이다.

이제 그는 탑에 있는 한, 비바스바트가 그러했던 것처럼 절대 지지 않는 막강한 권능을 손에 넣게 된 것이다.

이제.

정말 모든 복수가 끝난 것이다.

그동안 그와 가족들을 계속 괴롭혀 오던 모든 굴레들이 떨어져 나간 것이다.

동생을 다치게 한 적들도.

아버지를 떨어지게 만든 존재도.

더 이상 그들을 억제할 누구도 없었다.

여전히 탈각이 끝나지 않은 상태라, 시시각각 변해 가는 육체에서 끔찍한 고통이 느껴지긴 했지만.

후련한 마음이 들기도 했다.

드디어 해냈고, 끝냈다는 심정.

『고생 많았다.』

아버지 크로노스의 그런 한마디가 연우의 가슴에 더욱 무겁게 와 닿았다.

『올포원, 저 작자의 마지막 한마디가 영 찝찝하긴 하다 만. 이제는 그래도 마음 편하게 정우도, 며늘아기도, 세샤 와도 함께 돌아갈⋯⋯!』

하지만.

한시름 놓은 듯한 크로노스의 말은 도중에 끊어졌다.

촤르르륵!

연우는 무언가 상황이 이상하게 돌아가고 있다는 느낌을 강하게 받고 말았다.

보이지 않는 무언가가 잇달아 날아들면서 그의 몸뚱어리, 아니, 영혼에 강제로 연결되는 느낌을 받았기 때문이었다.

찰칵.

찰칵.

육체가 무거워졌다.

영혼이 단단히 잠겼다.

실제 몸이 무거워지거나 한 건 아니었지만, 보이지 않는 거대한 무언가가 어깨 위에 강제로 얹힌 기분이었다.

하지만 반대로 시야를 포함한 인지 영역이, 그의 세계관이 수백 수천 배…… 아니, 어떻게 헤아리기 어려울 정도로 무한하게 확장되었다.

무언가가 이상하게 돌아가고 있었다.

시스템이 완전히 종속되면서 탑의 모든 정보가 그에게로 쏟아졌을 뿐만 아니라, 그 너머에 있는 거대한 '무언가' 까지 다가오는 것을 감지할 수 있도록 만들었다.

『아들아, 이건.』

크로노스의 목소리가 잘게 떨렸고.

"예. 아직 전부 끝나진 않은 것 같습니다."

연우는 마치 짐작하고 있었다는 듯이 무덤덤하게 고개를 끄덕였다.

올포원을 잡는 것이 이번 레이드의 목표이긴 했다지만, 사실 여기서 모든 게 이리 쉽게 끝나지 않으리란 짐작 정도는 하고 있었다.

천마의 아들이 죽었고, 칠흑왕이 깨어날 준비를 한다.

그런 상황에 무슨 일이 생기지 않는 게 이상할 테지.

시의 바다와 하르모니아가 꾸미던 계획이 이대로 끝날 리 만무하지 않은가.

무엇보다.

'칠흑왕의 야욕'이라는 첫 번째 시나리오 퀘스트가 무사히 완수되었다는 메시지가 여태 떠오르질 않고 있었다.

대신에.

띠링, 띠링!

[시나리오 퀘스트(칠흑왕의 야욕 Ⅰ)에 이어 새로운 연계 퀘스트가 생성되었습니다!]

[시나리오 퀘스트 / 칠흑왕의 야욕 Ⅱ]

설명: 천마에게 큰 상처를 입고, 배반자인 '낮'에 의해 공허의 가장 깊숙한 곳으로 떨어지고 말았던 칠흑왕은 두 명의 후계자가 자신을 대신하여 천마의 혈육을 꺾은 것에 대해 아주 크게 기뻐하고 있습니다.

하지만 칠흑왕의 욕심은 절대 이걸로 그치지 않습니다. 천마의 혈육을 처치하고 절망에 빠진 그의 모습을 직접 보았으나, 그것으로는 만족하지 못하기 때문입니다. 그 욕심은 반드시 천마가 가진 모든 것을 갈취하고 찬탈해야만 끝날 것입니다.

그러니 지금부터 더 많은 것을 빼앗고, 더 많은 것을 손에 넣으십시오. 그리고 '잠'에서 깨어나려는 위대한 칠흑왕에게 많은 유흥거리를 제공하십시오.

달성 조건:

1. 탑은 천마가 만든 장소입니다. 더 많은 층계를 잠식하여 칠흑왕을 기리는 성전(聖殿)을 구축하십시오.

2. 천마의 혈육이 남긴 것들을 모두 쟁취하고, 칠흑왕의 공포를 다시금 98층의 존재들에게 단단히 각인시키십시오.

3. 더 많은 칠흑의 힘을 깨우십시오.

주의점: 파티 퀘스트입니다. 공헌도에 따라 보상이 달라지게 되니 유의해 주세요.

제한 조건: 칠흑왕의 분신, 칠흑왕의 후계자
제한 시간: —

보상:

1. ???

2. ???

참고 사항: 이미 칠흑왕의 후계자, '하르모니아'
가 왕성하게 퀘스트를 수행하고 있습니다.

[칠흑왕을 깨우기 위한 공양(供養)이 벌어지고 있
습니다.]

[칠흑왕을 깨우기 위한 번제(燔祭)가 벌어지고 있
습니다.]

......

[하르모니아와의 공헌도 차이가 벌어집니다!]

[하계를 잠식한 칠흑의 성질이 더 강화됩니다!]

[칠흑이 활성화됩니다.]

[천계로의 침식이 시작됩니다.]

[78층을 모두 잠식하는 데 성공하였습니다.]

'역시.'

연우는 새롭게 갱신된 퀘스트를 보면서 이를 악물었다.

'탑에 있는 모든 이들을 밖으로 내쫓길 잘했어.'

올포원 레이드를 시작하고 칠흑이 77층을 떠나 탑을 장악하려 할 때부터 왠지 느낌이 싸한 나머지 곧장 모두를 내쫓긴 했다지만.

이렇게나 빨리 칠흑왕이 움직일 거라고는 생각도 하지 못했다.

아니, 정확하게는 하르모니아가 바쁘게 움직였다는 것으로 봐야겠지.

칠흑이 활성화되면서 하계를 전부 잠식할 뿐만 아니라, 78층으로의 침투가 시작된 게 바로 그 증거였다.

연우는 어렴풋이 하르모니아의 노림수를 알 것 같았다.

'탑은 칠흑왕을 짓누르는 무게추다. 잠에서 깨어나지 못하는 건 전부 이 때문이고……. 자신이 이것을 부수거나 뽑질 못하니, 아예 칠흑왕의 소유물로 바꿔 버릴 생각인 건가?'

하르모니아는 외부에서 공양과 번제를 통해 더 많은 칠흑을 위로 뽑아 올리고, 연우는 내부에서 시스템을 장악하여 점차 칠흑을 각인시키며 위로 올라간다면.

그리하여 98층에 갇혀 있는 신과 악마들을 모조리 집어삼킨다면?

[98층에 거주하는 대다수의 신들이 잠식을 시작
하는 칠흑을 보며 공포에 휩싸입니다!]

[98층에 거주하는 소수의 신들이 칠흑을 경계하
기 위해 대책을 세우고자 합니다!]

[98층에 거주하는 모든 악마들이 칠흑에게 강한
적개심을 세웁니다!]

......

['말라흐'의 서기장, 메타트론이 '밤(녹스)'의 활
개에 대해 강한 우려심을 표합니다.]

['르 인페르날'의 수좌, 바알이 '낮(에로스)'과
'밤(녹스)'의 새로운 대립에 대해 큰 우려를 표시합
니다.]

그것은 '밤'과 관련된 타계의 존재들을 불러, 겨우 완성되
려는 우주 창생을 꺾어 버리는 크나큰 재앙이 될지도 몰랐다.

이것이 바로 언젠가 계시록의 마지막 장을 장식한다는
종말(終末)을 의미할 테지.

[칠흑왕은 두 후계자 중에서도 분신으로 점찍은
당신의 존재에 대해 아주 만족해합니다.]

[또 다른 '꿈'에서 보았던 당신의 활약에 대해 많

은 관심과 흥미를 보입니다.]

　[이번 '꿈'에서 당신이 더 많은 활약상을 보여 줄 것을 기대합니다.]

　[더 많은 세례를 내립니다.]

　[더 많은 은총을 내립니다.]

　……

　[수용할 수 있는 칠흑의 한계량이 대폭 증가하였습니다!]

그 순간.

연우는 자신과 연결된, 아니, 그를 강제로 속박한 무형의 물질이 언뜻 보이는 것 같았다.

찰그락, 찰그락—

그것은 어딘지 모르게 그의 팔을 감싸고 있는 쇠사슬과 아주 많이 닮아 보였다. 양팔은 물론 다리며 몸뚱이, 목까지 전부 휘감은 채, 마구 엉킨 거미줄처럼 아무렇게나 허공 곳곳으로 이어져 있었다.

　[칠흑왕은 분신이 마지막까지 임무를 완수할 것을 기대하고 있습니다.]

연우는 그런 메시지를 보면서.
살짝 굳은 얼굴로 고개를 위로 들었다.

　[플레이어, 차연우가 자신을 총애하는 본신(本身)
을 우러러 올려다봅니다.]
　[칠흑왕이 자신의 분신이 하려는 말에 몸소 관심
을 보입니다.]
　[또 다른 후계자, 하르모니아가 처음 보게 된 칠흑
왕의 모습에 크게 놀라워합니다.]
　……
　[플레이어 차연우가 본신에게 메시지를 보냈습니
다.]
　[메시지: 좆 까.]

　[또 다른 후계자, 하르모니아가 큰 충격에 빠졌습
니다!]

　[또 다른 후계자, 하르모니아가 공황 상태에 잠겼
습니다.]
　[또 다른 후계자, 하르모니아가 불안 상태에 잠겼
습니다.]

......

[공양 의식을 위한 집중이 흐트러집니다!]

[번제 의식을 위한 수양이 흔들리고 있습니다!]

......

'칠흑왕의 후계자'라는 신분으로 같이 묶여서일까.

하르모니아는 연우가 무슨 말을 했는지를 깨닫고, 큰 충격에 빠진 것 같았다. 칠흑왕을 깨우기 위한 의식(儀式)이 흐트러지는 게 연우에게까지 느껴질 정도였다.

하긴.

세상에 어느 누가 감히 칠흑왕에게 그런 말을 할 수 있을까.

칠흑왕이라는 존재에 대해서 모르는 이들은 많아도, 그의 이름을 알고 있는 이들이라면 절대 생각할 수조차 없는 일이었다.

그만큼 칠흑왕이 모든 존재들에게 주는 영향력은 아주 대단한 것이었으니까.

[98층의 모든 신들이 플레이어, 차연우를 보면서 기함을 터뜨립니다!]

그 오만하다는 신들도.

[98층의 모든 악마들이 행여 불똥이 튈까 봐 플레이어, 차연우에게서 모든 관심을 거둡니다!]

개인주의자인 악마들도.

[모든 죽음의 신들이 침묵합니다.]
[모든 죽음의 악마들이 정숙합니다.]

심지어 연우를 '군주'로서 믿고 따른다던 이들까지도.
반응은 크게 다르지 않았다.
그들은 모두 하나같이 격한 반응을 보였다.

[비마질다라가 당신에게 찬사를 보냅니다!]
[케르눈노스가 당신에게 용기와 만용을 구분할 줄 아는 것이 '왕'으로서 응당 가져야 할 자세라며 크게 꾸짖습니다!]

소속 없이 돌아다니는 비마질다라와 케르눈노스만이 각기 다른 반응을 보이는 게 고작일 뿐.

하지만.

연우는 그런 메시지를 보내고도 여전히 태연한 태도를 보이고 있었고.

공간 너머 사방에서 쏟아지는 무수히 많은 시선을, 단순히 응시하는 것만으로도 저절로 고개를 조아리게 만드는 위대한 존재의 시선을 받고도 여전히 아무렇지 않은 듯한 얼굴이었다.

그러나 더 웃긴 것은.

[칠흑왕이 고요한 눈으로 자신의 분신을 바라봅니다.]

칠흑왕의 반응이었다.

[칠흑왕이 실소를 흘립니다.]
[칠흑왕이 혀를 찹니다.]
[칠흑왕은 이번 '꿈'이 아주 재미나다는 생각을 합니다.]

칠흑왕은 지금 이 상황을 아주 재미있어하고 있었다. 아니, 이건 즐긴다는 표현이 옳았다.

신들이라면 인간에게 이런 모욕을 당했을 때, 자신의 위신이 땅에 떨어진다면서 불같이 화를 내는 경우가 태반일 테지만.

그보다 훨씬 우월한 존재라면, 오히려 그런 일들을 두고 재미난 놀이라며 즐길 수도 있을 것이다.

어차피 그의 입장에서는 신이나 인간이나 별 차이가 없는 벌레 무리에 지나지 않을 테니까. 오히려 그네들끼리 서열을 나누고 차별을 하는 것을 우습게 여길지도 모를 일이었다.

더구나 칠흑왕에게 있어 '후계자'와 '분신'은 언제나 말을 잘 듣는 애완동물 따위에 지나지 않기 때문에, 오히려 이러한 반응을 귀엽다 볼 수도 있었다.

『……아들아. 항상 느끼는 거지만, 너는 내 아들이면서도.』

크로노스는 허탈하게 웃으면서도 마른침을 삼키고 있었다.

『참 막 나가는구나.』

지구에 있었을 때는 그래도 이 정도는 아니었던 것 같은데. 어째 탑에 들어와서 시간이 지날수록 더 성격이 날카로워지는 것 같다는 생각을 지울 수가 없었다.

하지만 크로노스는 그런 막내아들을 이해하고 있었다.

언제나 치열한 투쟁을 거듭해야만 했던 연우로서는 어쩔 수 없는 것일 테지. 지금까지, 조금이라도 무뎌지는 모습이 보이면 금세 잡아먹힐 순간투성이었으니까.

거기다 칠흑왕이라는 거대한 굴레가 점차 '꿈'에서 깨어나며 연우를 강제로 속박하려는 이때에는. 정신을 더더욱 바짝 차려야만 했다.

찰그락, 찰그락—

연우는 자신의 몸을 속박하고 있던 검은 쇠사슬을 다시 매만져 보다가, 자신이 어떻게 할 수 있는 형태가 아니라는 것을 다시 확인하고 허공 저 너머를 똑바로 응시하면서 입술을 달싹였다.

어디에 있는지 위치조차 제대로 파악되지 않는 존재에게 정언(定言)을 보내는 것이 쉬운 일은 아니었지만, 한번 성공하니 이후엔 그리 어렵지 않았다.

그저.

허공에다 정언을 흩뜨리는 것만으로도, 자신이 전하고자 하는 의사가 전부 칠흑왕에게 전달되었으니까.

[플레이어 차연우가 본신에게 메시지를 보냈습니다.]

[메시지: 난 여태껏 당신이 점지한 대로 충실하게

임무를 수행해 왔다. 이 탑의 하계를 전부 당신의 색으로 칠했고, 당신이 시킨 대로 천마의 혈육도 무사히 제거했지.]

그냥 공허 속 아무 곳에다 말을 해도 메시지가 전해진다니.

대체 칠흑왕은 얼마나 큰 걸까.

[플레이어 차연우가 본신에게 메시지를 보냈습니다.]

[메시지: 올포원의 신위도 곧 완전히 내게로 귀속될 테니, 이제는 내가 탑을 꼭대기까지 오른다고 해서 막을 수 있는 존재는 아무도 없겠지.]

[플레이어 차연우가 본신에게 메시지를 보냈습니다.]

[메시지: 아무리 하르모니아가 중간에서 다른 수작을 부린다고 해도, 결국 당신을 '꿈'에서 깨어나게 하는 데 나보다 더 중요한 역할은 하지 못할 것이고.]

연우는 자신이 가진 가치를 누구보다 잘 알고 있었다.

거인과 용을 다스리며, 올림포스의 왕이기도 한 존재. 그리고 죽음과 투쟁을 상징하며 이제는 시간과 관련된 '굴레'까지 조작하여 탑의 최강자로 군림하였다.

그리고 칠흑왕은 탑을 자신의 성역으로 지정하여 모두 흡수하고, 완전히 '꿈'에서 깨어나고자 한다.

그에게 있어 연우는 반드시 필요한 존재였다.

[플레이어 차연우가 본신에게 메시지를 보냈습니다.]

[메시지: 그러니까 거래를 할 자격은 충분히 된다고 생각하는데.]

연우는 마른침을 삼켰다.

이제부터 그가 요구할 용건이 가장 중요했다.

그것이야말로 여태껏 그가 이런 힘겨운 투쟁을 거듭하며 탑을 올랐던 이유였으니까.

칠흑왕에게서는 여전히 아무런 메시지도 도착하지 않고 있었다.

[플레이어 차연우가 본신에게 메시지를 보냈습니다.]

[메시지: 당신이 그동안 날 부리기 위해서 억류해 두었던 정우의 영혼, 돌려줘. 그런다면 짖으라면 짖는 개가 될 테니까.]

된다면 된다, 안 된다면 안 된다고 어떤 반응이라도 보일 줄 알았던 칠흑왕의 메시지는 한참 동안이나 떠오르질 않았다.

『……아들아.』

크로노스는 그런 막내아들을 너무나 안타깝게 바라봐야 했다.

수많은 형제들을 두고도, 그들의 도움을 아무것도 받지 못한 채 오로지 제 삶만 힘겹게 살아야 했던 이 가녀린 아이를, 어떻게 보듬어야 하는 걸까.

이런 건 아버지로서도 어떻게 해 줄 수 없는 것이기에.

크로노스는 이 자리에 없는 레아가 더더욱 그립기만 했다.

하지만 아버지가 그런 시선으로 보아도, 연우는 여전히 흔들림 없이 칠흑왕의 답변을 기다리기만 했고.

[탈각이 아주 느리게 진행 중입니다. 39, 40……
42%…….]

['홍실' 상태였던 영혼의 격이 상승하였습니다.
현재 상태: 영과(盈果).]

여전히 탈각이 느리게 진행되는 와중.
무겁던 긴 침묵이 깨졌다.

[칠흑왕이 '거래'를 운운하는 자신의 분신을 흥미롭게 바라봅니다.]
[칠흑왕이 아주 잠깐 고민에 잠겼습니다.]
[칠흑왕은 원래 자신은 이런 요구 따위를 절대 듣지 않노라며 자신의 분신에게 말합니다.]

[칠흑왕이 자신의 분신에게 그에 합당한 모습을 보여 줄 것을 요구합니다.]

"……!"
연우는 주먹을 꽉 쥐었다.
사실 그도 거래를 운운하는 것이 칠흑왕에게는 당치도 않는 헛소리라는 것을 너무 잘 알고 있었다.
단지 이건 알량한 허세일 뿐. 자신쯤은 칠흑왕이 마음만 먹는다면 아무렇지 않게 치우고도 남을 인형 따위에 지나지 않았다. 예부터 지금까지, 칠흑왕을 추종하는 무리는 아주 많았고, 그는 그중에서 마음에 드는 존재를 택하기만 하면 되는 것이었다.

동생의 영혼을 돌려주고 돌려주지 않고는 결국 그의 아량에 달린 것일 뿐.

만약에 거부를 한다면…….

'아니. 생각하지 말자.'

연우는 이를 악물었다.

그에게는 여기서 물러날 곳이 없었다. 다른 반격을 꾀할 때도 아니었다.

그렇기에.

털썩.

연우는 아무런 미련 없이 무릎을 꿇었다.

그리고 고개를 조아렸다.

"부탁드리겠습니다."

[98층의 모든 신들이 숨을 삼킨 채로 당신을 바라봅니다.]
[98층의 모든 악마들이 깊은 탄식을 흘립니다.]

충성과 굴종의 맹세.

동생을 돌려준다면. 정우를 되살려 준다면 무엇이든 하겠노라고 말하는 것이다.

철그럭—

연우는 자신을 속박하는 쇠사슬이 더더욱 억세지는 것을 느낄 수 있었다.

그것은 원래 시스템의 화신이라는 '올포원'을 옥죄는 구속구와 같은 것이었지만.

지금은 어느새 칠흑왕과의 연결 고리로 변하고 있었다.

[칠흑왕이 자신의 분신을 흥미롭게 바라봅니다.]

[칠흑왕이 다른 기원(祈願)이라면 들어주겠노라고 말합니다.]

순간, 연우는 고개를 위로 번쩍 들었다.

불신에 젖은 눈빛.

『뭐?』

크로노스도 충격을 받긴 마찬가지였다.

칠흑왕의 메시지가 연달아 떠올랐다.

[칠흑왕은 '꿈'을 꾸어 왔던 내내 자신의 분신만큼 충성스럽던 존재가 없음을 잘 알고 있습니다.]

[칠흑왕은 자신의 분신만큼 재미난 '꿈'을 꾸게
해 준 존재가 없다는 사실도 잘 알고 있습니다.]

　　[칠흑왕은 자신의 분신이 원하는 기원을 들어주
는 것이 아주 합당한 것이며, 자신이 꿈에서 깨어났
을 때에 드러날 옥좌의 좌측을 내어 주는 것이 옳다
고 생각합니다.]

　　[칠흑왕은 하지만 그 소원만큼은 들어줄 수 없노
라고 말합니다.]

"어째서!"

연우가 잔뜩 일그러진 얼굴로 괴성을 질렀다. 분노 때문
일까. 77층을 비롯한 하계 전체가 우르르 떨렸다. '알'을
형성하고 있는 어둠, 전부가.

　　[칠흑왕은 그 영혼이야말로 자신의 가장 진귀한
보옥이라고 밝힙니다.]

뭐?

보옥?

그게 대체 무슨 소리지?

[칠흑왕은 더 이상 가르쳐 줄 수 없노라고 말합니다.]
[칠흑왕이 자신의 분신에게 어서 다른 기원을 말할 것을 종용합니다.]

바드득!

연우는 이를 잔뜩 갈면서 자리에서 일어났다.

대체.

칠흑왕에게 있어 동생의 영혼은 어떤 쓰임새가 있는 걸까?

사자 소환으로도 부를 수가 없고, 칠흑왕이 있다는 문 앞까지 가서도 찾을 수가 없었던 동생의 영혼은 분명히 어떤 중요한 역할을 갖고 있는 게 분명했다.

그래도 연우는 칠흑왕이 시키는 것을, 원하는 것을 충실히 이행하면서 그의 환심을 사고자 노력했다. 보다 더 가까이 다가가면서 동생의 영혼을 받을 수 있도록 최선을 다했다.

하지만.

결국 칠흑왕은 거부를 하였고.

"주지 않겠다면."

연우는 이제 녀석과 싸울 수밖에 없었다.

"나도 당신과 싸울 수밖에."

화아아—

스퀴테를 강하게 움켜쥐었다.

하계를 잠식한 칠흑이 크게 출렁거렸다.

이 칠흑의 기원(起源)이 비록 칠흑왕에 있다고 하여도, 당장 연우에게서 비롯된 것이니 성질도 그가 원하는 대로 흐를 수밖에 없었다.

[칠흑왕은 자신의 분신이 보이는 저항심에 기꺼워합니다.]

[칠흑왕이 자신의 분신에게 내어 주었던 칠흑옥을 회수하고자 합니다.]

그때, 스퀴테가 거칠게 떨렸다. 완성된 스퀴테의 중심이 되는 핵을 빼앗아 차근차근히 힘을 회수하려는 속셈이었던 것이다.

하지만.

[알 수 없는 힘에 의해 '칠흑옥'의 근본 성질이 변화했습니다!]

[시스템에 등록된 '칠흑옥'의 소유가 완전히 플레이어 차연우에게로 귀속됩니다!]

그때, 음검이 발동하면서 시스템에 등록된 칠흑옥의 소

유가 연우에게로 완전히 변경되었다는 메시지가 떠올랐고.

　　[새롭게 설치된 운영 체제가 작동합니다!]
　　[감염되었던 비교 기능이 정상화되었습니다.]
　　[약화되었던 연산 기능이 정상화되었습니다.]
　　[정지되었던 판단 기능이 정상화되었습니다.]
　　……

　　[중앙 정보 처리 장치의 정상화로 인해 정보 수집
및 해석에 새로운 요소가 도입되었습니다.]
　　[서버와 클라이언트 사이에 네트워크가 활성화되
어 시스템이 전면 재가동합니다.]

　　[올포원의 신위가 드러납니다!]

　연우는 비바스바트에게서 갈취했던 올포원의 신위를 이
용, 시스템을 전면 재개하면서 점차 자신을 옥죄려 드는 칠
흑왕의 간섭을 전부 탑 외로 배제하고자 했다.

　　[79층으로 잠식을 시도하던 칠흑의 활성이 강제
중단되었습니다!]

[칠흑왕이 자신의 분신이 가진 작은 재주에 작게 탄성을 흘립니다.]

[칠흑왕이 더더욱 탐욕에 가득한 눈으로 자신의 분신을 바라봅니다.]

[칠흑왕이 이번 '꿈'을 더 즐기고 싶다는 생각을 합니다.]

*　　*　　*

연우와 칠흑왕이 한창 소란스럽게 부딪치던 그때.

뚜벅.

뚜벅.

"……."

천마는 아무 말 없이 창공 도서관을 걷다가 어느 지점에 멈췄다. 다른 곳들처럼 수많은 책자들로 가득한 곳이었지만, 유독 천마의 눈에 밟히는 칸이 있었다.

—손재원(비바스바트)

천마는 칸의 가장 앞쪽에 있는 책자를 꺼내 천천히 읽기 시작했다.

깊은 침묵이 깔린 도서관 안에는 책장 넘기는 소리만이
들렸다.

내게 아버지는 영웅이었다.

*　　　*　　　*

있을 재(在), 물이 흐를 원(源).
흐르는 곳에 있는 사람.
손재원.
그것이 나의 이름이었다.

*　　　*　　　*

아버지란 어떤 존재일까?

보통 사람들은 거기에 대해 여러 답변을 내놓을 터였
다.

가장 멋있는 사람, 등이 넓은 사람, 말이 없는 사람, 부
끄러움이 많지만 티를 내지 않는 사람…….

하지만 손재원은 아버지를 두고 이렇게 말했다.

영웅.

다른 이유가 있는 건 아니었다.

그냥 아버지를 볼 때마다 항상 멋있다는 생각이 들었기 때문이었다.

넓은 등을 가지고, 무엇이든 척척해 내는 슈퍼맨이었으니까.

……뭐, 어머니 앞에서는 한없이 약해지는 입장이었지만.

그래도.

그게 참 멋있었다.

그 때문일까? 손재원은 어렸을 때부터 엄마의 뒤만 쫄래쫄래 따라다니는 보통 아이들과 다르게 유독 아빠의 뒤를 따라다니곤 했다.

"에휴! 그래. 남자만 득실대는 이 집에서 이 엄마는 아주 왕따지, 왕따."

어느 정도 나이를 먹어 어머니와 아버지의 말을 알아들을 수 있을 무렵부터는 늘 어머니의 핀잔(?) 아닌 핀잔을 받아야 했지만.

"어, 어, 엄마. 그게 아니고……."

"됐거든?"

"진짜 그게 아닌데. 힝."

사실 그건 아들의 순진한 반응이 귀여운 나머지 부러 얄궂게 드러내는 어머니의 작은 질투에 가까웠지만.

여하튼.

손재원은 외동아들로서, 부모님의 사랑을 한가득 받으면서 자랐다.

특별할 것이라고는 크게 없는 대한민국에서, 아니, 세상 어디에서나 쉽고 흔하게 볼 수 있는 가정이었다.

*　　　*　　　*

손재원이 일반인들과 자신이 다르다는 사실을 자각한 것은 여섯 살 무렵이었다.

그때까지만 해도 손재원은 자신이 또래 아이들과 다를 게 없다고 생각했다.

몸이 허약한 편이긴 했지만.

그래도 놀이터에서 또래 친구들과 함께 놀기를 좋아하고, 좁은 방에서 공부하기보다는 밖에서 뛰어다니는 것을 더 좋아했다. 친구 집에서 늦게까지 놀다가 저녁밥을 얻어먹거나, 그 전에 어머니에게 뒷덜미를 붙잡혀 돌아오는 때도 많았다.

하지만.

언제부턴가 손재원은 그런 것들이 지겨워졌다.

아니, 유치하게 느껴졌다는 표현이 옳았다.

아이가 하루아침에 어른이 된 것처럼.

그냥 갑자기 모든 것들이 부질없게만 느껴졌다.

놀이터에서는 더 이상 정글짐을 오르거나 소꿉놀이를 하지 않았으며, 밖에서 놀던 것도 멈추고 방에 틀어박혀 책만 골똘히 볼 뿐이었다.

한글을 전부 다 뗀 지 얼마 되지 않았는데도 불구하고, 그가 본 건 백과사전에서부터 부모님의 전공 서적까지 다양했다. 친구들이 놀자면서 집까지 찾아와도 바쁘다면서 내쫓게 되었다.

만사에 시큰둥해지고, 관심이 없어지고 말았다.

당연히 손재원의 부모님은 그런 아들을 걱정스러운 눈으로 바라볼 수밖에 없었지만.

손재원은 그런 걸 전혀 신경 쓰지 않았다.

마치 이 세상에 홀로 떨어지기라도 한 것처럼. 언제부턴가 얼굴에서 웃음기도 사라져 인형처럼 딱딱해지고 말았다.

"지능 지수가 상당히 높은 편입니다. 웩슬러 평가로도 이 정도면 상위 0.1%에 들어갈 테고…… 반면에 감성 지수는 아주 낮은 편에 속해 있군요. 워낙에 어렸을 때부터 정신 연령이 급격하게 발달하면서 감각이 많이 무뎌진 것 같습니다."

결국 부모님은 애타는 마음에 손재원을 데리고 병원을 찾아가기에 이르렀다.

"다른 이상점은 찾을 수 없습니다만, 그래도 이대로 계속 두시는 게 좋다고 말씀드리기는 어렵습니다. 아버님과 어머님께서 감수성을 자극할 수 있도록 아이와 함께 즐길 수 있는 놀잇거리를 많이 개발하시는 게 좋을 것 같습니다."

그래도 다행인 점은 아이가 부모님과 함께 있을 때면 항상 방긋 웃는다는 점입니다. 의사는 그렇게 설명을 덧붙였다.

그때부터.

부모님은 손재원과 함께하는 시간을 많이 만들려고 했다.

맞벌이라 둘 다 바쁜 와중에도 어떻게든 시간을 틈틈이 쪼개어 아이가 웃음을 되찾을 수 있도록 노력했던 것이다.

보통 부모라면 아이가 '영재'라는 말을 들었을 때 더 많은 공부를 시키려 했을 테지만, 두 사람은 그런 걸 전혀 신경 쓰지 않았다.

그리고.

그러한 노력 덕분인지, 손재원은 어느 정도 '평범한' 아이로 자랄 수 있었다.

*　　　*　　　*

고등학생이 되었을 무렵.

손재원은 여느 또래 아이들과 비교해도 크게 다를 게 없는 아이가 되어 있었다.

조금 다른 점이 있다면, 한창 사춘기로 부모님과 갈등이 심할 나이인데도 불구하고, 화목한 집안 환경 덕분인지 전혀 그런 기미가 없다는 점이었다.

책을 좋아하지만, 웃음이 많고.

비록 친구를 많이 사귀지도 않고, 영재였던 어린 시절과 다르게 더 이상 공부를 잘한다고 할 수 있는 수준은 아니어도, 자신의 감정 표현에 솔직한 아이였다.

그렇기에 그날도 평상시와는 크게 다르지 않았다.

새벽 일찍 일어나신 어머니가 차려 준 아침밥을 맛있게 먹고, 출근하시는 아버지의 차를 빌려 타 등교하는 일상.

다른 반 친구들보다 훨씬 일찍 도착하긴 했지만, 어차피 늘 있던 일이라 별로 신경 쓰지도 않았다. 그는 아무도 없는 아침 교실에서 한적하게 독서하는 걸 제일 좋아했으니까.

원래는 많은 아이들이 떠들썩하게 다니는 공간이지만, 홀로 있을 때면 그 넓은 공간을 자신이 혼자서 차지한 듯한 묘한 쾌감을 맛볼 수 있었기 때문이었다.

"······어?"

하지만 그날은 그보다 먼저 도착해 있는 반 친구가 있었다.

키도 작고 왜소한 아이.

덩치도 작고, 언제나 얼굴에 그늘을 드리운 채 친구들도 잘 사귀지 않던 아이. 손재원도 반에서 겉도는 위치에 가까웠지만, 그보다 훨씬 심한 친구였다. 듣기로는 가정 환경이 불우하다던가.

하지만 애당초 손재원은 어렸을 때부터 줄곧 타인에게 관심을 두는 것을 극도로 싫어하는 편이었고, 때문에 그 친구에 대해서도 크게 관심이 없었다.

가정 환경이 불우하건 말건, 그게 자신과 무슨 상관이란 말인가. 그저 자신의 보물과도 같은 소중한 시간을 오늘은 즐기지 못한다는 사실이 못내 안타까울 뿐.

"안녕?"

그때, 친구와 눈이 마주쳤다. 그냥 아무도 없던 교실에서 홀로 있다 말고 이른 시간에 인기척이 들리자 반사적으로 고개를 돌린 것 같았는데…… 평상시보다 더 그늘이 진 얼굴은 손재원과 눈이 마주치자 화들짝 놀라 황급히 다른 곳으로 돌아갔다.

덕분에 손재원은 가볍게 인사를 건네다 말고 도중에 거둬들여야만 했다.

'와. 저렇게 노골적으로 피하면 아무리 나라고 해도 상처 입는데.'

손재원은 교실 가장 뒤편, 구석진 곳에 있는 자신의 자리에 앉으면서 투덜거렸다. 먼저 와 있던 친구는 저만치 앞에 있어서 등만 보였다.

'그런데 저 정도면…… 예쁜 편인 거지? 몰래 훔쳐보는 놈들도 있던 것 같던데. 뭐, 그래도 엄마만큼은 아니지만.'

손재원은 이런저런 생각을 하다가 이어폰을 귀에다 걸었다. 어차피 상처를 입은 척한 것도 자신만의 가벼운 여흥일 뿐. 책을 펼친 그에겐 어느새 먼저 온 친구에 대한 생각이 잊힌 지 오래였다.

그 때문일까.

손재원은 친구가 슬쩍 고개를 돌려 자신을 몰래 훔쳐보는 것을 미처 알지 못했다.

*　　　　*　　　　*

민채영.

그런 이름인 것 같았다.

사실 굳이 알고 싶은 마음이 들거나 한 건 아니었지만.

그 뒤로, 등교를 할 때마다 그 아이를 똑같이 만나야만
했기에 어쩔 수 없이 저절로 외워지게 되었다.

가슴팍에 매달린 명찰을 그렇게 보고도 외우지 못한다면
그건 바보가 아니라 그냥 어디 지능이 모자란 거겠지.

손재원은 당장 전교에서 중위권밖에 되지 않는 성적을
가지고 있었지만, 그래도 내심 어렸을 때 영재 판정을 받았
던 것을 자랑으로 삼고 있었다.

그걸 자랑할 만한 친구 같은 건 없었지만.

여하튼.

손재원은 매일 아침 민채영과 만날 때마다 가볍게 '안
녕?'이라고 하거나 눈인사를 건네곤 했다.

그럴 때면 항상 민채영은 소스라치게 놀라 고개를 돌리
거나, 시선을 아래로 내리까는 등 인사를 제대로 받아 주지
않았지만.

'안 받아 주면, 받아 줄 때까지 하면 되지.'

손재원으로서는 언제부턴가 내심 오기가 들었다. 어떻게

든 민채영의 인사를 받고 말겠다는 일념 하나만으로 계속해서 인사를 건넸다.

민채영도 처음에는 듣는 둥 마는 둥 했지만, 그런 인사가 한 달이 지나고 두 달, 석 달쯤 되니 더 이상 그냥 넘어가기 어려웠던지 눈짓으로나마 인사를 받아 주는 정도에까지 이를 수 있었다.

그래도 여전히 그녀에게서 '안녕?'이라는 인사말까지는 받지는 못했지만.

그래도 그것만 해도 장족의 발전이라 할 수 있었으니, 손재원도 언젠가는 그녀가 인사말을 꺼낼 수 있을 거라고 생각했다.

거기다 처음 '텅 빈 아침 교실'을 빼앗긴 것 같다는 생각도, 언제부턴가 '민채영이 있지만 비어 있는 교실'로 점차 인식되면서 그냥저냥 익숙해질 수 있었다.

"······."

"······."

아무도 등교하지 않는 아침 7시.

한기만이 감도는 학교에서 1—7반만 유일하게 두 학생의 온기가 가득했다.

그리고.

민채영은 이제 처음보다 더 높이 고개를 들어 독서에 집중하고 있는 손재원을 훔쳐보았다.

＊　　　＊　　　＊

'오늘은 보이지 않네? 어디 갔나?'

손재원은 교실 문을 열자마자 고개를 갸웃거렸다. 당연히 있을 줄 알았던 민채영이 자리에 없었던 것이다. 혹시 화장실이라도 간 걸까 싶어 책상을 살폈지만, 온 흔적이 전혀 없었다.

처음 민채영이 아침 교실을 빼앗았을(?) 때, 어떻게든 그녀보다 먼저 등교를 하려 했지만 그때마다 매번 실패했던 손재원으로서는 고개를 갸웃거릴 수밖에 없었다.

'뭐, 오늘은 늦잠을 잔 거겠지.'

사실 따지고 보면 아침 7시가 되기도 전에 등교하는 손재원이나 민채영이 아주 이상했던 거였다.

그러니 하루쯤은 충분히 그럴 수 있었다. 손재원도 사실 늦잠을 자서 평소보다 늦었던 때가 한 달에 두어 번 정도는 꼭 있었으니까.

손재원은 민채영에게 있어 오늘이 바로 그런 날이라고 생각했다. 한편으로는 잘되었다는 생각도 들었다. 간만에 여유롭게 혼자만의 시간을 즐길 수 있을 테니까.

하지만.

'그래도…… 혼자 있으려니까 좀 심심한데.'

손재원은 책을 펼치다 말고, 자기도 모르게 민채영이 있던 자리와 교실 입구 쪽을 번갈아서 힐끔힐끔 쳐다보았다. 독서에 도무지 집중이 되질 않았다.

그의 아침 일상에는 어느새 민채영이 녹아 있었던 것이다.

*   *   *

하지만 민채영은 그날 등교를 아예 하지 않았다. 무단결석을 한 것이다.

그리고.

계속 그런 날이 이어졌다.

아침마다 보이지 않았고, 등교조차 하지 않았다.

그렇게 되니 손재원으로서도 내심 걱정이 들 수밖에 없었다.

일진들이 등교를 하지 않아도, 왕따가 경찰서에다 학교 폭력을 신고해도. 학교에 아무리 큼직한 사건이 일어나도 별반 관심이 없던 그였지만, 어째서인지 민채영은 그냥 관심을 끄기가 너무 어려웠던 것이다.

그래서 민채영의 짝꿍이나 주변에 앉은 친구들에게 그녀

의 행방을 물어보았고.

"채영이? 나도 잘 모르겠는데."

"뭐, 집에 일이라도 있나 보지."

그때마다 돌아오는 답변은 전부 '모른다'가 전부였다.

다들 민채영의 연락처나 주소를 몰랐고, 심지어 이름조차 모르는 아이들도 있을 정도였으니.

제법 예쁘장한 외모를 가지고 있지만, 너무 어두워서 가까이 가기 어려운 아이. 그게 반 내에서 민채영이 가지고 있는 이미지의 전부였던 것이다.

그리고 한 달이 지났을 때 즈음.

"오늘 채영이는 완전히 다른 학교로 전학을 가게 되었다. 그렇게 알고 있도록."

담임 선생님의 말씀도 그게 전부였다.

애당초 학생들에게 별다른 정을 붙이질 않아, 그다지 인기가 없는 선생님이긴 했지만, 이번에는 손재원으로서도 도무지 쉽게 넘어갈 수가 없었다.

하지만.

"모른다. 개인 사정이라는 것밖에는."

담임 선생님은 아주 짤막하게 그렇게 대답했다. 분명히 다른 무언가를 알고 있는 것 같았지만, 그는 절대 말해 줄 생각이 없어 보였다.

거기서 손재원은 싸한 느낌을 받고 말았다.

어떻게 말로 표현할 수 없지만, 직감적으로 오한이 등골을 타고 흘렀던 것이다.

그러나 거기까지.

'뭐…… 그냥 그런 생각이 든 것일 뿐이니까. 설마 무슨 일이라도 있으려고.'

손재원은 솟아오른 불안감을 억지로 삭였다. 여태껏 타인에 대한 관심이 전무했던 자신이 갑자기 나서는 것도 너무 이상했던 것이다.

아침마다 얼굴을 마주했다지만, 그래도 여태껏 나눈 대화는 다 합쳐도 열 마디를 넘지 않을 아이. 굳이 친하다고도 할 수 없는 사이였다.

단순한 클래스 메이트. 그게 전부였다. 아니, 그게 전부라고 딱 잘라 생각했다. 굳이 캐내서 얻을 것도 없었다. 자신이 나선다고 해서 전학 간 그녀가 다시 학교를 다닐 리도 없는 데다가, 설사 그런다고 해도 어차피 아침에 얼굴을 마주 보는 게 전부일 테니까.

그래서 손재원은 그냥 머릿속에서 민채영에 대한 생각을 모두 꺼 두었다.

웬 이상한 소문을 듣기 전까지는.

*   *   *

분명히 이름은 재원(在源)이었지만.

한사코.

나는 어디에도 있기를 바란 적이 없었다.

*   *   *

"그게 정말이야?"

"그렇다니까. 엄마도 보셨다던데…… 거기 경찰이며 구급차에 사람들까지 엄청 모여서 시끄러웠다고 그러더라."

손재원은 항상 부모님을 제외한 다른 사람들의 말을 잘 듣지 않는다. 듣더라도 한 귀로 듣고 다른 한 귀로 흘릴 뿐.

그래서 반 친구들이 저들끼리 삼삼오오 모여 뭔가를 떠들어 댄다고 해도, 그것을 흘려들을 때가 많았다.

어떻게 듣는다고 해도, '별일도 다 있네' 같은 가벼운 감흥만 보이고 잊어버리기 일쑤였다.

하지만 이상하게도.

그때만큼은 반 친구들의 대화가 너무 선명하게 들려왔다.

"그래도 좀 안 됐다. 아무리 그렇다고 해도 자살이라니……."

"부모 잘못 만난 탓이지, 뭐."

자살.

그 말을 들은 순간.

손재원은 이때껏 소란스럽던 주변 소리가 하나도 들리지 않는 것 같은 기이한 현상을 맛봐야만 했다.

오로지, 저 멀리 있는 두 여학생의 말만 계속 들렸다.

마치 옆에서 속삭이는 것처럼.

아주 또렷하게.

"근데 사실 이제 와서 하는 말이지만, 나는 솔직히 걔가 좀…… 그랬어. 말도 없고. 말을 걸어도 시선 피하기 일쑤고. 얼굴도 항상 음침해 있었잖아? 그렇게 그늘져 있는데 누가 그런 걸 좋아하겠냐구. 게다가 마지막에는 그렇게 해 버려서 동네도 시끄러워지고. 엄마도 집값이 떨어진다고……."

그렇게나 잘 들렸던 대화도 어느 시점을 기준으로 잘 들리지 않게 되었다.

그저 그 말 속에 담긴 가벼운 웃음소리나 어투만이 계속 밟힐 뿐이었다.

재미있어 죽겠다는 말투가.

그럴 줄 알았다는 듯한 뉘앙스가.

곳곳에 담긴 조소가.

혐오감이.

조롱이.

하대가.

그저 전부 거슬리기만 했다.

쾅!

손재원은 책상을 거세게 내려치면서 자리에서 벌떡 일어났다.

순간, 모든 반 아이들의 시선이 그쪽으로 돌아갔다. 웬만해서는 이렇다 할 반응도 하지 않을 테지만, 워낙에 소리가 컸던 터라 모두 화들짝 놀라 반응했던 것이다.

더구나 민채영만큼이나 조용하던 손재원이 갑자기 미친 놈처럼 격한 반응을 보이고 있으니 이상한 눈으로 바라볼 수밖에.

하지만 손재원은 자신을 바라보는 여러 시선들을 무시하고 그냥 교실을 나서 버렸다.

다른 학생들은 저놈이 왜 저러나 싶은 얼굴로 바라봤지만, 곧 언제 그랬냐는 듯이 저들끼리의 대화로 돌아가고 말았다.

거기 어디에도.

민채영과 관련된 화제는 없었다.

 * * *

   손재원은 자신이 어째서 갑자기 그런 반응을 보였는지 스스로도 알지 못했다.

   그저 자신도 자각하지 못하는 사이에 가슴에서부터 무언가가 울컥하고 치밀어 올랐고, 정신을 차려 보니 책상을 내려치면서 일어나 교실을 나와 버렸다는 것만 뒤늦게 깨달았을 뿐.

   언제나 이성적으로 사고하고 또 판단하고자 했던 손재원으로서는 전혀 낯설기만 한 '감정'이었다.

   그래도.

   손재원은 그런 감정을 억지로 지우려 하지 않았다.

   지금은 그저 거기에 가만히 자신이 휘둘리도록 내버려 두었다. 냉정하게 봤을 때, 막무가내로 움직이는 자신의 모습이 영 이상하기만 했지만, 어쩐지 지금은 이렇게 충동적으로 움직여야만 할 것 같다는 생각이 강하게 들었다.

   손재원의 발걸음이 닿은 곳은 1층, 교무실이었다.

   "채영이의 집 주소? 그걸 네가 왜 알고 싶어 하는 거냐?"

   담임 선생님은 영 이상한 놈을 다 보겠다는 얼굴로 손재원을 위아래로 훑어보았다.

그것은 알 수 없는 이유로 자살이라는 극단적인 선택을 내린 자신의 학생을, 단순히 호기심만 가지고서 접근하려는 못난 놈들로부터 보호하려는 교사로서의 의무감 내지 사명감 같은 것이 절대 아니었다.

그저 귀찮음이었다.

혹시 자신도 파악하지 못한 무언가가 있어서, 손재원이 그것으로 소란스러운 일이라도 빚어낼까 싶어 경계하는 것이다.

가뜩이나 학생의 불우한 가정 환경에 대해서 사전에 제대로 된 조치를 하지 못했다고 여기저기서 질타를 듣고 있는 판국에, 긁어 부스럼을 만드는 일이 될 수도 있었다.

"못 가르쳐 주니까 돌아가라."

그렇기에 담임은 학생의 신상 정보는 누출되어서는 안 되는 비밀 사항이라는 핑계를 대면서 손재원을 내쫓으려 했다.

아니, 노골적으로 그를 의심하는 눈빛을 띠기도 했다. 혹시 네가 이 일과 어떤 연관이 있는 건 아니냐는 듯한.

그 때문에 손재원은 더 크게 짜증이 치밀어 오르고 말았다.

원래 담임이 그다지 질이 좋지 않은 인간이라는 것은 알고 있었지만, 이 정도일 줄은 몰랐던 것이다.

하지만 여기서 화를 내거나 떼를 써 봤자, 자신만 바보

취급을 받을 게 뻔했다.

손재원은 이럴 때일수록 냉정하게 생각해야 한다는 것을 잘 알고 있었고, 이런 일을 쉽게 해결해 줄 방법도 아주 잘 알고 있었다.

"선생님, 승제 어머니한테서 운동회 날에 촌지 받으셨었죠?"

무덤덤한 말투.

하지만 교무실에 있던 다른 교사들이 듣기에 충분한 크기였다.

당연히 담임은 얼굴이 사색이 된 채로 펄쩍 뛸 수밖에 없었다.

"너 지금 무슨 소리를 하는……!"

"310만 원. 어떤 대화였는지 기억까지 나는데. 시험 문제……."

"채, 채영이 집 주소 알려 달랬지? 잠시만 기다려라. 명부가 여기 어디 있을 텐데……."

허겁지겁 움직이는 담임을 보면서 손재원은 피식 헛웃음을 흘리고 말았다.

어디에서나 꼭 똥인지 된장인지 찍어 먹어 봐야 아는 멍청한 아저씨들이 문제였다.

"여기구나."

손재원은 그 길로 야자도 땡땡이친 채 곧장 담임이 가르쳐 준 주소지로 향했다.

위장 전입이라도 했던 건지, 학생 명부에 기록된 주소와 실제 주소에는 차이가 있었다. 버스로 한참이나 가서, 정류장에서도 한참 언덕을 올라간 뒤에야 나오는 곳.

주공 아파트였다. 그것도 최소한 몇십 년은 되었을 것 같은.

손재원으로서도 TV에서나 봤을 뿐, 실제로 이런 곳은 처음 봤기 때문에 속으로 적잖게 놀란 상태였지만 크게 티를 내지는 않았다.

아니, 않으려 했다.

한쪽 구석에 쳐진 노란색의 폴리스 라인과 아스팔트 바닥에 그려진 흰 선이 아니었다면.

"……."

손재원은 그 앞에서 한참이나 우두커니 서 있어야만 했다.

한 시간쯤 지났을 때부터.

손재원은 주공 단지 주변을 뱅글뱅글 돌았다. 그리고 동네 아주머니들이 모여 있는 장소를 눈여겨보면서 그들이 나누는 대화를 조금씩 훔쳐 들었다.

조사를 하는 듯한 티가 조금이라도 나면 안 되기 때문에 수상쩍은 기색이 드러나지 않도록 주의했다.

다행히 어젯밤에 있었던 자살 사건 때문에 동네 분위기는 아주 흉흉한 편이었고.

그 과정에서 몇 가지 단편적인 사실들을 알아채는 것도 그리 어렵지 않았다.

그러고 난 후.

손재원은 인근에 있던 놀이터로 들어가 그네에 털썩 주저앉았다. 복잡한 생각들이 머릿속을 마구잡이로 회오리쳤다.

　　—아비란 작자가 허구한 날 술 마시고 들어와서
　는 행패란 행패를 그렇게 부려 대더니…….

　　—듣기로는 친부도 아니었다면서?
　　—친모가 데리고 덜컥 결혼했다가, 남편 술주정
　이 심하니까 딸내미만 두고 도망쳤었다잖어.

―얼굴도 예쁘장했었는데. 차라리 좀 더 버티다
가 도망이라도 치지. 몹쓸 짓을 했을지도 모른다더
만.

―죽은 애만 불쌍한 거지, 쯧!

"……."

그 외에도 여러 말들이도 있었지만.

민채영을 가리키는 말은 대부분 하나였다.

불쌍하다.

혹은 박복하다.

그렇기에 손재원은 아무 생각도 할 수 없었다.

앉아 있는 내내 여러 장면들이 계속 눈가를 스쳐 지났기
때문이었다.

일곱 시가 되기 훨씬 전부터 학교에 와서 엎드려 있던 모
습. 자신과 눈도 제대로 마주치지 못하던 모습. 인사를 건
넬 때면 황급히 고개를 옆으로 돌리던 모습이 떠오르고, 배
고프면 밥이나 같이 먹자고 햄버거를 건넸을 때 말없이 받
아서 야금야금 먹던 모습도 떠올랐다.

책을 읽던 중에 자신을 몰래 힐끔힐끔 훔쳐보던 것도 알
고 있었지만, 여태 모른 척하고 있었기에 그런 모습도 당연

히 떠오를 수밖에 없었다.

더욱이 손재원을 미치게 하는 것은 하나하나가 전부 선명하게 떠오른다는 점이었다.

그전에는 잘 생각나지도 않던 것이, 지금은 왜 이리도 어제 일처럼 선명하기만 한 것인지.

어린 시절부터 줄곧 보통 사람들과는 비교도 할 수 없을 정도로 뛰어난 기억력을 지녔다는 것을 알고 있었지만, 지금만큼 그런 재능이 저주스러운 적은 없었다.

더군다나.

'……만약 그때 내가 채영이를 찾았더라면.'

한창 민채영이 등교를 하지 않았을 때. 이상한 직감을 무시하지 않고, 그대로 직감에 따랐었더라면 그녀를 구해 줄수 있었을지도 몰랐다는 사실이었다.

동네 사람들의 입방아에 오르내리는 이야기가 사실이라면, 그때가 가장 민채영이 힘들어했을 시기였었으니까.

그때, 민채영은 누군가가 자신을 도와주기만을 간절히 바라고 있지 않았을까.

어쩌면.

도망칠 곳이 없는 그녀에게 있어 학교는 유일하게 마음을 놓을 수 있는 안식처였을지도 몰랐다.

하지만 그런 안식처로도 가지 못하게 되었을 때의 암담

한 심정은 어떻게 말로 표현할 수도 없을 테지.

"하아."

손재원이 다시 고개를 들었을 때. 어느새 해가 져서 사위가 어둑어둑해지고 있었다.

그 때문인지 날씨가 많이 차가워져 있었다.

하지만 또 그만큼 손재원의 마음도 한없이 차갑게 얼어붙었다.

'전부 미쳤어.'

여러 복잡한 생각을 거듭한 끝에 내린 결론은 그랬다.

이 세상은 제정신이 아니라고.

열일곱. 앳된 나이에 불과한 여고생이 가정 폭력을 견디다 못해 자살을 했다.

하지만 이 세상은 거기에 대해서 분노하거나 동정하기는커녕 조롱하거나 유희 거리로 일삼고 있었다.

그녀가 도움의 손길을 필요로 하던 당시, 만약 동네 사람들이 그 집을 한번 들여다보기라도 했더라면.

가정 환경이 어떤지를 잘 알고 있었을 담임 선생님이 그녀가 계속해서 결석하던 때에 관심을 조금이라도 두었었더라면.

짝꿍이며 반 친구들이 조금만 신경을 썼었더라면.

손재원, 자신이 평범하다고 생각했던 그녀와의 일상을

소중하게 생각했었더라면…….

결국.

모두가 피의자였다.

그것이 너무 추하고도 역겨워서 헛구역질이라도 나올 것 같았다.

하지만 그렇다고 해서 그들에게 모든 책임을 떠넘길 수도 없는 일이었다.

동네 사람들은 그저 평상시처럼 무관심했을 뿐이고.

담임 선생님은 귀찮은 일에 말리기 싫었을 뿐이며.

친구들은 민채영은 친구로 생각지 않았던 것이고.

재원, 자신은 일상을 지극히 너무 당연하다고만 여겼을 뿐이었으니까.

누구를 콕 집어 그에게 책임을 묻는 건 우스운 일이었다.

하지만.

그렇다고 해도 전혀 용서되지 않는 게 있었다.

"바람이 엄청 차네."

그렇게 작게 중얼거리면서.

손재원은 등교할 때 어머니가 환절기라 춥다면서 억지로 입히셨던 폴라티의 옷깃을 끌어 올렸다.

입가부터 눈 밑까지, 얼굴이 깊숙하게 가려졌다.

*　　　*　　　*

깜깜한 새벽.

다 꺼져 가는 전등만이 겨우 앞길을 비추는 골목길 쪽으로, 한 중년인이 술에 잔뜩 취한 채 터덜터덜 걸어갔다.

"아 씨. 그년이 죽은 게 왜 나 때문이냐고! 지가 혼자서 생지랄에 쇼를 다 하다가 알아서 꼴까닥한 건데, 왜 나한테 따지는 거냐고! 막말로 친딸도 아닌 거, 엄마도 없는 거, 내가 여태 잘 키웠으면 나라에서 포상이라도 못 줄망정!"

대체 요 며칠간 경찰서를 몇 번이나 왔다 갔다 하는 것인지.

지금은 아예 거의 하루를 넘게 억류되어 있어야만 했다.

비록 조사에서 혐의나 증거가 발견된 게 없어서 무사히 풀려나긴 했지만, 그래도 은혜도 모르고 뒈져 버린 계집아이 때문에 자신만 누명을 홀랑 뒤집어쓴 게 아닌가 말이다.

그래서 기분이라도 조금 풀 겸 해서 간만에 거나하게 취했다. 경찰 쪽에서는 알코올 중독이니 치료가 필요하니 뭐라고 떠들어 댔지만, 그깟 우매한 놈들이 자신의 깊은 생각을 알 턱이 없었다.

세상이 전부 미쳤다. 나를 알아주는 연놈 하나 없다. 그런 불만 섞인 생각을 하면서 걷다가, 도중에 무언가가 얼굴에 툭 하고 부딪쳤다.

"……응? 넌 뭐야, 인마? 왜 여기서 길을 가로막고 서 있어? 너도 지금 나 무시하……!"

"민채영 아버지, 고현. 맞지?"

중년인은 가로등 불빛을 등지고 서 있는 녀석을 잔뜩 노려보다가, 순간 자기도 모르게 헛바람을 들이켜고 말았다.

분명 어둠이 짙게 깔려 얼굴이 잘 보이지 않는데도 불구하고.

언뜻 사나운 눈매가 이쪽을 보며 번뜩이는 듯한 느낌을 받고 말았기 때문이었다.

언젠가 죽은 아이가 어렸을 적, 친모의 성화를 못 이겨서 억지로 동물원에 갔을 때에 멀리서 봤던 호랑이를 연상케 하는 눈매였다.

"너, 넌 뭐……!"

"맞네. 그놈."

나지막하게 깔리는 목소리와 함께.

퍽!

순간, 강한 충격을 느낄 새도 없이 중년인의 의식이 아래로 움푹 꺼졌다.

그리고 두 번 다시는 깨어나지 못했다.

[칠흑왕이 이번 '꿈'을 좋아합니다.]

*   *   *

비바스바트(Vivasvat).
혹은 찬희(燦熙).
찬란하게 반짝이고, 아름답게 기쁘다.
그것은 외조부께서 언젠가 남기셨다던 법명이었다.

*   *   *

'왜 이렇게 깜깜하지? 아직 재원이가 안 들어 왔나?'

서은영은 현관문을 열고 거실로 들어오다가 무언가 이상하다 싶어 고개를 갸웃거렸다.

원래 이 시간이라면 아들이나 남편 중 한 명이 먼저 집에 와서 불을 다 켜 놓기 때문이었다. 분명히 오늘은 동창회가 있어서 늦을 거라고 미리 말을 해 두기도 했었고.

서은영은 이따가 두 사람에게 전화라도 해 봐야겠다 싶어 거실을 가로질러 부엌 전등을 켰다.

"깜짝이야! 재원아, 너 여기 있었었니?"

서은영은 뒤늦게 식탁에 조용히 엎드려 있는 아들을 발

견할 수 있었다.

그런데.

뭔가 아들의 분위기가 심상치 않았다.

"무슨 일이라도 있니?"

그래서 조심스레 다가가 물었지만, 아들은 아무런 대답
도 하지 않았다.

"학교에서 무슨 일이 있었던 거야?"

하지만.

아들은 여전히 아무 말도 하지 않았다.

*   *   *

손재원은 그날 이후로 사흘이나 등교를 하지 않았다.

그저 방에 틀어박힌 채. 커튼을 치고 조명도 전부 꺼 둔
채로 침대에 누워만 있었다. 끼니라도 챙겨 먹으라는 어머
니의 걱정과 염려도 있었지만, 손재원은 아파서 입맛이 없
다는 말만 되뇔 뿐이었다.

결국 아버지도 어머니도, 어떻게 손쓸 도리 없이 아들의
방문 앞을 걱정스럽게 서성거릴 무렵.

손재원은 손을 떨고 있었다.

두려워서가 아니었다.

오히려.

'아주 잠깐이지만. 내가…… 살아 있는 것처럼 느껴졌었어.'

이번은 어디까지나 민채영이 슬픈 일을 겪었었기에 충동적으로 나선 것일 뿐.

애당초 손재원은 그렇게 타인에게 관심이 많지 않은 성격이었다. 아니, 철저히 무관심했다.

그리고 그런 냉소적인 시선은 자신에게도 똑같았다.

살아 있는 것에 무감각한 사람.

그저 시작되었기 때문에 살아가는 존재.

공감은 물론, 감정이라는 것도 거의 찾아볼 수가 없었던 몸이었는데…….

하지만 손재원은 분명히 어젯밤에 다른 감각을 느꼈다.

그가 여태껏 배웠던 죄책감 같은 건 거의 없었다.

그 자리에 남아 있는 건, '죄인'이라고 낙인찍은 상대를 처치하고 난 뒤에 생긴 쾌감뿐.

아니, 그건 환희나 성취감에 가까운 기분이었다.

"……"

어린 시절부터.

손재원은 늘 세상의 모든 것이 자신의 아래로 보이곤 했다.

이해되지 않는 게 아니었고, 때로는 사람의 생각이나 감정 따위도 훤히 읽힐 때가 많았다.

처음에는 세상 모든 사람들이 그런 줄로만 알았지만, 곧 그렇지 않다는 것을 알았고, 결국 이러한 '시야'를 가지고 있는 것이 자신밖에 없다는 사실에 좌절감을 느껴야만 했다.

그리고 언제부턴가 그런 좌절감은 주변 모든 것들에 대한 따분함과 지루함으로 변하고 말았다.

'영재'니 '천재'니 하면서 주변에서 떠받들어 주는 것도 전부 같잖게만 보일 뿐.

모든 것이 자신의 아래로 비치기 시작한 것이다.

자칫 오만하고 독선적인 성격을 지니게 될 위험도 컸지만, 그렇게 엇나갈 수 있었을 손재원을 바로잡아 준 건 바로 가족들이었다.

현명한 어머니와 아버지 덕분에 그래도 최소한 사람으로서 가져야 할 기본적인 소양은 유지할 수 있었던 것이다.

그래도 여전히 세상사를 따분하게 바라보는 시각만큼은 변하지 않아서, 그 뒤로는 무엇을 하든지 시큰둥한 반응이 전부였다.

어떤 것에 손을 대더라도 잘할 자신이 있었으니까.

그러니 애당초 그는 노력이라는 것을 할 필요가 없었고.

만사에 저절로 시들해질 수밖에 없었다.

그래서 언제부턴가 손재원은 '중간만 가자'는 생각을 가지게 되었다.

무엇이든지 너무 척척 잘해 보이면, 많은 사람들의 이목이 이쪽으로 저절로 쏠리기 때문이었다.

처음이야 잘난 척하기도 좋고 우쭐해 하기도 좋을지 모르지만, 그것도 반복되면 지겨워지기 마련이었다. 기대에 찬 사람들의 시선은 그것대로 귀찮았기 때문에, 그는 그동안 본능적으로 어떻게 하면 사람들의 시선에서 벗어날 수 있는지를 체득하고 있었다.

성적이 언제나 어중간한 위치를 유지했던 것도.

친구가 없어도 별다른 소란 없이 학교를 다닐 수 있었던 것도.

전부 그런 식으로 눈에 띄지 않고자 했던 노력 때문이었다.

하지만.

지금 이 순간만큼은 달랐다.

그동안 잊고 있었던 성취감이 손끝을 찌르르 타고 흘렀다.

무언가를 해낼 수 있을지 모른다.

세상에 '나'로 인한 커다란 흔적을 남길 수도 있지만, 전혀 드러나지 않을 수도 있다.

그런 생각이 아주 강하게 들었던 것이다.

하지만 그런 생각이 다른 한편으로는 여태껏 부모님으로부터 배웠던 가르침과 상충되었기 때문에 내심 많은 갈등이 있었지만.

결국.

다시 방의 전등을 켜고, 침대에서 일어났을 때.

손재원의 눈은 어딘지 모르게 많은 점이 달라져 있었다.

* * *

〈의문의 변사체 또다시 발견!〉

〈경찰, 이대로 있어도 괜찮을 것인가?〉

〈사망자는 과거 살인 전과가 있었던 것으로 드러나.〉

〈잇따른 변사체의 발견.〉

〈살인마가 벌이는 신종 유희극인가, 아니면 정의를 찾는 영웅의 활극인가?〉

* * *

[칠흑왕이 이 '꿈'에 대해 아주 큰 만족감을 표시합니다.]

천마는 아들의 '전기(傳記)'를 훑다 말고 떠오른 메시지를 보고 살짝 인상을 찌푸렸다.

"……이 빌어먹을 새끼가. 또 이딴 식이네. '이번엔' 잠꼬대가 좀 길다? 어?"

칠흑왕에게 있어 이 우주는 전부 '꿈'이나 다름없다.

하지만 이 부분을 역으로 뒤집어서 말한다면, 우주 위에서 살아가는 모든 존재들이 칠흑왕의 꿈을 구성하고 있는 '요소'들인 셈이었다.

즉, 칠흑왕이 원한다면, 비바스바트―손재원과 관련된 일대기를 꿈처럼 감상할 수 있다는 뜻이기도 했다.

칠흑왕은 그렇게 천마를 조롱하고 있었다.

친아들의 죽음에 비통해하는 그에게, 아무런 제재도 가하지 못하고 있는 그에게. 죄책감을 안고 있을 그의 가슴을 후벼 파고 있는 것이다.

천마는 이것이 칠흑왕이 자신을 동요시켜 빈틈을 들쑤시려는 의도라는 것을 잘 알면서도, 가슴 한편에서부터 치밀어 오르는 화를 삭이기가 너무나 어려웠다.

그래도 억지로 누르고자 했다.

그러지 않으면 여태껏 설계해 두고 있던 판이 전부 어질러질 테니까.

[칠흑왕이 자신의 원수에게 아들도 버린 비정한
아버지라면서 실소를 터뜨립니다.]

바드득!

천마는 이를 바득 갈았다.

'인(忍), 인, 인······.'

그 자신은 초월에 초월을 거듭해 '황'이 되면서 칠흑왕
의 꿈에서 완전히 벗어난 지 오래였지만.

일반적인 신격과 악마들은 거의 반쯤 걸치다시피 한 상
태였다.

'밤'의 존재들은 그것을 잘 알기 때문에 어떻게든 '꿈'을
부수고, 온 우주를 다시 혼돈으로 몰아넣고자 하는 것이고.

반면에 '낮'의 존재들은 칠흑왕을 계속 재우면서 '밤'을
막는 파수꾼 역할을 해 왔다.

[칠흑왕이 자신에게 으르렁거리는 원수에게 냉소
를 흘립니다.]

[칠흑왕이 '매번' 빚어지는 행사가 이제는 기껍
다고 말합니다.]

"좀 더 처맞아 봐야 정신 차리지?"

[칠흑왕이 이제는 이골이 조금 난 것 같노라고 웃습니다.]

"지랄하네. 멍청하게 있다가 지 쫄다구들한테 뒤통수나 맞던 새끼가."

[칠흑왕은 당시의 일이 격했노라고 회상합니다.]
[칠흑왕이 자신의 유일한 원수이자 라이벌이었던 존재에게 아래와 같이 말합니다.]
[자신을 구속한 구속구가 점차 헐거워지는 것이 느껴지며.]
[자신을 강제로 재우고 있는 수마(睡魔)가 점차 열어지고 있고.]
[자신을 물은 공허가 점차 '꿈'에 동화되고 있는 것이 느껴지고 있노라고.]
[또한, 여태껏 구속구의 첫 번째 자물쇠를 자처했던 너의 아들이 이미 죽었으며, 두 번째 자물쇠를 풀어 줄 '열쇠'를 자신이 가지고 있으니 얼마 남지 않았다고 합니다.]

이번만큼은 천마도 별다른 말을 하지 않았다.

칠흑왕의 이번 메시지는 '지난' 회차들과 다르게 단순한 공갈이나 협박이 아닌, 진짜 여유에서 나오는 조롱이라는 것을 잘 알고 있기 때문이었다.

시간과 공간의 법칙에 얽매여 있는 일반적인 존재들은 인지조차 못 하고 있지만, 사실 칠흑왕이 '꿈'에서 깨어나려는 시도를 했던 건 이번이 결코 처음이 아니었다.

물론, 그때마다 천마와 '낮'이 녀석을 번번이 저지해 오면서 우주 창생은 계속 이어질 수 있었지만.

천마는 이제 그마저도 거의 한계에 부딪치고 있다는 것을 스스로 실감하고 있는 중이었다.

'꿈'에 제재를 가할 때마다, 영력이 계속 극도로 소모되면서 창공 도서관에서 머무는 시간이 길어지고 있었다.

'낮'의 존재들은 갖고 있던 신력과 격을 상실하며 거의 법칙에 녹아들다시피 한 상태였고.

그나마 메타트론과 바알이 남아서 제 일을 잘해 주고 있다지만, 그것도 얼마나 더 버틸 수 있을지는 아무도 몰랐다.

여의봉을 내던져서 탑을 세운 이유도 바로 그 때문이었다.

헐거워지는 칠흑왕의 구속구를 더 단단히 하는 한편, 그

안에다 신과 악마들을 가둬 두면서 무게를 한껏 더했던 것이다.

그로 인해 얻은 부수적인 효과도 아주 많았다.

천마가 소싯적에 '황'이 되면서 이루고자 했던 것은 절지천통, 즉, 신의 지배로부터 인간들을 강제로 떼어 놓아 그들을 위한 우주를 만드는 것이었으니 목적을 완수했다고 할 수 있었고.

각 우주와 차원, 행성에서 탄생한 영웅들을 '초대'하도록 만들면서 혹시 추가로 탄생할 수 있을지 모르는 신격의 후보군들도 미리 배제해 둘 수 있었다.

연우가 진즉에 짐작했던 대로 탑은 일종의 감옥이나 마찬가지였던 셈이었다.

하지만.

탑의 기능에는 연우가 미처 생각지 못한 점도 있었다.

'칠흑왕, 저 빌어먹을 종자를 통수칠 수 있는 인재의 양성.'

'낮'은 이제 수명이 거의 다하였고, 머지않아 완전히 스러지고 만다.

그 자리를 대신하여 일어나 칠흑왕을 다시 잠재울 수 있는 존재를 만드는 것이, 결국 천마가 그리던 의도였으니.

비바스바트—손재원이 그런 아버지의 사명을 뒤늦게 알

게 되고, 자신이 그 자리를 얻고자 했던 것이 바로 그 뒤였
다.

비록 이후 부자지간에 자잘한 충돌이 있고 난 뒤, 천마는
돌아서고 비바스바트―손재원도 결국 기존의 뜻을 꺾고
올포원이 되어 아버지의 뜻과 다르게 77층을 가로막아 서
고 말았지만.

어쨌거나 천마의 사적인 감정과 다르게, 탑의 목적을 봤
을 때 가장 그의 의도에 들어맞은 것이 바로 연우였다.

하나 칠흑왕도 그러한 천마의 의도를 눈치채고, 여러 번
의 공략 끝에 천마에 대비할 수 있는 방법을 찾아냈으니.

이 뒤가 어떻게 될지는 두고 봐야만 할 일이었다.

연우가 어떻게 나서느냐에 따라, 기로가 완전히 달라질
테니까.

*　　*　　*

'……뭐지, 방금 그건?'

연우는 찰나에 불과하지만, 백일몽을 본 것 같다는 생각
이 들었다.

'올포원…… 비바스바트의 신화 중 일부였나?'

그리고 어렵지 않게, 그가 보았던 것이 비바스바트의 어

린 시절을 다룬 기억이라는 것을 깨달을 수 있었다.

이것이 왜 갑자기 여기서 떠올랐는지는 알 수 없었다.

어쩌면 '올포원'이라는 신위를 발동시키면서, '소화'가 이뤄지고 있던 녀석의 신화가 돌발적으로 튀어 올라 의식 세계에 비친 것일지도.

그 속에 담긴 내용들도 하나같이 수수께끼였다.

수천 년을 살았다던 녀석이 어떻게 자신과 비슷한 시간대의 지구에서 어린 시절을 보낼 수 있었는지는 모른다.

분명히 크로노스의 신화에서 천마는 지구가 아직 생명체가 잉태되기도 전인 시절에 비바스바트—손재원이 태어난 것 같은 뉘앙스를 풍겨 댔으니까.

'황이란 원래 시공을 초월한 존재들이니. 천마도 먼 과거의 이상 변화를 깨닫고 나타난 것일 수도 있겠지.'

하지만 확실한 것은 비바스바트—손재원의 신화를 빠르게 훑다 보면, 여태껏 그가 모르고 있었던 모든 이면의 비밀들을 알아낼 수 있을지도 모른다는 점이었다.

천마와 칠흑왕의 관계.

탑이 생성된 진짜 목적.

부자지간이 틀어지게 된 이유.

비바스바트—손재원의 목적.

'낮'의 존재와 '밤'의 충돌까지도.

그리고.

어쩌면 자신을 어떻게든 구속하려 드는 칠흑왕에게 대항
할 방법까지. 그 힌트를 찾아낼 수 있을지도 몰랐다.

이 세상을 둘러싼 모든 비밀을 파헤쳐 내야만 했다.

무엇보다.

　[비바스바트의 신화가 당신에게 무언가를 전달하
　고자 합니다.]

연우는 어쩐지 녀석이 자신에게 계속 말을 걸고 있는 것
같다는 느낌을 받았다.

　[비바스바트의 신화를 빠르게 소화합니다!]
　[신위, '올포원'이 화려하게 빛을 발합니다!]

＊　　　＊　　　＊

　천마(天魔).

　혹은 명왕(明王).

　전혀 어울리지 않는 두 개의 상반된 이름을 지닌
　존재.

그것이 아버지라 하였다.

*   *   *

"너지?"

존경하던 아버지가 손재원에게 다짜고짜 이상한 질문을 던졌던 건, '그 일'을 결심하고 난 뒤 석 달이 지났을 무렵이었다.

손재원은 평상시처럼 학교가 끝나고 난 뒤에 곧장 귀가를 한 것 '처럼' 행동했고, 텔레비전 앞에 부모님과 둘러앉아 과일을 먹으면서 이런저런 담소를 하고 있던 중이었다.

마침 텔레비전에서는 뉴스가 나오고 있었다. 헤드라인은 온통 최근 들어 전국을 들썩이게 만드는 '히어로'에 관련된 내용이었다.

증거가 부족하다는 이유만으로 무죄 판정을 받은 아동 성폭행범, 폐수를 방류해 한 마을을 통째로 암 발병 장소로 만들었지만 보석을 신청하여 가석방된 공장장, 살인교사 의심을 받고 있지만 면책 특권을 내세운 국회의원 등, 사회에 커다란 분란을 일으켰지만 정당한 죗값을 치르지 않은 채로 있다가 피살당한 죄인의 수는 벌써 스무 명을 넘어가고 있었다.

사나흘에 하루꼴로 사람이 한 명씩 죽어 나가고 있는 셈이었다.

손재원으로서는 이미 어렸을 때부터 연기를 하는 습관을 들여 놨던 덕에 큰 어려움 없이 자신과는 전혀 무관한 것처럼 행동할 수 있었고.

어머니와 아버지도 뉴스에 집중하지 않고 오늘 직장에서 있었던 일에 대해 이야기를 나누는 게 전부였다.

그러다 갑자기 아버지가 불쑥 손재원을 보면서 그렇게 질문을 던진 것이다.

무뚝뚝한 아들을 골탕 먹이기 좋아하는 철없는 여느 아버지의 모습처럼. 대수롭지 않은 듯, 아주 장난스럽게.

하지만 손재원은 등골이 오싹하게 쭈뼛 서는 듯한 느낌을 받았다.

"무…… 슨 소리를 하시는 거예요, 아버지?"

손재원은 놀란 속내와는 다르게 전혀 내색하지 않고 헛웃음을 흘렸다. 무슨 그런 장난을 치는 것이냐는 투로.

"정말 아니냐?"

그러나 되돌아오는 아버지의 웃음 위로 드러난 눈은 아주 깊기만 했다.

"……."

"……."

결국 손재원은 아무 말도 하지 못했다.

떠들썩하던 분위기가 돌연 조용하게 가라앉자, 어머니는 과일을 깎다 말고 버럭 소리를 지르면서 손바닥으로 아버지의 등짝을 휘갈겼다.

"이 사람이 대체 무슨 소리를 하는 거야! 농담도 정도껏 해야지! 공부해야 하는 애한테!"

짜악!

"아아악! 아프다고, 마누라!"

방금 전까지 눈빛만으로 손재원을 압박하던 모습은 온데 간데없이, 호들갑 떠는 아버지만이 남았다.

"아프라고 한 거거든? 이 화상아!"

짜아악!

"아, 진짜 아파! 진짜 옛날에 그 순하고 착하기만 하던 서은영은 어디로 갔……!"

"그 서은영, 당신이 이렇게 만든 거거든?"

어머니는 그것으로도 모자라다는 듯 쉬지 않고 아버지의 등을 휘갈겼다. 아버지는 제자리에서 몇 번이고 펄쩍펄쩍 뛰어야만 했다.

하지만.

"……."

그런 아버지를 보는 손재원의 눈동자는 쉴 새 없이 흔들리고 있었다.

*   *   *

'아버지는 대체 무얼 하시는 걸까?'

이튿날 아침. 손재원은 등교도 하지 않고, 후드를 푹 눌러쓴 채로 아파트 골목길에 숨어 아버지가 출근할 시간만을 기다리고 있었다.

어제 섬뜩한 아버지의 말이 있고 난 후, 손재원은 밤새 제대로 잠도 자지 못했다.

그동안 철두철미하게 움직이고, 증거도 남기지 않았다고 자부해 왔다.

실제로 수만 명이나 되는 경찰이 움직이고, 검찰이며 프로파일러라는 전문가들이 수도 없이 떠들어 댔지만, 소위 '히어로'의 그림자조차 잡지 못하고 있었으니까.

언론은 그것을 두고 숨바꼭질이라고 표현했다. 그리고 손재원은 그 말이 꽤 잘 들어맞는다고 생각했다.

사회와 대중의 시선을 피해, 자신의 신상을 철저하게 가면 속에 숨기면서 움직이는 것은, 이렇게 해야만 가족들에게 피해를 끼치지 않으면서도 사회에 커다란 흔적을 남길 수 있기 때문이었다.

누군가는 그것을 두고 '스스로가 사회의 영웅이라고 착각하는 사이코패스의 전형적인 행동'이라고 평가하기도 했지만.

손재원은 그런 것 따위야 아무래도 좋았다.

그는 언제나 히어로가 되는 과정에서 희열을 느꼈고, 살아 있다는 것을 실감할 수 있었으니까.

그리고 언젠가 과거 피살자들에 의해 피해를 입고도 아무런 배상도 받지 못했던 이들이 기뻐하는 인터뷰를 봤을 때는 또 다른 기분을 맛보기도 했다.

더군다나 다수의 여론은 법이 제대로 판단 내리지 못한 악인들을 해결해 주는 정의의 사도라고 그를 추앙하고 있는 상태.

손재원은 냉정하게 스스로를 두고, '인기'에 취하고 있다는 생각을 하기도 했다. 물론, 거기에 휩쓸려 판단이 흐려진다거나 하는 우를 저지르지는 않았지만.

여하튼 그렇게 철저하게 현실과 이상을 구분 지으면서 살고 있다고 자신만만해하고 있던 중에 아버지에게서 그런 의심을 받았으니 기겁할 수밖에 없었다.

하지만 한편으로는 그런 생각이 들기도 했다.

대체 아버지의 정체는 무엇일까?

사실 따지고 보면, 손재원은 아버지에 대해서 알고 있는 것이 거의 없었다.

쾌활하고 자상하시면서, 아주 바쁜 와중에도 가정적이라는 것만 알고 있을 뿐.

아버지가 하시는 일이 정확하게 무엇인지, 외근을 나갈 때에는 어디에 계시는지, 때때로 던지시는 날카로운 통찰력 등은 대체 어디서 기인하는 것인지. 알고 있는 게 전혀 없었던 것이다.

아버지가 하시는 일에 무관심한 사춘기 아들의 전형이었던 셈이었지만.

손재원은 이참에 수수께끼로 남아 있던 아버지의 정체를 알아낼 심산으로 뒤를 밟을 생각이었다.

그리고 대체 아버지께서 자신이 하는 일에 대해 어떻게 아셨는지, 그 경로까지 알아낼 생각이기도 했다.

'나가신다.'

그러다 손재원은 아버지가 마침 아파트 공동 현관에서 나오시는 것을 발견할 수 있었다.

그는 행여 들킬까 싶어 후드를 다시 깊게 눌러쓰면서 골목 안쪽으로 슬그머니 몸을 숨겼다.

그런데.

'……웃으시잖아?'

무언가 재미난 일이라도 있는 건지, 아버지가 실실 웃으시더니 손재원이 있는 곳과 전혀 반대 방향으로 걷기 시작했다.

얼마 전 처분한 탓에 자가용이 없으니, 어딘가 가려면 대중교통을 이용하셔야 할 텐데. 문제는 저 방향에는 지하철역이나 버스 정류장이 없다는 점이었다.

혹시 택시라도 타시려는 걸까? 손재원은 적당히 거리를 벌린 채로 아버지의 뒤를 밟기 시작했다.

그리고 잠시 뒤, 그는 아버지를 따라 꺾은 골목에서 막다른 길을 마주하고 말았다. 그 어디에도 아버지는 없었다.

"어디로 가신 거지……?"

손재원은 혼란스럽기만 했다.

*   *   *

손재원은 틈만 나면 아버지의 뒤를 쫓았다. 그때마다 아버지는 웃는 낯으로 공동 현관을 나섰고, 똑같이 막다른 골목에서 사라지셨다. 아버지가 대체 어디로 간 것인지, 손재원은 그 흔적조차 찾을 수 없었다.

'이거, 아버지가 나를 시험하고 계시는 거야.'

그리고 뒤늦게 손재원은 이것이 아버지의 장난이라는 사

실을 깨달을 수 있었다. 아버지가 출근길에 오르기 전에 항상 짓는 웃음은 장난의 시작을 의미하는 일종의 신호였던 것이다. 말하자면, 이것은 숨바꼭질이었다.

그래서 손재원은 더 악착같이 아버지의 뒤를 캐기로 마음먹었다. 이미 쫓고 있단 사실이 들키긴 했다지만, 오기가 생겼던 것이다.

하지만 그때마다 번번이 손재원이 맞닥뜨린 건, 예의 똑같은 그 막다른 골목이었다.

그만큼 답답한 심정도 계속 쌓이던 중. 그는 뒤늦게 특이점을 발견할 수 있었다.

'잠깐. 이쪽 벽에는 항상 이상한 재 같은 게 남아 있잖아? 이게 무슨 연관이 있는 걸까?'

마치 낙엽이라도 모아 태운 것처럼 수북하게 쌓인 재. 그동안은 별것 아니라 여겨 그냥 무시해 왔지만, 이게 다른 어떤 비밀을 품고 있을지도 모른다는 생각이 뒤늦게 들었다.

그래서 손재원은 허리를 숙여 재를 손으로 매만져 보았고.

'……어?'

시야가 빙글 돌아가는 것을 느끼며 정신을 완전히 잃고 말았다.

　"@$&^%$&*……?"

　시끄럽다.

　어지럽다.

　손재원은 심한 멀미라도 한 것처럼 메슥거리는 속을 겨우 누르면서 억지로 눈을 떴다.

　그리고 보인 것은.

　자신을 신기한 눈으로 바라보고 있는 외국인들이었다.

　대가족이라도 되는 건지, 늙은 부부와 그들을 닮은 여섯 명의 아이들은 자꾸 뭐라고 떠들어 대고 있었다.

　"대체 뭐라는 거야……?"

　손재원은 그들이 대체 무슨 말을 하고 있는지 알 수 없었다. 가족들에게는 말한 적이 없었지만, 한창 언어에 관심이 많을 적 공부를 해 둔 게 있어 대충이나마 구사할 줄 아는 언어가 아홉 개나 되었다.

　그 외에도 이래저래 들어 둔 게 많은 편이었는데. 이들, 외국인 가족들이 하는 말은 이해는커녕 어디 쪽 언어인지도 알 수가 없었다.

　거기다 염색이라고 생각하기 힘든 천연 적록색의 머리칼과 녹옥 빛 눈동자는 도통 지구인의 것처럼 보이질 않아 섬뜩한 불안감을 느끼게 만들었다.

무엇보다.

이들에게서는 지독한 악취가 풍겼다. 며칠 동안 제대로
씻지도 않은 건지, 얼굴에 땟국물이 가득하고 주름이며 검
버섯도 울긋불긋했다.

손재원은 상반신을 일으키면서 자신이 있는 곳이 대체
어딘지를 파악하고자 했다.

여행객들이 골목길에 쓰러져 있는 자신을 우연히 구한
것인지, 아니면 납치라도 당한 건지는 몰랐지만, 그래도 대
체 어떻게 된 건지부터 알아야 하지 않겠는가.

하지만.

손재원은 곧 살아온 이래 가장 크게 당황해야만 했다.

"이게, 뭐야……?"

그가 누워 있는 곳은 마치 마구간이나 돼지우리처럼 결
코 집이라 생각하기 힘든 장소였고.

유리도 없이 뻥 뚫려 있는 창 너머로 보이는 곳은 온통
핏빛으로 가득한 하늘이었다.

*　　　*　　　*

'난…… 지구가 아닌 곳에 왔다.'

손재원이 이상한 외국인(?) 가족들에게 구해진 지 꼬박 한 달이 흐른 날.

그는 그렇게 결론을 내렸다.

'젠장! 무슨 양판소도 아니고, 갑자기 이세계가 뭐냐고!'

그로서는 기가 찰 일이었다. 아버지의 뒤를 쫓고자 했을 뿐인데, 갑자기 말도 통하지 않는 별 이상한 장소에 떨어진 셈이었으니까.

하지만 '겔'이라고 이름을 밝힌 아저씨와 그 가족들의 도움으로 이쪽의 언어와 풍습을 배우면서 여기가 지구와 전혀 다른 장소라는 사실을 받아들일 수밖에 없었다.

이곳은 모든 게 현대 지구와 달랐다.

귀족이 존재하고, 왕이 땅을 다스렸다. 마치 과거의 중세 시대라도 보는 듯한 신분제 사회. 단순히 이런 점만 본다면 과거로 떨어졌다고 생각했을지도 몰랐다.

하지만 이곳은 지구와 큰 차이가 있었다.

신이 존재했다.

단순한 믿음의 영역이 아니라, 실존했던 것이다.

신이라니!

신. 神. God.

모든 신비를 관장하고 이적을 실현한다는 존재는 정해진 시기마다 모습을 드러내어 위엄을 보이고, 공물을 받아 간다고 했다.

그동안 인간들이 머무는 대지를 수호하고, 경작한 농작
물이 재해를 입지 않도록 축복을 내리며, 문명이 번성할 수
있도록 가호를 내어 준 대가라던가?

신이란 존재들이 어떻게 대가를 바라고 그런 일들을 꾸밀
수 있는지 손재원으로서는 도저히 납득할 수가 없었지만.

곧 그것이 이 세상의 상식이겠거니 하고 생각하자 별 대
수롭지 않게 여길 수 있었다.

어쩌면 이들이 말하는 신이란, 비정상적인 힘을 가진 돌
연변이를 가리키는 것일 수도 있었으니까.

손재원이 정말 알고 싶은 것은 아버지가 대체 무슨 일을
하고 다니시는 건지, 자신에게 무엇을 보여 주려 하시는 건
지였다.

'확실해. 내가 이곳에 오게 된 건 아버지 때문이야. 무언
가를 내게 보여 주려고 이런 게 틀림없어. 하지만 대체 뭘
생각하고 계시는 거지?'

이미 손재원은 아버지를 상식 외의 존재로 상정해 두고
있었다. 어쩌면 이곳 사람들이 말하는 '신'이라는 존재가
아버지일 수도 있었다. 아니면 그와 관련된 무언가일 수도
있었고.

그래서 손재원은 겔과 그의 가족들을 통해 신들에 대해

알아보고자 했지만.

"안 된다. 그건 불경(不敬). 신의 존재는 함부로 입에 올려서는 안 되는 신성한 것. 그랬다간 신앙이 제대로 모이지 않는다며, 신께서 천벌을 내리신다."

겔은 혹여 하늘에서부터 벼락이라도 떨어질까 봐 덜덜 떨면서 손재원의 입을 강제로 틀어막았다.

'대체 이곳의 신들은 얼마나 인성이 빻았길래 사람들이 하나같이 이런 반응을 보이는 거야?'

신에 대해 거론하는 것 자체가 금기시되는 듯하니, 결국 손재원으로서는 신이 직접 공물을 수거해 간다고 하는 제사일(祭祀日)을 기다릴 수밖에 없었다.

그러다 손재원은 충격적인 말을 들어야만 했다.

"뭐? 이번 공물이 '쌀' 이라고?"

갑자기 겔의 가족들이 비통에 젖자, 무슨 일인가 싶어 이유를 물었다가 그런 대답을 듣고 말았던 것이다.

순간 손재원은 학교에서 배웠던 세계사 중에서도, 아주 미개했던 오랜 옛날에 벌어진 제사 방식을 떠올려만 했다.

인신 공양(人身供養).

아무래도. 이 세상은 자신이 생각했던 것보다 훨씬 미쳐 있는 것 같았다.

*   *   *

메시아.

미래조차 보이지 않는 암울한 현실만을 안고 사는 이들을, 언젠가는 구원해 준다는 존재.

여기서 구원(救援)이 대체 무엇인지.

그때까지도 난 전혀 알지 못했다.

*   *   *

"그게 대체 무슨 정신 나간 말이야! 씰을 공물로 삼는다니! 대체 어느 신이 자기 신도를 제물로 삼는다는 거야!"

씰을 공물로 삼겠다는 말은 손재원에게 있어 충격으로 와닿을 수밖에 없었다.

그의 상식으로 '신'이란 존재는 신비를 관장하고 이적을 실현하기에 앞서, 자신을 따르는 신도들의 목소리를 귀담아듣고 그 비원(悲願)들을 한데 모아 새로운 이상향을 제시하는 역할이기 때문이었다.

인류의 원죄를 대신 짊어졌다는 예수나, 도탄에 빠진 세상을 구원하기 위해 내려온다는 미륵불과 같은 메시아(Messiah)는 되지 못하더라도, 최소한 신앙과 신심을 받는다면 그만한 무게를 짊어져야 하는 법이었다.

손재원이 한국에서 아주 짧게나마 얼굴 없는 히어로로 활동했던 것도 전부 그런 이유 때문이었다.

무료함을 느꼈던 삶에 있어 새로운 자극이 된 것도 있었지만.

사회적 책임을 안고 살아야 할 존재들이 그 의무를 다하지 못했을 때, 그리고 그만한 죗값을 받지 않고 권력을 남용하고 다니는 행태를 봤을 때는 도무지 화를 참을 수가 없었다.

그런데.

여기에는 그보다 더한 놈들이 있었던 것이다.

손재원은 공물로 바쳐질 거라던 씰에 대해서 잘 알지 못했다. 다만, 이들 가족과 함께 살던 지난 한 달 동안 그녀가 얼마나 웃음이 많은지, 성격이 밝은지는 잘 알고 있었다.

낯선 생김새를 가진 손재원을 유독 경계하던 겔의 자식들 중에서 가장 먼저 다가와 말을 걸었던 이가 그녀였으니까.

무엇보다.

씰은 이제 갓 열두 살밖에 되지 않은 어린아이였다.

부모와 형제들의 관심을 더 많이 필요로 하는 아이. 아무 걱정 없이 친구들과 뛰어놀며 살아야 하는 나이란 뜻이었다.

하지만.

"어쩔 수 없어."

겔은 눈물을 뚝뚝 흘리면서도, 제 어미의 바짓가랑이를 붙잡은 채 추위에 떠는 아기 새처럼 바들바들 떨고 있는 씰을 외면할 수밖에 없었다.

"이미 성의 귀족들이…… 그렇게 정해 버렸어."

그 말을 듣는 순간, 손재원은 이를 바득 갈았다.

결국 이 세상도 지구와 크게 다르지 않다는 것을 깨달은 것이다.

＊　　　＊　　　＊

'차라리 여기 있는 귀족이란 놈을 날려 버릴까……?'

손재원은 아주 잠깐 그런 고민에 잠겼다.

지금 속에서부터 치밀어 오르는 화는 민채영이 자살을 했을 때에 느꼈던 것과 똑같은 감정이었다. 하지만 그때와 달리 지금 손재원은 그 감정을 절대 외면하지 않았다.

그는 사실 성의 귀족을 처치할까 말까 하는 고민을 오래전부터 하긴 했었다. 귀족이란 것들이 겔의 가족과 마을 사람들을 얼마나 짐승처럼 부려 먹는지를 지켜봤으니까. 말이 농노였지, 노예보다 더한 처지였다.

사유 재산. 단순히 그렇게만 보는 것이다.

하지만 손재원은 함부로 나서지 않았다. 자신은 이곳에서 이방인에 지나지 않았고, 제멋대로 도와주고 난 뒤에 이들에게 어떤 해악이 닥칠지도 전혀 짐작할 수 없었기 때문이었다.

'결국 이건 근본적인 대책이 되지 못해.'

그래서 손재원은 생각을 바꾸기로 마음먹었다.

자신이 나서기로.

"네가…… 간다고? 씰 대신에?"

"그래. 그동안 귀족들이 있는데도 날 계속 숨겨 주고, 없는 처지에 식량도 나눠 주고 그랬었잖아? 그러니까 이번엔 내가 도울게."

"하지만 너는 우리 손님. 손님을 다치게 해서는 안 된다. 그게 교리(敎理)다."

교리. 이들이 모시는 신이 가르쳐 준 말씀이라…… 신 같지도 않은 같잖은 놈이 그래도 그럴듯한 행세는 한 모양이었다.

애당초 손재원은 젤 가족에게 도망치자는 말은 꺼내지도 않았다. 그들은 고향을 떠나는 것을 두려워하는 데다가, 우습게도 딸을 앗아 갈 예정이라던 신에 대한 신앙심도 아주 투철했다.

살아온 환경이 그를 이렇게 만든 것이겠지. 그렇기에 손재원은 가타부타 다른 설득을 하지 않고, 자신이 대신 공물이 되겠다고 의사를 밝혔다.

겔은 거부했지만, 결국 계속된 손재원의 설득 끝에 고개를 뚝 떨어뜨리고 말았다.

"미안하다, 원……. 너밖에 없다."

손재원은 가만히 고개를 끄덕였다.

웃어 주고 싶었지만, 어쩐지 부모님이 계시지 않는 곳에서는 미소가 잘 지어지지 않았다.

*   *   *

공물이 바쳐지는 과정은 생각보다 복잡하면서도 단순했다.

신이 내려올 것이라던 성역(聖域)의 주변부를 따라, 도저히 의미를 알 수 없는 제사 의식이 다양하게 펼쳐졌던 것이다.

애니멀리즘에 기반한 무당의 굿이 벌어지는 내내, 귀족쯤 되어 보이는 작자들이 한껏 거드름을 피우면서 한쪽 구석에서 그것을 지켜봤다.

그러다 해가 가라앉을 때 즈음, 그들은 전부 빠졌다. 방금 전까지만 해도 많은 인파들로 북적대던 제단에는 손재원만이 남아 있었다. 달아나지 못하게끔 형틀에 묶여 있는 상태로.

그렇게 얼마나 있었을까.

쿵.

쿵.

'저게 그 신이란 건가?'

숲 안쪽에서부터 대지가 들썩이면서 집채만 한 크기의 괴물이 이쪽으로 걸어왔다. 수 미터나 되는 덩치를 자랑하는 그것은 전신을 갑각으로 뒤덮은 채로, 이쪽을 보면서 쉴 새 없이 혓바닥을 날름거렸다.

'그냥 괴물이잖아?'

보통 이런 시대에는 해석하기 어려운 대상을 두고 신이라 포장하기도 한다지만, 그래도 저건 그냥 단순히 '경외감'을 주게끔 만들기엔 많이 이질적인 모습이었다.

'그런데 어디 다치기라도 했나?'

손재원은 괴물을 빤히 살피다, 녀석이 걸음을 옮길 때마다 한쪽 뒷다리가 계속 들썩인다는 사실을 눈치챌 수 있었다. 제 딴에는 아무렇지 않은 것처럼 행동하는 듯했지만, 몸을 움직이는 것 자체가 불편해 보였다.

'이거 잘만 하면…… 쉽게 끝낼 수 있을지도 모르겠어.'

손재원의 눈이 깊게 가라앉을 때 즈음.

녀석은 제단 앞에 도착하고서는 손재원을 탐색하기라도 하듯이 커다란 눈동자를 번들거렸다.

『이게…… 이번 공물…… 부서진 격을 보충해 줄…… 재료…… 하지만 신앙이 없나……. 이런 건…… 처음인데…….』

'말을 한다고?'

손재원은 속으로 적잖게 놀랐다. 겉보기엔 그냥 먹이나 갈구할 것 같은 괴물이 의사를 표현할 정도라니. 더군다나 무슨 방법을 썼는지는 몰라도, 칙칙한 목소리가 머릿속에서 울리니 왠지 기분이 좋지 않았다.

하지만 그는 최대한 겉으로 놀란 티를 내지 않았다. 이유는 몰라도, 녀석의 말을 이해할 수 있는 듯한 뉘앙스를 풍기면 절대 안 될 것 같다는 생각이 본능적으로 들었기 때문이었다.

『어쩔 수 없지…… 일단은 부족하더라도 먹어야…… 천마 놈이 오기 전까지 어떻게든…….』

'천마?'

아무래도 녀석을 다치게 만든 범인인 것 같은데……. 하지만 손재원은 뒷말을 더 이상 듣지 못했다. 별안간 녀석이 아가리를 쩍 벌리면서 다가왔던 것이다.

'지금……!'

그 순간, 손재원은 여태 손에 쥐고 있던 장치를 잡아당겼다. 그러자 제단 주변에다 묻어 뒀던 화약이 일제히 폭발하면서 불기둥이 괴물을 뒤덮었다.

크아아아!

손재원이 씰을 대신해서 공물이 되겠다고 의사를 밝혔을 때. 씰과 형제자매들은 모두 고맙다면서 자신들이 무엇을 도와줄 게 없냐고 몰래 찾아온 적이 있었다.

여기에 손재원은 몇 가지를 부탁하였다. 비록 구하기가 쉬운 재료들은 아니었지만, 그렇다고 해서 구하지 못할 것들도 아니었다.

더군다나 손재원이 이 세상에 머무는 동안 남은 건 오로지 시간이었으니, 이곳에서 보았던 특이한 물리 현상들을 바탕으로 화약의 위력을 향상시키기도 했다.

그 외에도 비밀리에 마련해 둔 장치는 아주 많았다. 지반이 무너지면서 죽창을 꽂아 놓은 함정이 드러나고, 하늘에서는 굵직한 통나무가 떨어졌다.

여러 트랩들이 복잡하게 작동하면서 괴물을 연거푸 때렸다. 이런 함정들을 여럿 설치하면서 다행이었던 점은 성역이라고 해도 괴물이 사는 터전이 따로 있었다는 점이었다.

손재원은 형틀을 빠져나와 재빨리 제단에서 물러났다. 광란을 부리는 괴물을 잡으려면 녀석을 다른 트랩이 설치된 장소로 유도할 필요가 있었다.

그는 자신 있었다. 어차피 말만 그럴듯하게 신이라 불릴 뿐인 존재라면 충분히 잡을 수 있을 거란 확신이 들었던 것이다.

하물며 다른 데서 이미 크게 다치고 돌아온 중상자임에야, 사냥이 실패한다면 오히려 자신이 부끄러워질 터였다.

크아아, 크아!

녀석은 고통스러웠던지 이리저리 몸부림을 쳤다. 다행히 트랩 중 몇 가지가 녀석이 숨겨 두었던 상처를 강제로 들쑤시면서 다량의 출혈이 일어났다. 쿵쿵, 괴물이 고통에 몸부림칠 때마다 대지가 들썩였다.

그러다 괴물이 분노로 번들거리는 눈을 돌리다, 손재원이 있는 곳을 찾아냈다.

그러고는.

'……뭐지?'

이쪽으로 미칠 듯이 달려올 줄 알았던 것과 다르게, 괴물은 갑자기 대가리를 위로 크게 치켜들었다.

손재원은 녀석이 갑자기 미쳤나 싶은 마음이 들었지만, 알 수 없는 불안감이 든 나머지 재빨리 괴물의 시야에서 벗어나고자 열심히 뛰었다.

그 순간, 괴물이 입 안에 머금고 있던 것을 잔뜩 토해 냈다.

화아악!

으레 울릴 줄 알았던 굉음 따윈 들리지 않았다. 어쩌면 사라진 건지도 몰랐다. 다만, 손재원이 느낄 수 있는 건 숨이 막힐 정도로 뜨겁게 달아오른 대기와 도저히 아무것도 분간하기 힘들 정도로 시야를 가득 채운 새하얀 섬광뿐.

그는 재빨리 손으로 눈을 가리면서 바닥을 뒹굴었고, 열풍이 머리 위를 전부 스쳤다 싶을 때 즈음에 고개를 들었다.

그리고 보게 된 것은.

'무슨……!'

완전히 초토화되고 만 성역이었다.

방금 전까지만 해도 울창하던 숲은 쑥대밭이 되어 온통 검은 그을음으로 가득했다. 바위도 나무도 전혀 남아 있지 않았다.

대체 숨결이 어디까지 이어진 것인지, 시야가 닿는 구역은 전부 깡그리 밀려 겔이 있는 마을까지 닿은 게 아닐까 우려될 정도였다.

하지만 그런 걱정도 잠시.

『감히…… 나에게 위해를……! 인간 따위가…… 용서치 않겠다……!』

손재원은 다시 뛰어야만 했다. 괴물이 다시 아가리를 뒤로 젖히면서 방금 전과 똑같은, 아니, 훨씬 강렬한 숨결을 토해 냈기 때문이었다. 거기다 대체 무슨 조화를 부린 건지, 곳곳에 남은 불씨들이 다시 활활 타오르기 시작했다.

손재원은 뛰고 또 뛰어야만 했다. 괴물은 최소한으로 움직이면서 숨결을 잇달아 뱉어 내어 그를 잡으려 했고, 그럴 때마다 손재원은 임기응변으로 공격을 피하면서 반격을 시도했다.

다행히 트랩의 일부는 숨결에도 멀쩡했고, 손재원은 그런 곳으로 녀석을 조금씩 유인했다.

『죽여 주마……!』

다만, 문제가 있다면, 금세 지쳐 나가떨어질 거라던 예상과 다르게, 놈이 전혀 지치지 않는다는 점이었다.

오히려 피해가 누적될수록 녀석은 더 크게 광란을 부리면서 악착같이 손재원을 쫓아왔다. 덕분에 먼저 지친 건 그였다.

'이러면 나가린데?'

결국 더 이상 도망칠 곳도 없어 거칠게 숨을 몰아쉬고 있는 중에, 괴물은 어느새 그의 코앞까지 다가와 있었다.

새카만 매연과 하얀 김을 풀풀 휘날리는 아가리를 쩍 벌리면서, 신경질적으로 손재원을 집어삼키려는 순간.

"거기 있는 거 다 아니까 이제 좀 나오시죠, 아버지?"

손재원은 허공을 응시하면서 버럭 소리를 질렀다.

"안 나오시면 엄마한테 다 일러바칠 거라구요!"

그 말이 끝나기 무섭게, 갑자기 하늘에서부터 황금빛으로 물든 빛의 궤적이 떨어져 괴물을 그대로 관통했다.

크오오—

그동안 여러 트랩에도 불구하고 뚫지 못했던 갑각은 갈기갈기 찢긴 채, 피투성이가 되어 있었다. 괴물이 고통을 호소했지만, 무언가에 단단히 고정되어 움직이지도 못하는 중이었다.

그런 녀석의 위에는 아버지가 팔짱을 낀 채로 히죽거리면서 아들을 내려다보고 있었다.

"느려 터져서는. 어떻게 이런 잔챙이한테 얻어터지고 다니냐?"

단순히 서 있는 것만으로도 저만한 괴물을 가볍게 누르고 있다니. 그 여유로운 모습이 너무도 멋진 나머지, 손재원은 저도 모르게 넋이 나갈 것 같았지만. 그런 티를 전혀 내지 않고 인상을 팍 구겼다.

"아버지야말로 제정신이십니까? 아들을 이런 궁벽한 데

다 밀어 넣고, 괴물에게 죽을 둥 살 둥 하고 있는 걸 그냥 지켜봐요?"

"재미있잖아."

"그걸 지금 말씀이라고……!"

하지만 천마는 콧방귀만 뀔 뿐이었다.

"초월은커녕 탈각도 제대로 못 해서 빌빌대던 놈한테 이딴 꼴을 당하고 있으니 재밌지, 재미없겠니?"

『천마, 천마……!』

그때, 괴물이 꿈틀대면서 아버지를 떨쳐 내려 발버둥 쳤다.

"시끄러, 새꺄."

쾅!

천마는 아주 가볍게 발을 구르는 것으로 괴물의 저항을 무력화시켰다. 그 커다란 대갈통이 통째로 으깨져 버린 것이다.

"내가 네 친구냐? 감히 어른이 말씀하시는데 어디서 끼어들어?"

"……."

그 광경을 보면서 손재원은 등 뒤로 식은땀이 흐르고 말았다. 일단 아버지를 부르는 데 성공하긴 했지만, 자신이 생각했던 것보다 훨씬 강하신 탓이었다.

덕분에 그동안 자신이 아버지의 속을 썩인 일은 없는지 지난날을 강제로 돌아보게 될 정도였다.

파스스—

죽은 괴물이 마치 모래알처럼 잘게 부서졌다. 조각들은 회오리를 치다가, 아버지가 오른손에 들고 계시던 노란 막대기 쪽으로 빨려 들어갔다.

—*Hārītī*

환한 빛무리와 함께 막대기 위에 글씨가 새겨졌다.

그 모습이.

너무나 황홀해서.

위엄으로 가득해서.

경외, 그 자체여서.

손재원은 아버지가 저 볼품없이 죽어 나자빠진 괴물— 스스로를 '신'이라고 자칭했던 놈보다 훨씬 '신'에 가깝다는 생각이 들었다.

아니, 어쩌면 '신', 그 자체일지도 몰랐다.

그때.

아버지가 장난스러운 투로 웃으면서 이쪽을 돌아봤다. 마치 아들의 속내를 모두 알고 있다는 듯이.

"신? 야. 쪽팔리게 신이 뭐냐. 이 아버지는 그것보다 훨씬 높은 존재란다."

속마음을…… 읽혔다?

전혀 생각지도 못한 상황에.

손재원은 태어나 처음으로 경악이란 감정을 느껴야만 했다.

*　　*　　*

[칠흑왕이 지루한 이야기를 언제까지 보고 있을 거냐는 투로 자신의 분신을 봅니다.]

[비바스바트 신화의 소화가 잠시 중단됩니다.]

연우는 비바스바트—손재원의 신화를 읽어 내리는 것을 도중에 끊어야만 했다.

아직 초반부인데도 불구하고.

찰나의 순간 동안 본 것인데도, 칠흑왕은 연우가 무엇을 하려는지 정확하게 꿰뚫어 보고 있었다.

마치 그 정도로 자신을 막을 수 있겠냐는 듯.

[칠흑왕은 자신의 분신이 어떻게 본신을 거스를

수 있는지를 시험하고자 합니다.]

　['밤(녹스)'이 내려옵니다!]

전혀 생각지도 못한 메시지에.

연우는 눈을 크게 뜨면서 하늘을 바라보았다.

분명 자신이 펼쳐 낸 그림자로 가득한 세상인데도 불구하고, 어둠 한복판이 크게 울렁이는 것이 보였다.

그리고 활짝 열리는 것은.

『아들아, 저거……?』

크로노스의 신화에서 보았던 '밤'과 똑같은 모습을 하고 있었다.

탑의 정중앙에 타계와의 웜홀이 형성되기 시작했던 것이다!

　[히든 스테이지, '마해(魔海)'가 아주 크게 출렁입니다!]

　['마해'가 거친 해일을 일으켜 탑의 각 층계로 역류를 시도합니다.]

　['마해'가 탑을 침식하고자 합니다.]

[타계의 신들이 '마해'의 인도를 따라 침입을 시
도합니다!]

아. 버. 지.

아. 버. 지. 께. 서.
부. 르. 시.

아. 둔. 한. 냄. 새.

칠흑왕이 몸집을 조금씩 일으키는 것에 따라, 여태껏 탑
의 언저리만을 감돌고 있던 마해가 본격적으로 움직이기
시작했다.

마해는 원래 혼세팔신 중 한 명인 극권의 군주가 탑에 호
기심을 갖고 들어오다가 결국 죽임을 당하고, 그 기운이 흩
어지면서 자연스럽게 조성되었던 곳.

'밤'이 칠흑왕을 기리고, 그로부터 기원했다는 것을 감
안한다면…… 그가 단순히 의지를 내비치는 것만으로도 반
응할 것은 아주 당연한 일일지도 몰랐다.

웜홀에서부터 수많은 촉수들이 튀어나왔다. 무수히 많은
활자들로 뒤섞여 일정한 형체도 가지지 못한 자들. 사고도

획일화하지 못해 무분별하게 의념을 퍼뜨리는 태초의 망자들이 밖으로 기어 나오려 하고 있었다.

그들이 외치는 아둔한 아버지의 이름을 찾으면서.

그의 '꿈'을 어떻게든 깨워 주겠다는 일념만으로.

'나를 시험하겠다고 한 게, 이들을 어떻게 할 것인지를 보려는 건가?'

연우는 이를 악다물었다.

당장은 자신이 유리한 입장일지도 몰랐다.

탑의 전반적인 시스템을 제어할 수 있는 올포원이라는 신위가 자신에게 있었고.

칠흑왕은 그 명성과 신격에 어울리지 않게 탑에 의해 강제로 단단히 짓눌려 있는 상태.

그렇다는 건, 자신의 의사가 칠흑왕을 따르지 않는 한, 그가 당장 깨어날 방법 따윈 없다는 점이었다.

하지만 문제는 연우가 가진 힘의 대부분이 칠흑왕에 기원을 두고 있다는 점이었다.

죽음과 관련된 신위에서부터 세 개의 형틀까지 전부 그가 내려 준 것이 아니던가. 이미 연우는 칠흑왕이 내건 목줄을 차고 있는 것이나 다름없었다. 그가 '마음만 먹는다면' 얼마든지 연우로부터 힘을 회수할 수 있다는 뜻이었다.

하지만 칠흑왕은 굳이 당장 그러지 않았다.

여전히 창공 도서관에서 천마가 지켜보고 있는 이유도 있 겠지만, 그는 이 '꿈'을 여흥 정도로 여기고 있는 눈치였다.

그러니 시험을 한다는 명목으로 '밤'을 강제로 끌어와 연우가 어떻게 반응하는지를 지켜보려는 것이겠지.

이를테면, 녀석에게 있어 연우의 반응은 재미난 놀이극 에 지나지 않는 셈이었다.

하지만.

그런 녀석의 장난이 어떤 이들에게는 재앙이나 다름없었 다.

[98층의 모든 신들이 경악합니다!]
[98층의 모든 악마들이 이곳에 갇혀 있어서는 다
죽을 뿐이라고 소리칩니다!]

당연히 신과 악마들로서는 경악할 수밖에 없었다.

가뜩이나 칠흑왕이 몸을 일으키려는 것만으로도, 칠흑이 조금씩 천계 쪽으로 타고 올라오는 것만으로도 두려워하던 그들이 아니던가.

그런데 여기에 칠흑왕의 권속들까지 줄지어 나타난다? 타계의 신은 그들로서도 미지(未知)와 무지(無知)의 대상인

까닭에 저절로 공포를 부를 수밖에 없었다.

더구나 방금 전까지 올포원과 한창 전쟁을 치르고, 서로가 유일신이 되겠다면서 아웅다웅했던 것을 감안한다면…… 난장판도 이런 난장판이 따로 없었다.

[소수의 신들이 98층에서의 탈출을 시도합니다!]

[다수의 신들이 동요하는 심정으로 당신을 바라봅니다!]

[대다수의 악마들이 대책 마련을 시급히 논의하고자 합니다!]

[극소수의 악마들이 이 기회를 이용할 방법이 없을지 모색합니다!]

……

[소속을 두지 않는 몇몇 신과 악마들이 전향을 염두에 둡니다.]

……

[몇몇 신들이 어쩌면 이것이 계시록에서 말하는 '종말'일지도 모른다는 의심에 사로잡힙니다.]

[몇몇 악마들이 계시록에 기술된 '종말'은 아직 시기상으로 나올 수 없노라고 말합니다.]

……

[비마질다라가 더 큰 전쟁이 다가올 것에 잔뜩 고 무됩니다. 당신의 반응을 기대합니다.]

[케르눈노스가 탑의 새로운 변혁에 대해 궁금증 을 던집니다.]

[메타트론에게서 메시지가 도착했습니다.]

[메시지: 방금 전, 우리가 지니고 있던 에녹서의 일부가 바뀌었습니다. 계시(啓示)가 내려왔단 뜻이 지요. 크로노스…… 신왕의 옛 신화를 훑어보았다는 게 사실인지요?]

[메타트론에게서 메시지가 도착했습니다.]

[메시지: 만약 그게 사실이라면, 그럼 이제 알았 으리라 생각합니다. 당신의 아버지는 어디에 기원을 두고, 당신의 어머니는 어디서 출현하였는지를요. 시(時)와 공(空), 이 둘 모두를 당신들은 타고난 것입 니다.]

[메타트론에게서 메시지가 도착했습니다.]

[메시지: 그러니 묻겠습니다. 당신은 어디에 의사 를 두시겠습니까? 정체성을 어디로 놓으시겠습니 까? '밤'입니까? 아니면 '낮'입니까?]

[바알에게서 메시지가 도착했습니다.]

[메시지: 네가 다과회에서 먹었던 쿠키. 그거 원래 너의 할아버지가 생전에 남겼던 레시피로 만든 거다.]

다른 건 몰라도, 그것만큼은 알아주었으면 좋겠군. 다른 메시지는 오지 않았지만, 바알은 그렇게 말을 하는 것 같았다.

['말라흐'의 서기장, 메타트론이 당신의 대답을 기다립니다.]

['르 인페르날'의 수좌, 바알이 당신의 대답을 기대합니다.]

'낮'과 '밤'.

우주 창생 때부터 시작된 전쟁은 까마득한 세월이 흐른 지금까지도 계속 이어지고 있었다.

어쩌면.

'천마의 동료이기도 했던 메타트론과 바알이 천계에 있고, 신과 악마들을 조율하는 위치에 있는 건…… 그들이 바랐던 것일지도 모르겠어.'

하지만 그런 생각은 오래가지 못했다.

칠흑왕의 부름에 따라, 타계의 신들이 모습을 비치려 했다. 아주 작은 놈들을 필두로, 점차 큰 놈들이 억지로 웜홀에 몸을 구겨 넣기까지 했다.

당연하지만, 그 뒤로는 외신 급이나 혼세팔신의 기척도 감지되기 시작했다.

　['말라흐'의 서기장, 메타트론이 당신에게 서들
　러 대답을 해 줄 것을 채근합니다!]
　['르 인페르날'의 수좌, 바알이 당신의 대답을 종
　용합니다!]

『아들아.』

그때, 크로노스가 연우에게로 작게 속삭였다.

『내가 언제 말한 적이 있었는지 모르겠는데, 혹 기억하냐?』

그는 무언가를 단단히 결심한 듯하면서도, 살짝 웃음기를 담고 있었다.

『나는 자신의 아들을 버린 천마와는 다르다. 그가 어떤 이상을 가지고 있어 비바스바트를 저대로 두었는지는 모르겠지만, 그래도 난 네가 어떤 선택을 내리든지 그걸 지지할거야. 네 할아버지와 관련된 것도 생각 마라. 지금 네가 할 수 있는 것만 해.』

한순간, 연우는 조급하면서도 잔뜩 긴장되었던 것이 확 풀리는 듯한 기분을 느꼈다.

여기에 서 있는 건 혼자가 아니라는 것. 그 사실만으로도 마음 한편에 조금이나마 여유가 생긴 것이다.

처음 탑에 올랐을 때에는 혼자였기에 바짝 긴장하고 모든 것을 날카롭게 봐야만 했지만, 지금은 그게 아니었다.

그리고.

그렇기에 더더욱 연우는 자신의 선택에 확신을 가질 수 있었다.

"아버지. 저도 정우 녀석을 포기하지 않을 겁니다. 옛날로…… 어렸을 적으로 같이 돌아가야지 않겠어요?"

『그래. 그러자꾸나.』

크로노스의 웃음을 들으면서.

[칠흑왕의 분신이 결정을 내렸습니다!]

연우는 메타트론과 바알의 질문에 대답을 하고자 했다. 그리고 혼란에 잠겨 자신을 쳐다보는 98층의 신과 악마들에게 말했다.

[신위, '올포원'이 작동하였습니다.]

[주어진 명령어에 따라 시스템이 명령을 수행합니다. 모든 법칙이 새롭게 운행됩니다.]

[98층, 천계의 관에 주어졌던 모든 설정이 해제됩니다.]

[봉인이 해제됩니다!]

[금제가 해제됩니다!]

……

[단층선이 사라졌습니다.]

[절지천통(絶地天通)이 무너집니다!]

……

[천계와 하계가 연결되었습니다.]

*　　*　　*

그때부터였다.

탑이 새로운 전환점을 맞이한 것은.

[다수의 신들이 갑작스럽게 사라진 단층선에 혼

란스러워합니다.]

　[소수의 신들이 칠흑에 물든 하계를 두려운 눈으로 바라봅니다.]

　[대다수의 악마들이 '밤'의 존재들을 보며 날을 단단히 세웁니다.]

　[극소수의 악마들이 어떻게 대응할지를 두고 의견이 분분하게 갈립니다.]

　신과 악마들이 그토록 바라던 절지천통이 사라졌는데도 불구하고.

　그들은 당장 움직이지 못하고 있었다.

　워낙에 오랜 세월 동안 올포원이란 벽에 가로막혔기에 갑작스레 주어진 자유가 얼떨떨한 것도 있었지만, 그보다는 하계를 잠식하고 있는 칠흑이며 타계의 신들에게 깊은 경계심을 지니고 있었기 때문이었다.

　또 전쟁의 국면이 다른 방향으로 바뀐 것에 대해서 적응을 하지 못하는 것도 있었다.

　하지만 그들의 방황은 오래가지 않았다.

　['말라흐'의 서기장, 메타트론이 휘하의 모든 대천사와 천사들을 이끌고 전쟁을 시작하겠노라고 선

언합니다!]

[미카엘이 메타트론의 명령을 좇아 선봉에 나섰습니다.]

[라파엘이 탑은 마음에 들지 않지만, 그래도 사회가 무너지는 것은 볼 수 없노라고 중얼거립니다.]

[우리엘이 정의가 닿는 빛을 보여 주겠노라고 선고합니다.]

......

메타트론의 지시에 따라, 말라흐가 본격적으로 나서기 시작한 것이다.

그동안 절대선과 균형을 추구하면서도, 결단코 먼저 선전 포고를 던지는 법이 없었던 말라흐의 움직임에 많은 신들의 시선이 그쪽으로 쏠렸다.

그뿐만이 아니었다.

['르 인페르날'의 수좌, 바알이 쿠키를 한 조각 베어 물면서 말없이 전선에 나섰습니다!]

[바싸고가 모름지기 악마라면 이런 일에 움츠러들어서는 안 된다고 일갈합니다.]

[마르바스가 그렇지 않아도 타계가 궁금했다면서

이참에 알 수 있겠다고 웃습니다.]

　......

　[탈퇴하였던 '동마왕군'이 '르 인페르날'에 합류하였습니다.]

　[아가레스가 광기에 찬 목소리로 웃습니다.]

　[아가레스의 메시지가 탑 전체에 공표됩니다.]

　[메시지: 저 영혼! 차연우와 차정우의 영혼은 내 것이다! 그러니 아무도 탐하지 마라! 칠흑! 너에게서 내 것을 가져가겠다!]

　[아가레스의 메시지가 탑 전체에 공표됩니다.]

　[메시지: 그러니까 꺼져......!]

　[전쟁에 나선 대천사와 마왕들의 투표로 아가레스의 메시지가 일시 중단되었습니다.]

　[아가레스가 이게 대체 무슨 소리냐고 윽박지릅니다.]

　[아마겟돈이 열렸습니다!]

르 인페르날도 동참했다.

메타트론과 바알. 천계의 중재자이자 흑막이라고도 할 수 있던 최고 권력자가 움직인 순간, 여론은 한쪽으로 급격하게 기울 수밖에 없었다.

아마겟돈.

에녹서에서 종말에나 찾아온다는 최후의 전쟁이 터진 것이니.

> ['낮(에로스)'이 오랜 세월 속에 묻혔던 빛을 조금
> 씩 드러내고자 합니다!]

그것은 탑이 세워지면서 이제 기억하는 존재들도 거의 없어지다시피 한, 옛 신화의 재현(再現)이라고 봐도 무방했다.

> ['낮(에로스)'과 '밤(눅스)'이 충돌합니다!]

쿠쿠쿠쿠—

탐욕스럽게 헛바닥을 날름거리는 칠흑을 물리치기 위해 내리쬐어지는 빛 속에는 신과 악마들이 있어, 타계의 신들의 진입을 저지하고 있었다.

[칠흑왕이 새로운 이벤트에 아주 기꺼워합니다.]
　[칠흑왕이 자신의 분신이 또다시 어떤 유흥거리를 줄지 잔뜩 기대합니다.]

그리고.
흔들리는 탑의 세계 속에서.

　['낮(에로스)'이 플레이어 차연우의 대답을 기다립니다.]

　[플레이어 차연우가 대답을 내렸습니다.]
　[플레이어 차연우가 선택한 답안지는 '밤(녹스)'입니다.]

Stage 84.
알

　—이 커다랗고 우람한 건 또 무엇입니까?

　—탑.

　—탑……?

　—엥? 그게 무슨 소리야! 이거 여의봉이잖아?

　메타트론은 언젠가 천마와 나눴던 대화를 떠올렸다.

　지금은 거의 기억도 나지 않는 아주 오래전에 나눴던 대화. 아직 이 모든 우주가 수많은 신화들로 둘러싸여 창생의 과정이 끝나지 않았을 적에 이뤄졌던 대화였다.

　그때에도 칠흑왕은 '꿈'에서 깨어나 꿈틀거렸고, 천마

는 이전 회차와 다르지 않게 그를 다시 잠재우는 데 성공했다.

하지만 천마는 유달리 피곤한 기색이 역력했다. 그럴만도 한 것이, 칠흑왕이 매번 깨어나려 할 때마다 강제로 재워야 했으니. 영력이 빠른 속도로 소모되고 말았던 것이다.

반면에 칠흑왕은 공허에 처박혔다 하더라도, 깊은 숙면을 통해 매번 체력을 회복하고 돌아왔으니, 시간이 지날수록 두 존재 간의 체력 차는 계속 벌어질 수밖에 없었다.

메타트론과 바알도 마찬가지. 이번 '회차'를 기점으로 그들은 슬슬 자신들이 한계에 다다르고 있다는 것을 느끼고 있었다.

한때, 칠흑왕을 호종하면서 온 우주를 발아래로 둘 정도로 강대한 권능과 신력을 자랑하였으나, 이제는 찌꺼기만 남은 상태인 그들이 아니던가. 문제는 그 남은 찌꺼기마저도 계속 소모되다 보니 아주 자그마한 한 줌밖에 남지 않았다는 점이었다.

물론, 그것만으로도 여전히 웬만한 초월자들의 우두머리를 자처할 만한 실력은 되었기에, 말라흐와 르 인페르날이라는 세력을 일굴 수 있었다지만.

사실 이제는 언제 붕괴되어도 이상하지 않았다.

메타트론은 그토록 창성했던 지혜가 어두워지고, 바알은 우주를 소멸시킬 것 같았던 어둑한 힘이 슬슬 바닥을 보이고 있었으니까.

그래서 천마와 '낮'은 모두 똑같은 위기감을 느끼고 있었다.

다음 '회차'에서는 위험하다.

이다음 '커다란 굴레'가 굴러가게 되고, 거기서 칠흑왕이 깨어나게 된다면…… 정말 그때는 여태껏 억지로 미루고 미뤘던 종말이 찾아올지도 모른다.

그런 위기감이었다.

그래서 어떻게 해야 하나 다 같이 머리를 맞대어 고민에 잠겼다.

천마는 창공 도서관을 누비면서 자료를 찾고, 메타트론과 바알은 다과회를 수시로 열면서 대천사와 마왕들을 풀어 칠흑왕과 관련된 모든 흔적들을 지우고자 했다.

그러던 중에 갑자기 천마가 찾아와 다짜고짜 그들을 데리고 '지구'로 갔다.

지구가 먼 훗날에 생명체가 창궐하는 푸른 별이 되고, 천마의 원형(原型)이 되는 '손지호'라는 존재가 태어나는 고

향임을 잘 알고 있었지만.

당시에는 아직 어디서나 쉽게 볼 수 있는 흔하디흔한 행성이었다.

천마는 여기를 두고 '원시 지구'라고 했던가.

하여간 표현 따윈 아무래도 좋을 이곳은 메타트론과 바알에게 있어 다른 의미로 강한 무게를 주는 장소이기도 했다.

칠흑왕이 잠든 비역(祕域).

정확하게는 칠흑왕이 갇힌 공허로 통하는 유일한 관문이었지만.

어쨌거나 원시 지구가 이 우주에서 칠흑왕과 가장 가까이 접근할 수 있는 장소라는 점은 달라지지 않았다.

그들에게는 애증의 장소인 셈이었다.

다만, 지금은 원시 지구 위에 커다란 기둥이 아주 깊숙하게 박혀 있는 상태였다.

행성의 정중앙, 내핵을 꿰뚫고 나온 기둥은 양쪽 끝이 끝도 없이 이어져서 메타트론과 바알도 전혀 감지하기 힘든 우주의 끄트머리에 닿아 있는 게 아닐까 싶었으니.

하지만 그들은 저 끝이 공허에 닿아 있다는 것을 잘 알고 있었다. 그리고 칠흑왕을 강제로 속박하고 있단 사실까지도.

이번 '회차'에서 천마는 칠흑왕과 같은 사투 끝에 여의봉을 날리는 것으로 녀석을 도로 잠재우는 데 성공했다.

문제는 여의봉이 단순히 그의 애병이 아니라, 권속이자 분신과 마찬가지란 점이었다.

성(誠). 그와 가장 가까운 권속, 천룡이 바로 여의봉의 정체였던 까닭이었다.

그리고 거기엔 천마가 자랑하는 얼굴 중 '제천대성'의 힘도 가득 담겨 있었으니.

이로써 천마는 그나마 끝까지 지니고 있으려던 힘 중 태반을 날린 것과 같았다.

하나 이상하게도 그에게선 전혀 아쉬워하거나 하는 면이 보이지 않았다.

도리어 개운하다는 표정뿐.

여하튼.

메타트론과 바알은 왜 자신들을 이곳으로 데려왔나 싶어 의문스러운 얼굴로 천마를 바라볼 수밖에 없었다.

그런데 다짜고짜 '탑'이라니.

이건 또 무슨 소리인 건지.

—우리, 그냥 까놓고 말하자. 너네들 이제 더 이
상 칠흑, 저 양반한테 개길 힘 없지?

　—…….

　—…….

　—그나마 남아 있던 '낮'의 존재도 이제 너희 둘
밖에 안 남았지. 우라노스가 그나마 후손들을 남겼
다지만, 제대로 각성할 기미인 녀석은 보이질 않고.

　—……반박할 말이 없으니 무엇이라 답하기가
어렵군요.

　—천마, 당신은 무슨 생각이 있어 보이는데?

　메타트론은 쓴웃음을 지었고, 바알은 속이 답답했던지
따로 챙겨 온 쿠키를 입에다 털어 넣었다. 바스락거리는 소
리가 그나마 그의 갑갑한 심정을 달래 주었다.

　천마는 그들의 심정을 잘 알고 있다는 듯, 웃으면서 대답
했다.

　—새로운 '낮'을 만드는 거다.

　—음……?

　—그건 또 무슨 소리인지 물어봐도 될까?

　—말 그대로다. 솔직히 까놓고 말해서 너희는 구세

대야. 신들 중에서도, 악마들 중에서도 너희들이 원래
누구였는지 기억하는 이들이 거의 없지. 아마 저 빌어
먹을 칠흑이 무엇인지 모르는 놈들이 태반일 거고.

　—할 말이 없군요.

　—그래서?

　—그래서긴 뭐가 그래서야? 원래 구세대는 할 일
다 끝나면, 알아서 적절한 시기에 뒤로 빠지는 법이
라고.

　—하지만……!

　—그건 좀 위험하지 않을까?

천마가 피식 웃으면서 뒷말을 덧붙였다.

　—원래 늙은이들 특징이 뭔지 알아? 자기네들이
아니면 절대 아무도 해내지 못할 거라고 생각한다는
거야. 오히려 후손들이 똑똑하면 더 똑똑했지, 절대
모자랄 리가 없는데 말이야. 너네보다 더 잘할걸?

　—무슨 복안이라도 있으신 듯하군요.

　—그래서, 어떻게 하자고?

　—탑을 세우자. 그리고 그곳에서 '낮'의 후계자
를 양성하는 거다.

─……!

─……!

─칠흑이 영원토록 깨어날 수 없도록. 우리를 대체할 만한 자원을, 인재를 개발해 내는 거지.

설명은 계속 이어졌다.

─방식은 아주 간단해.

─여의봉. 저 안에는 내가 창세를 마무리하면서 가둬 두었던 여러 존재들이 있어. 천교나, 절교 같은…… 거기다 우마왕도 저 안에 있지. 그리고 그들 모두가 빠져나오지 못할 정도로 여의봉은 아주 단단해.

─신진철이란 게, 그만큼 무섭거든.

─난 지금부터 온 우주를 돌아다니면서 모든 신과 악마들이며 용종이나 거인족들까지, 초월을 이룬 격이라면 전부 가리지 않고 가둬 버릴 거다.

―그런다면 여의봉의 무게가 한껏 무거워져서 칠흑이 꿈틀대기도 힘들어질 테고.

　―애당초 우리가 원했던 대로, 신적인 존재들의 간섭에서 벗어나 이 우주를 피조물들에게 온전히 줄 수 있게 되겠지.

　―다만, 이때 말했듯이 양성을 위해 각 우주와 차원, 행성에서 손꼽히는 인재들이 저절로 모여들 수 있게 시스템을 구축한다면…….

　―차후에 신적인 존재들이 탄생해서 우주를 집어삼키려는 걸 막을 수 있을뿐더러, 칠흑에 대적할 인재 양성도 가능해지지.

　―그리고 걔네 중에는 '낮'을 온전히 대체할 만한 존재가 분명히 생겨날 테고.

메타트론과 바알은 한동안 아무 말도 하지 못했다.
그만큼 천마가 던진 제안은 그들로선 도저히 짐작하기도 힘들 만큼 아주 큰 것이었으니까.

하지만.

장대한 세월을 살아왔고, 그만큼 깊은 지혜를 축적했기에 그들은 천마가 왜 군이 자신들에게 이런 말을 길게 늘어놓는지를 알 수 있었다.

천마가 원한다면, 메타트론이나 바알의 양해를 구하지 않고 강제로 신이며 악마들을 전부 여의봉 안에다가 처박을 수 있을 테니까.

그런데도 꺼낸 이유는 단 하나.

　—……그 말씀은 저희가 먼저 들어가서 교통정리를 해 달란 뜻이겠군요. 마음에 드는 후계자가 나타날 때까지.
　—흑막이 되어 달라는 말을 아주 그럴듯하게 포장하는 재주가 있으시군.

메타트론은 쓰게 웃었고, 바알은 먹던 쿠키를 입 안에 다 털어 넣었다.

살짝 구겨진 골 사이에는 고민이 많이 흘러내렸다.

이 남은 '찌꺼기'마저 전부 소진될 때까지 부려 먹겠단 뜻이었으니까.

결국 늘그막에도 쉴 틈 없이 일이나 하란 뜻이로군. 그들로서는 저절로 한숨이 나올 수밖에 없었다.

하지만.

그들은 그것을 거절하지 않았다.

자신들이 무엇을 해야 할지 눈에 보였던 탓이었다.

그래도 바알은 그냥 순순히 승낙하기가 아니꼬왔던지,
심통이 잔뜩 난 얼굴로 툭 쏘아붙였다.

　　─그럼 천마, 당신은?

　　─음? 뭐가?

　　─우리가 구세대라며. 그래서 신세대에게 뒤를
맡기고 물러나야 한다면서. 그럼 그건 우리와 같이
논 당신도 마찬가지이지 않나?

천마는 그제야 무슨 말인가 이해했는지 가볍게 실소를
흘렸다.

그리고 아주 당연하다는 듯이 웃으면서 말했다. 그때만
큼은 아주 행복해 보였다.

　　─난 아들이 있잖아. 녀석이 내 뒤를 알아서 잇
겠지.

　　　　　＊　　　＊　　　＊

　그러고 난 뒤.

　메타트론과 바알은 말라흐와 르 인페르날을 이끌고 탑에 들어왔고.

　그 뒤를 따르는 신과 악마들을 달래는 역할을 도맡았다.

　물론, 천마와의 관계에 대해서는 철저하게 숨겼다.

　그건 휘하의 대천사들도, 마왕들도 전혀 모르는 사실이었다. 만약 비밀이 새어 나가게 된다면 겨우 잡아 놓은 천계의 질서가 완전히 흐트러지고 말 테니까.

　그들이 할 일은 기만(欺瞞)이었다.

　철저하게 그들 두 사람만이 비밀을 깊이 간직한 채로. 불만에 찬 신과 악마들을 어루만지고, 때로는 천마와 대적하는 시늉을 하며, 어느 한 사회가 유독 힘을 얻는다 치면 교묘하게 편 가르기를 하여 힘을 빼는 등, '천계'라는 세계를 유지하였던 것이다.

　칠흑왕을 잠재우고.

　언젠가 나타날지 모를, 후계자만을 기약 없이 기다리면서…….

　그러한 기다림은 언제 끝날지 아무도 몰랐다. 제아무리 단단하게 선 결심이라 하여도, 뚝심을 지닌 신이라 하여도,

마음이 무뎌질 수밖에 없는 세월이었지만, 그래도 메타트론과 바알은 꿋꿋이 기다리고 또 기다렸다.

그 와중에 많은 일들이 있었다.

천마가 늘 자신의 번듯한 후계자가 될 것이라고 호언장담을 하던 손재원—비바스바트와 언제부턴가 관계가 틀어지기도 하고.

'낮'의 후계자로 괜찮지 않을까 점찍었던 이들이 칠흑왕의 농간으로 인해 타락에 젖거나, 손재원—비바스바트에 의해 살해되는 경우도 수없이 보아야만 했다.

그래도 참았고.

또다시 기다렸다.

보상 따윈 바라지 않았다.

그저.

그저 평화와 정의, 그것만을 바랐을 뿐이었다.

그리고……

　['낮(에로스)'의 후계자가 탑 외 지역에서 탑 내 지역에서 벌어지는 상황에 대해 궁금해합니다!]

이제 그 기다림의 끝에 드디어 만날 수 있게 되었다.

비록 지금은 아직 가진 힘이 부족하다지만, 조금만 더 성장한다면 그들의 뒤를 이을 만하다고 할 수 있으리라.

시(時)의 프네우마와 공(空)의 퀴리날레가 낳은 후손이며.

'낮'의 수장이었던 우라노스의 의지를 이은 이.

그리고 칠흑왕이 묻힌 지구의 출신이라면, 자격이 충분하다 못해 넘치지 않겠는가.

문제가 있다면 '낮'의 후계자인 차정우의 영혼을 칠흑왕이 도중에 가로챈 점이라지만.

메타트론과 바알은 연우가 그것을 곧 가져올 수 있으리라 믿고 있었다.

그 역시 칠흑의 세례를 받았을지언정, '낮'의 후예라 할 수 있는 존재였으니까.

그리고 신위 올포원의 힘을 이은 이상.

탑의 시스템, 그 자체가 되었으니 칠흑왕을 물리치지는 못하더라도, 충분히 버틸 수 있으리라 믿었다.

탑을 통해 그들이 선택한 정식 후계자는 차정우였으나, 천마가 마련해 둔 여러 시련들을 극복하여 정수(精髓)를 취한 건 연우였기 때문이었다.

그런다면 자신들을 비롯한 '낮'의 모든 권한은 차정우의 사념체에게로 계승이 이뤄질 터였다.

그 뒤에 그가 깨어나는 칠흑왕을 다시 잠재우고, 탑을 다시 빛의 세계로 인도할 수 있을 테지.

하지만.

[플레이어 차연우의 선택에 따라, 모든 시스템의 기능이 칠흑왕에게로 귀속됩니다!]

[칠흑왕과 대적한 모든 존재들이 강한 충격에 빠졌습니다!]

『이게 무슨……?』

메타트론은 갑작스러운 메시지에 눈을 부릅뜨고 말았다.

저 멀리 보이는 바알도 마찬가지. 마왕들을 대거 이끌고 선봉에 서서 타계의 신들을 물리치던 그의 고개가 이쪽으로 확 하고 돌아갔다.

당연히 '낮'을 응원하고, 그들이 '밤'을 물리치도록 도와줄 줄 알았던 플레이어 차연우가 '밤'을 선택했다는 말은 충격적일 수밖에 없었다.

그런 경악에 찬 시선들을 아는지 모르는지.

연우는 여전히 움직이지 않은 채로, 칠흑왕이 있는 곳을 똑바로 쳐다보고 있었다.

그의 사지를 속박한 쇠사슬이 이제 완전한 칠흑색으로
빛나고 있었다.

좌르르륵!

['말라흐'의 서기장, 메타트론이 강한 충격에 빠
져 당신의 생각을 알고 싶어 합니다!]
['르 인페르날'의 수좌, 바알이 충격에 젖은 얼굴
로 당신을 바라봅니다!]

[칠흑왕이 자신의 분신이 무슨 생각을 하고 있는
지를 궁금해합니다.]

'낮'의 인사들로서는 연우가 갑자기 저런 선택을 내렸으
니 충격일 수밖에 없겠지.
연우의 목적이 언제나 동생의 영혼을 되찾는 것에 있다
는 것을 알던 그들로서는 전혀 예기치도 못한 전향이라고
여길 수도 있으리라.
하지만.
연우로서는 목적에 충실하기 위해 내린 선택이었다.
'낮'과 '밤'의 충돌이 벌어지는 내내, 그는 손재원—비

바스바트의 남은 신화를 대충이나마 빠르게 훑어보았다.

완전한 소화를 이룰 수는 없었지만, 그래도 대략적인 '줄거리'를 보는 정도는 되었다.

덕분에.

연우는 우주 창생에서부터 탑이 세워지는 경위까지, 베일에 가려진 모든 비밀을 알 수 있었다.

　　[플레이어 비바스바트의 신화를 60.2%만큼 소화
　하는 데 성공하였습니다!]

칠흑왕이 몇 차례에 걸쳐서 깨어날 기미를 보였고, 천마와 '낮'은 계속 이를 막으며 버티다 결국 힘이 다한 나머지 후계자를 양성하기 위한 일환으로 탑을 세웠다는 사실부터.

원래 손재원—비바스바트가 후계자로 낙점되었고, 그도 천마를 동경하는 마음에 그 뒤를 따라 오르던 중 '낮'과 의견 차를 보이며 관계가 틀어졌었다는 사실.

그리고 그로 인해 탑 내에 절지천통이 이뤄지고, 천계와 하계가 완전히 분리되어 그 중앙에 손재원—비바스바트가 '올포원'이라는 호칭으로 오랫동안 자리를 잡게 되었단 것까지.

손재원—비바스바트. 그는 그 나름대로 칠흑왕이 깨어

날 수 없도록 절치부심 노력해 왔다.

처음부터 칠흑왕이 꼼수를 쓰지 못하도록 그의 후예나
사도가 될 수 있는 싹들을 사전에 제거하고, 탈각과 초월을
시도하면서 타계와 접촉할 수 있는 이들까지 강제로 억류
해 두었던 것이다.

그로서는 사명(使命)이라고도 할 수 있는 일들이었지만.

다른 이들에게는 폭거(暴擧)나 다름없던 일이었으니.

결국 여기서 생겨난 불만들이 쌓이고 쌓여 연우와 같은
인물이 탄생하고 말았지만.

「'어떻게 할 수 없다'. 처음 칠흑왕이란 존재에
대해 알게 되고. 그를 어떻게 하면 좋을지 오랜 궁구
끝에 내린 결론이었다.」

「그래서 나는 '낮'과 대립했다. 그는 이길 수 없
노라고. 대신에 다른 방법을 찾아야 한다고 말이
다.」

「그들과 나는 절지천통에서 해답을 찾을 수 있다
고 보았지만, 그것을 추구하는 방식이 달랐다.」

「난 그냥 칠흑왕이 계속 꿈을 꿀 수 있게 내버려 두자고 말했다. 아주 깊은 꿈을 꿀 수 있게.」

「필요하다면. 그렇게라도.」

「대신에.」

「난 그 모든 업보를 내가 짊어지고 갈 생각이었다.」

손재원—비바스바트가 남긴 몇 가지 사념들은 하나같이 깊은 절망을 간직하고 있었다.

칠흑왕을 거스르기란 어려울지 모른다는 절망. 그리고 공포.

그리고 그것은 울분이기도 했다.

천마의 자식이나, 그는 애당초 피조물로서 태어나 '인간'으로서의 정체성이 더 강했고.

그러한 인간을 가축처럼 부리려 드는 신들에게 깊은 불만을 품고 있던 중이었다.

그리고 그 불만은 탑에 들어온 이후로 더욱더 커져 깊은 혐오가 되고 말았으니.

신들마저도 어쩌지 못한다는 칠흑을 만났을 때는 도저히 분노를 참을 수가 없었다.

피조물이 어쩌지 못하는 거대한 존재가 있노라면, 그것은 피조물들에게 있어서 정해진 운명이 있다는 것과 같은 뜻일저.

그래서야 자유의사가 무슨 필요가 있고, 미래 계획이 무슨 소용이 있을까.

무언가를 한다고 한들, 결국 저 높은 위치에 있는 존재가 헛기침만 하여도 전부 부질없는 허상으로 그치고 말 텐데.

그래서 손재원—비바스바트는 일어서기로 마음먹었다.

단, 혼자서.

—부처를 만나면 부처를 죽이고, 스승을 만나면
스승을 죽여라.

—내가 지옥으로 가지 않는다면, 누가 가리?

생전에 언제나 입버릇처럼 외치고 다녔던 말처럼, 그는 스스로 멍에를 뒤집어쓰기로 하였다.

다른 피조물들은 몰라도 된다. 그들은 아무 걱정 없이 제 길만 걸으면 된다. 만약 진실을 몰라 자신에게 손가락질을 하더라도, 그것은 혼자서 감당하면 되는 것이다. 그렇게 생각하였다.

그래서 손재원—비바스바트는 그때부터 올포원이 되었고.

신과 악마들을 막고, 피조물들의 눈을 가리면서 어떻게든 탑의 균형을 유지하고자 했다.

현상 유지.

모든 것이 제 위치에서 굴러가도록 내버려 두면서, 애당초 칠흑왕의 '꿈'이 격하게 반응하지 못하도록 만든 것이다.

어쩌면 위대한 영웅이라고도 할 수 있을, 그러나 지탄과 비난만 받을 뿐 알아주는 이는 아무도 없던 고난(苦難)인 셈이었지만.

그 끝은 결국 실패로 끝나고 말았음이니.

결국 칠흑왕이라는 거대한 절망 앞에서는 그도 쉽게 바스러질 반딧불이에 지나지 않았던 것이다.

　　　너도 나와 다르지 않을…….

　　　결국 버림을 받고 말…….

장기판의 말에 불과한…….

마지막에 손재원—비바스바트가 남긴 활자들은 그러한
그의 생애가 집약된 유언일지도 몰랐다.

[소화한 신화들의 활자를 재조립하고 있는 중입
니다. 여태껏 가려져 있던 단면들이 드러납니다.]
[여태껏 보지 못했던 계시록의 일부가 나타났습
니다!]
[계시록에 대한 해석을 시작합니다.]
[실패하였습니다.]
[실패하였습니다.]
……
[성공하였습니다.]
……
[계시록을 1페이지만큼 얻었습니다.]
[계시록을 3페이지만큼 얻었습니다.]
……

그렇기에.
연우는 결론을 내렸다.

'이 부조리한 사슬들을, 전부 내가 끊어야만 한다.'

더 이상 자신이나 동생, 손재원―비바스바트 같은 희생자가 나와서는 안 되었다.

사슬을 완전히 끊어 버릴 수는 없더라도, 칠흑왕을 영원토록 잠재우지는 못하더라도.

최소한 되풀이가 되게 해서는 안 되었다.

그래서.

연우는 이번엔 자신이 멍에를 짊어질 생각이었다.

단, 실패했던 손재원―비바스바트와는 전혀 다른 방식으로.

―이 몸이 지옥으로 가지 않는다면, 어느 누가
지옥으로 갈 텐가.

애당초 연우는 손재원―비바스바트처럼 비범한 영웅이 되진 못했다.

모르는 여러 타인을 위해 자신을 희생한다? 애당초 자신이 그런 성격이었다면 동생의 복수를 위해서 탑을 오르지도 않았겠지.

그가 바라는 건 그저 딱 하나밖에 없었다.

동생을 되찾는 것.

그리고.

그 목표를 위해서라면 자신의 목숨을 도구처럼 쓰는 것은…… 전혀 아깝지 않았다.

또한, 그러하기에 자신만이 쓸 수 있는 방법이 딱 한 가지 남아 있었다.

『……멍청한 놈.』

아들의 그런 생각을 짐작한 크로노스만이 작게 읊조릴 뿐.

촤르르륵!

[플레이어 차연우가 자신의 본체를 올려다봅니다.]

연우는 칠흑왕의 시선을 느꼈고, 어딘가에 있을 그를 똑바로 마주 보았다.

그사이에도 칠흑왕의 속박은 더 강해지고 있었다. 손발을 묶는 사슬이 더욱더 두꺼워졌고, 77층까지 잠식한 칠흑이 더 어둡게 일렁였다. 그 너머에서부터 칠흑왕의 존재감도 점차 또렷해졌다. '밤'을 선택하면서 탈각의 성질이 점차 그쪽으로 변환되고 있었다.

[탈각이 진행되던 중에 새로운 이물질이 개입하였습니다. 형질 변환에 새로운 개선점이 추가됩니다.]

[탈각 속도가 더 현저히 느리게 진행됩니다. 44, 45%……]

['영과' 상태였던 영혼의 격이 변화하였습니다. 현재 상태: 칠과(漆果).]

이것은 그만큼 칠흑왕에게 점차 귀속되어 빠져나올 방법이 없다는 뜻이기도 하지만.

'반대로 내가 안쪽에서부터 휘젓기에 좋단 뜻이기도 하지.'

연우는 칠흑으로 연결된 쇠사슬 쪽으로 손을 가져가 바짝 잡았다.

[칠흑왕이 자신의 분신이 무슨 일을 할지 의문을 갖고 바라봅니다.]

연우는 여전히 자신을 바라보기만 하는 칠흑왕을 보면서 한쪽 입술 끝을 비틀었다. 그리고 잡고 있던 사슬을 안쪽으로 잡아당기기 시작했다.

[칠흑왕이 자신의 분신이 무슨 생각인지를 알지
못해 고개를 갸웃거립니다.]

공허, 그 자체라고도 할 수 있을 칠흑왕을 그만의 완력으
로 끌어들인다는 것은 도저히 있을 수 없는 일.

당연히 팽팽해지기만 할 뿐, 사슬 끝은 아무 반응도 없이
꿈쩍하지 않고 있었다.

하지만 연우가 누군가의 이름을 부른 순간, 이야기는 달
라졌다.

['사자 소환'이 발동되었습니다.]
[누구를 소환하시겠습니까?]

"미후왕."

화화화!

그 순간, 연우의 뒤편으로 칠흑이 잔뜩 피어나면서 미후
왕의 허물이 나타났다.

『여태 날 불러 주기만을 기다렸다고, 애송이!』

그는 과거에 오행산에서 연우가 흡수한 적이 있던 미후
왕의 허물이었다. 하얀 머리를 길게 흩날리면서 시니컬하
게 웃는 그는 혼자 있지 않았다.

푸르다 못해 너무 짙은 나머지 남색빛을 발하는 거룡이
똬리를 틀며 서 있었다.

성.

한때, 천마의 권속이었으며, 여의봉의 자아이기도 했던
존재.

시스템의 근간이 되는 소스 코드(Source Code)였다.

『그 선택에, 후회는 없는가?』

청룡 성은 시스템의 화신이기도 한 연우의 생각을 짐작
하였기에 근엄한 투로 명령을 실행하는 데 재확인을 요구
하였고.

"없다!"

『한 점도?』

"없으니까, 빨리, 서둘러!"

연우의 선택이 한 치도 흔들리지 않는다는 것을 확인하
자, 성은 가만히 눈을 감으면서 고개를 끄덕였다.

『좋다. 새로운 운영 체제인 그대가 그런 선택을 내렸다
면, 내가 할 일은 오로지 그 명령에만 집중할 뿐이지.』

그 말을 끝으로, 거룡은 언제 그 자리에 있었냐는 듯이
잘게 부서지면서 연우에게로 깃들었다.

아니, 정확하게는 연우와 공허 사이를 연결하고 있는 사
슬 쪽으로 녹아들었다. 빛이 가신 자리에 남은 것들은 전부

여의봉의 조각들이었다. 신진철로 이뤄진 것들. 청룡 성이
사라지면서 남긴 흔적들이며, 탑의 핵심 구성 요소이기도
했다.

[최고 등급의 명령이 떨어졌습니다.]
[명령을 수행합니다.]
[명령을 수행합니다.]
……
[시스템의 모든 기능이 신진철에게로 집중되었습
니다!]

[칠흑왕이 자신의 분신이 하려는 일을 뒤늦게 깨
닫고 가볍게 탄성을 흘립니다.]

연우는 여전히 자신만만하게 웃는 칠흑왕을 보면서 이를
악물었다.

언제까지 그렇게 웃을 수 있나 보자는 생각에 녀석에게
로 이어지는 사슬을 계속 두껍게 쌓아 나갔고, 그럴수록 칠
흑왕의 존재감도 덩달아 불어나면서 확연하게 감지할 수
있었다.

[칠흑왕과의 채널링이 생성되었습니다!]

[단말(端末)이 생성되었습니다.]

[발신 상태가 양호합니다.]

[수신 상태가 양호합니다.]

[칠흑왕을 더 확실하게 인지하는 것이 가능해졌습니다.]

[칠흑왕과 직접 의사를 주고받을 수 있는 핫라인이 개설되었습니다.]

......

[칠흑왕의 본체를 일부 감지하는 데 성공하였습니다!]

그리고 덕분에 연우는 칠흑왕의 본체를 찾는 데 성공하였으니.

이로써 확신할 수 있었다.

'이제 칠흑왕은 나를 잘라 내지 못한다.'

탑의 시스템이 모두 칠흑왕과의 결속에 집중된 이상, 그가 강제로 연우를 내치려고 한다면 그만큼 그 자신도 큰 타격을 입을 수밖에 없었다.

연우는 지금 탑, 그 자체라고 할 수 있었으니까.

칠흑왕이 아예 옴짝달싹하지 못하도록, 연우 그 자신이
구속구가 된 것이나 마찬가지였다.

　　[권능, '하데스의 식령검'이 포악한 이빨을 들이
댑니다!]
　　[현자의 돌(오만·식탐·색욕)이 기승을 부립니
다.]
　　[신화의 양이 너무 방대합니다.]
　　[신화의 양이 너무 방대합니다.]
　　……
　　['오만'의 성질이 기승을……]
　　['식탐'의 성질이 포악함을……]
　　['색욕'의 성질이 회유를……]
　　……

연우, 그 자신이 칠흑왕을 이길 수 있는 방법은 없었다.
애당초 그가 지닌 힘이 칠흑왕에게서 기원하는 한, 본류
를 거스를 수는 없을 테니까.
하지만 그렇다는 건, 역으로 말하자면 얼마든지 본류에
닿을 수 있다는 뜻이기도 했다.
그리고 지금 칠흑왕은 '꿈'에서 깨어날 준비를 하고 있

는 것일 뿐, 완전히 깨어난 상태는 아니다. 또, 깨어났다고 해도, 형틀에 단단히 구속되어 있는 이상 완전히 빠져나오는 데에도 시간이 걸릴 게 뻔했다.

하물며 그것이 완벽히 의사 체계를 갖춘 자아가 아닌, 사념과 개념의 '덩어리' 임에야.

칠흑왕도 그런 사실을 잘 알고 있었으니, 두 후계자를 두어 자신을 '꿈'에서 깨우기 위한 의식을 벌였던 것이겠지.

연우는 바로 이 점을 노리려 했다.

지금 자신의 신분은 무려 칠흑왕의 분신이었으니.

이는 때에 따라서 얼마든지 본체의 자아가 될 수 있다는 뜻이기도 했다!

[본체와의 동화 작용(同化作用)이 발생합니다!]

비에라 둔이 대지모신에게 그러했던 것처럼.

자신도 직접 녀석의 자아가 되어, 같이 저물리라.

＊　　　＊　　　＊

[어뷰저 차연우에게서 메시지가 도착했습니다.]

'밤'을 선택한 연우를 심각한 얼굴로 바라보던 메타트론과 바알에게 메시지가 도착한 건 바로 그 무렵이었다.

[메시지: 튀어.]

『……!』

『……!』

크게 별다른 내용이 없는 메시지였지만.

그것만으로도 메타트론과 바알은 순간적으로 연우가 무엇을 노리는지를 단박에 알아차릴 수 있었다.

그동안 크게 티를 낸 적은 없어도, 두 사람은 연우의 일거수일투족을 일일이 지켜보았고, 그가 어떤 성격인지를 누구보다 잘 알고 있었다.

당연한 말이지만, 연우는 절대 '아군'이라고 해서 쉽게 믿을 수 있는 존재가 아니었다.

자신의 사람이라고 포용한 이들에게는 한없이 넓은 마음을 가지고 있지만, 그 외에는 언제든지 이용만 하고 가차 없이 내버릴 수 있는 존재였기 때문이었다.

오죽하면 샤논이 오래전에 만들었던 노래가 한때 두 사람에게 쓴웃음을 가져다주기까지 했을까.

그러니 저런 메시지를 주는 것 자체를 고마워해야 할 일이었다.

『이게 함정이거나 그런 건 아니겠지?』

다만, 바알은 이것도 혹시 '낮'을 집어삼키기 위한 연우의 음모가 아닐까 하는 생각을 아주 짧게 가지기도 했지만.

철컹!

순간, 그의 손목을 감고 있던 무언가가 끊어지는 소리와 함께 체내에서 신력이 폭풍처럼 휘몰아치자, 연우를 믿지 않을 수가 없었다.

『이, 이건……!』

『신위(神位)! 신위가 돌아왔다!』

『봉인이 풀렸어!』

대천사와 마왕들을 비롯해, '밤'을 경계에 찬 눈으로 바라보던 이들이 하나같이 놀란 얼굴이 되어 고개를 번쩍 들었다.

여태껏 그들을 탑 안에만 강제로 억류하던 보이지 않는 구속구가.

이렇게 지낸 지 너무 오래되어 이제는 한 몸처럼 여겼던 인과율이.

시스템이 드디어 해제되었던 것이다!

[탑 내에 입장한 존재들에게 강제로 실시되었던 모든 구속이 해제되었습니다.]

[구속 기능이 해제되었습니다.]

[속박 기능이 해제되었습니다.]

[예속 기능이 해제되었습니다.]

......

[시스템의 클라우드에 기록되어 있던 모든 백업 데이터가 삭제되었습니다.]

[플레이어에 대한 기록이 말소됩니다.]

[신에 대한 기록이 말소됩니다.]

[악마에 대한 기록이 말소됩니다.]

[관리자에 대한 기록이 말소됩니다.]

......

[랭킹 시스템이 말소됩니다.]

['명예의 전당'이 삭제됩니다.]

......

[천계가 사라졌습니다!]

갑작스레 주어진 자유.

비바스바트를 쓰러뜨리고 쟁취하겠다던. 그리고 언젠가

천마를 끄집어내리고 얻고 말겠다던 자유를 얻는 순간, 모든 신과 악마들은 기뻐했다.

그들로서는 이제 더 이상 이 좁디좁은 세계에, 돼지우리에 갇힌 것처럼 억류되어 있지 않아도 되었으니까.

하지만 기쁨도 잠시.

[층계가 허물어집니다!]
[스테이지가 붕괴됩니다!]
……
[탑이 무너집니다!]

[경고! 탑이 무너지고 있습니다. 시스템의 모든 기능이 신진철 형성에 집중되어 있습니다. 탑 내에 계신 분들은 충격에 휩쓸리지 않도록 모두 주의하십시오.]

[경고! 아직까지 탑 내에 상주하고 있는 모든 분들은 빨리 대피하십시오!]

[경고! 탑의 붕괴가 빨라지고 있습니다! 대피를 하지 않을 시, 위험해질 수 있습니다!]

……

['밤(녹스)'이 기승을 부립니다!]

[웜홀이 더 커집니다.]

[타계(他界)와의 연결이 더 긴밀하게 이뤄집니다.]

......

[칠흑왕이 '꿈'에서 깨어날 준비를 합니다.]

[약속된 종말이 찾아옵니다.]

[탑 아래에 가라앉아 있던 르'뤼에가 떠오를 준비를 합니다!]

['밤(녹스)'의 영향으로 인해 탑의 붕괴 속도가 가속화됩니다.]

쿠쿠쿠쿠!

쉴 새 없이 떠오르는 메시지에 신과 악마들은 모두 얼굴이 딱딱하게 굳어 버리고 말았다.

탑이 격하게 흔들리고 있었다. 칠흑이 미칠 듯이 울렁거리면서 금방이라도 그들의 머리 위로 쏟아질 것처럼 굴었다.

그리고…… 조각들이 아래로 떨어지는 것이 보였다. 마

치 깨진 유리창처럼 세상을 따라 균열이 잔뜩 퍼지더니, 하나둘씩 쏟아지기 시작했던 것이다.

그것은 새로운 충격을 가져다주었다.

붕괴.

영원할 줄로만 알았던 탑이…… 여의봉이 무너진다는 사실은 너무나 충격적이었기에 그들 모두 한순간 패닉 상태에 빠지고 말았지만.

『뭐 해? 뛰어, 새끼들아!』

바알이 있는 힘껏 마력을 담아 사자후를 내지른 순간.

『……!』

『……으, 으아아아!』

『차연우! 저 작자가 벌인 일들은 어찌하여 제대로 된 게 하나도 없단 말인가!』

신과 악마들은 뒤늦게 정신을 차리고 줄행랑을 놓기 시작했다.

개중에는 연우가 지나갈 때마다 항상 일어나는 평지풍파에 질린다는 기색을 내비치기도 했지만, 그런 서로 다른 반응과 다르게 행동만은 똑같았다.

선두에 서서 '밤'을 막으려 하던 말라흐와 르 인페르날도 다르지 않았다.

군단처럼 진영을 갖추고 있던 대천사들이 일사불란하게

분대별로 흩어지면서 쏟아지는 세계의 조각들을 쳐 내기
시작했고.

　　마왕들은 여기저기로 재빠르게 움직이면서 각자 마기를
있는 힘껏 발출해 외부로 통하는 길을 열어젖히고자 했다.

　　콰콰쾅!

　　콰르릉, 콰릉, 콰르르—

　　어. 딜. 가. 느.

　　신. 기. 한. 것. 들.

　　배. 신. 자. 보. 여.

　　찌. 꺼. 기.

　　우. 리. 도. 따. 라. 간.

　　타계의 신들은 그런 신과 악마들을 보고, 더더욱 억지로
몸을 밀어 넣으면서 웜홀의 크기를 강제로 넓혔다. 신과 악
마들의 뒤를 쫓아 '밤'의 영역을 강제로 확장시키고자 했
다.

['밤(눅스)'의 영토가 빠른 속도로 확장되고 있습
니다!]

　하지만 칠흑왕이 열어 놓은 길을 따라 입장 속도가 빨라
지는 타계의 신과 다르게, 천계의 신과 악마들은 탈출 속도
가 많이 더딜 수밖에 없었다.
　오랫동안 탑에 갇혀 지내 오면서 권능의 상당수가 유실
되기도 했기 때문이었다.
　아니, 그런 것을 떠나서라도.
　칠흑왕의 가호를 받는 '밤'을 그들만으로 대적하기란 쉬
운 게 절대 아니었다.
　바로 그때.

　[비마질다라가 무너지는 세상을 보면서 크게 웃
음을 터뜨립니다!]
　[케르눈노스가 새로운 시대가 도래할 것을 깨닫
고 자리에서 천천히 일어납니다!]

　천계에서도 상당한 이질감과 무게를 주는 두 존재가 움
직였다.

[비마질다라가 아주 재미있노라며 검을 쥡니다!]
[케르눈노스가 하늘을 향해 양손을 뻗습니다!]

77층을 보며 연우가 오길 기다렸던 비마질다라는 검을 높이 들면서 크게 휘둘렀고.

케르눈노스는 가만히 눈을 감으면서 이제는 기억하는 이들도 거의 없다시피 한 자신만의 진언(眞言)을 외웠다.

[권능이 작렬했습니다!]
[강한 충격이 이어집니다.]
[강한 충격이 이어집니다.]
……
[외부로의 길이 열렸습니다!]

그러자 하늘을 따라 거대한 검흔(劍痕)이 아로새겨지고, 그것이 단숨에 확장되면서 외부로의 탈출로가 활짝 열렸다.

『언젠가 오실 그분의 종들이시여, 모두 길을 엽시다.』

『뭐해! 신 놈들한테 밀리면 다 뒈질 줄 알아!』

천계의 신과 악마들은 너 나 할 것 없이 일제히 확장된 검흔으로 몸을 날렸다.

그렇게 메타트론과 바알의 인도에 따라, 대탈주가 시작되었다.

[엑소더스가 시작됩니다!]

그리고 오랜 세월 동안 여러 세계와 차원의 중심을 이뤘던 탑의 세계가 무너져 내렸다.

*   *   *

"타, 탑이 무너진다……!"

"대체 어떻게 되어 가는 거야?"

탑의 붕괴는 탑 외 지역에도 큰 충격을 가져다주었다.

가뜩이나 탑에서 강제로 방출되고, 시시각각 이상한 일들만 벌어져서 걱정이 되던 차였는데.

이번에는 칠흑이 아직 차오르지 않은 탑의 윗부분이 무너져 내리는 것이 보였다.

언제나 영원히 우뚝 서 있을 것 같던 탑이 붕괴를 하다니.

신과 악마들을 가두고, 각 세계의 영웅들을 끌어모아 경쟁을 시키던 신화의 세계가 주저앉고 있는 것이다.

그들은 그들의 눈으로 직접 목격하고 있음에도 불구하고, 혹시 꿈이라도 꾸고 있는 게 아닐까 싶을 정도였다.

"잠깐."

그러다가.

"뭔가 이상한데?"

"저건 무너지는 게 아니라…….

"탑이 어둠을 감싸고 있어……?"

눈썰미가 좋은 이들은 천계의 집단 탈출을 보다 말고, 이상한 점을 발견할 수 있었다.

무너지는 줄로만 알았던 탑 윗부분의 파편들이 칠흑의 표면을 뒤덮기 시작했던 것이다.

찬란한 황금색을 자랑하는 탑이 계속 확장을 시도하려는 칠흑을 억지로 덮으려는 모양새. 황금색과 칠흑색이 서로 복잡하게 뒤엉킨 구체(球體)의 형상이 만들어지고 있었다.

거기서.

'형, 대체 뭘 하려는 거야……?'

차정우의 사념체는 처음에 느꼈던 '알'의 형상이 서서히 모양을 갖춰 간다는 느낌을 받았다.

플레이어들이며 신과 악마들, 심지어 관리자들도 전부 빠져나온 마당에 연우만이 저곳에 홀로 남아 있었다. 그가 대체 뭘 하려는 건지 도통 이해할 수가 없었던 것이다.

한순간, 불길한 생각이 머릿속을 스쳐 지나갔다.

『설마?』

밖으로 새어 나오려는 칠흑을 탑의 파편으로 억지로 뒤 덮는 건, 분명히 칠흑왕의 재림을 막으려는 시도일 터.

하지만 그렇게 해서야 연우도 옴짝달싹할 수 없게 된다. 만약 그도 같이 빠져나오려 든다면 칠흑을 가둔 탑이 형체 를 유지하지 못할 테니까.

그렇다는 건, 그도 저곳에 남겠다는 뜻이 아니겠는가!

『이런 미친 새끼가!』

차정우는 그제야 연우의 의도를 완전히 읽고 욕지거리를 내뱉었다. 이미 형에 대한 존중 같은 건 남아 있지도 않았 다. 조급한 마음뿐.

대체 아버지는 무슨 생각을 하시는 거지? 형이 저런 미 친 짓거리를 하려 들면 옆에서 뜯어말려야지, 그걸 내버려 두면 어쩌자는 거냐고……!

차정우는 탑이 있는 쪽으로 뛰쳐나가고자 했다. 그런 그 를 다급하게 아난타가 가로막았다.

"뭘 하려는 거야?"

『아난타, 비켜 줘. 제발!』

"설마 저기로 가려는 건 아니지?"

『저기에 형과 아버지가 있다고!』

"무슨 소리야! 저렇게 위험한데 당신이 어떻게 하겠
단……!"

아난타가 절대 보낼 수 없다는 듯이 고개를 크게 가로젓
던 그때.

콰아아앙!

갑자기 폭음이 울리면서 대지가 크게 흔들렸다. 그리고
확 쏠리는 여러 기운에 차정우와 아난타의 시선이 덩달아
그쪽으로 쏠렸다.

아직 탑의 조각이 덮지 못한 칠흑의 표면 위로, 거대한
구멍이 뚫리면서 신과 악마들이 집단 탈출을 시도하는 것
이 보였다.

수많은 신과 악마들이 내뿜는 기세가 금세 탑 외 지역을
가득 메웠지만, 이상하게도 칠흑에게서 일렁이는 불길한
기운 때문인지 플레이어들은 위압감을 전혀 느끼지 못하고
있었다.

아니, 그런 것을 떠나서, 신과 악마들의 숫자가 이전에
비해 상당히 줄어든 것 같았다. 중급이나 하급의 격들은 대
부분 죽고, 상급의 존재들만이 가득했던 것이다.

비바스바트와의 전쟁 중에 상당수가 희생된 데다가, 타
계의 신들의 침입을 막다가 죽은 이들도 많기 때문에 이미
천계의 숫자는 기존의 4할 아래로 줄어든 상태였다.

문제는 그들의 뒤를 쫓아, 타계의 신들도 덩달아 같이 튀어나오려 한다는 점이었다.

먹. 어. 야.

삼. 켜. 야.

꿈. 이. 한. 가. 득.

['밤(녹스)'이 출현하였습니다!]

차정우는 자기도 모르게 드래곤 슬레이어를 강하게 움켜쥐었다. 본능적으로 등골을 따라 오한이 들기 시작했다.

['밤(녹스)'이 '낮(에로스)'의 후계자를 감지하였습니다.]
['밤(녹스)'이 옛 배신자의 무리인 '낮(에로스)'을 처단하고, 이 세상을 다시 영겁의 혼돈으로 회귀시키고자 합니다.]

['밤(눅스)'이 '낮(에로스)'의 후계자를 처치하기
로 결의하였습니다!]

그때, 천계의 신과 악마들을 쫓아 나왔던 타계의 신 중
한 마리가 차정우를 발견하더니, 단숨에 이쪽으로 날아들
었다.

차정우는 재빨리 드래곤 슬레이어를 높이 들어 녀석에게
대항하고자 했다.

그 순간.

['낮(에로스)'의 후계자가 찬란한 빛을 드러냅니
다!]

번쩍이는 빛무리와 함께 새하얀 서광(曙光)이 드래곤 슬
레이어의 칼날에 맺혔다. 원래 그를 상징하던 시그니처 스
킬, 〈빛의 파도〉에 영적으로 연결된 고대신들의 신력이 깃
들면서 더 화려하게 불타오르고 있는 것이다.

차정우는 드래곤 슬레이어를 허공에다 거세게 휘둘렀다.
그러자 공간이 타들어 가는 듯한 엄청난 마찰열과 함께 새
하얀 서광이 세상을 가득 뒤덮었다.

여태껏 온통 칠흑으로만 뒤덮여 있던 세상에 태양이라도

내려앉은 듯한 광경이었다.

쾌릉, 쾌릉, 쾌르르릉—

그리고 그러한 태양에서 삐져나온 뇌기는 삽시간에 하늘을 가득 뒤덮으면서 이쪽으로 날아들던 타계의 신을 단번에 뒤덮었다.

아니, 뒤덮은 정도가 아니라, 안쪽으로 아주 깊게 파고들면서 닿는 모든 것을 갈가리 찢고 불살라 버렸다.

크. 아. 아.

아. 파. 아. 파.

꾸우우!

타계의 신은 일정한 형체가 없이, 까마득한 세월을 살아오면서 저절로 생성된 염(念)이 잔뜩 뭉쳐진 존재.

평상시 이러한 염은 지고한 격과 탄탄하게 쌓인 업이 방벽이 되어 외부의 침입으로부터 보호되고 있으나, 문제는 이것을 단번에 부술 정도로 강렬한 파괴력 앞에서는 무력해지곤 한다는 점이었다.

하물며 그 속에 담긴 기운이 벽사(辟邪)와 파마(破魔)의 성질을 띠고 있다면 더더욱 피해는 커질 수밖에 없었다.

이미 차정우의 사념체는 만통을 통해 연결된 고대신의

신력을 바탕으로, 자신의 마력 성질을 전부 '낮'에 가장 가깝게 바꿔 놓은 상태였다.

당연히 타계의 신으로서는 치명타일 수밖에 없었다. 녀석이 고통에 몸부림을 치다가 힘없이 바닥에 처박힐 때 즈음에는 몸뚱이의 6할 이상이 부서진 뒤였다.

아. 아. 파. 아.

화르륵!

녀석은 대지에 처박힌 뒤로도 한참 동안이나 새하얀 불길을 태우는 장작 신세가 되어야만 했다.

"……!"

"……!"

"……!"

한편, 그 광경을 직접 목격한 플레이어들이며 천계의 신과 악마들은 전부 경악을 금치 못했다.

아무리 '밤'에서도 하급으로 분류되는 놈이라고 하지만, 그래도 천계의 존재들보다도 더 오랜 세월을 살아온 존재다. 그런 녀석을 단 일 합에 처치하고 말았으니, 놀라울 수밖에.

그 순간, 차정우를 둘러싼 서광은 다른 어느 때보다도 더 찬란하게 빛나고 있었다. 아니, 그건 차라리 배광(背光), 아우라라고 표현하는 게 더 어울릴 정도였다.

비바스바트가 내뿜던 것보다도 훨씬 찬란하면서도 아름답고, 보는 이로 하여금 경외감을 저절로 불러일으키는 빛.

다만, 차정우는 방금 전의 일격으로 상당한 신력을 소모했던지, 안색이 살짝 파리하게 변해 있었다.

배. 신. 자.

배. 신. 자. 처. 단.

그때, 이쪽 상황을 눈치챈 타계의 신들이 줄지어 달려들었다. 개중에는 다른 타계의 신과 비교도 안 되는 지고한 격을 갖춘 존재도 있었으니.

혼세팔신. 그중 초록빛의 불길로 온통 뒤덮여 있는 괴상한 몰골을 가진 존재, '춤추는 녹색 불길'이었다.

　　[고대신들이 어서 피할 것을 권고합니다!]

혼세팔신은 고대신이 직접 현현한다고 해도 승부를 장담

하기 힘든 자들. 특히 춤추는 녹색 불길은 칠흑왕이 휴식을 취할 수 있게 옆에서 흥을 돋우는 존재라고 알려져 있는 만큼, '꿈'에서도 높은 위치를 차지하고 있었다.

아가리라고 생각되는 부분이 쩍 벌어지면서 차정우를 포함한 플레이어들을 대거 집어삼키려는데.

「귀엽고 깜찍한, 토끼 펀치—!」

별안간 바로 옆에서 비음이 잔뜩 섞인 굵직한 중저음의 목소리가 잔뜩 울리더니, 거대한 토끼 괴물이 나타나 춤추는 녹색 불길의 옆구리를 냅다 후려쳤다.

크와아아!

춤추는 녹색 불길이 충격을 이기지 못하고 튕겨 나자, 워낙에 덩치가 큰 까닭에 그 곁에 따라붙어 있던 타계의 신들도 덩달아 같이 날아가고 말았다.

덕분에 휩쓸린 타계의 신들이 모조리 녹색 불길의 희생자가 되어 고통에 찬 비명을 토해 내는 와중, 본체로 변신을 마친 라플라스는 거대한 덩치에 어울리지 않게 토끼 걸음으로 총총 뛰어가다가 춤추는 녹색 불길에게 백태클을 걸었다.

「사랑스러운, 토끼 태클—!」

콰콰쾅!

라플라스 앞에 놓여 있던 대장간 지구(地區)가 모조리 쑥

대밭이 되면서 춤추는 녹색 불길은 다시 위로 튀어 올랐다.

감. 히.

군. 주. 찌. 꺼. 기. 따. 위. 가.

이번에도 몸뚱이 중 태반이 날아간 춤추는 녹색 불길은 허공에서 재빨리 형상을 갖추면서, 다른 어느 때보다 덩치를 크게 부풀리며 으르렁거렸다.

대기를 따라 살기가 가득 담긴 의념이 마구잡이로 발산되었다. 피조물이라면 누구나 졸도하거나 사망할 만큼 거대한 격이었지만, 라플라스는 붉은 눈을 크게 뜨면서 '흥!' 하고 크게 소리쳤다.

「미안하지만, 당신들이 말하는 극권의 군주는 이미 죽은 지 오래라구용. 그리고 그 업은 제가 다 이었답니당! 여기는 아무도 못 와용!」

라플라스는 그 말과 함께 다시 춤추는 녹색 불길에게로 달려들어 주먹을 거칠게 휘둘렀다.

극권의 군주가 생전에 자랑하던 냉기가 잔뜩 뒤섞인 일격. 그의 말마따나 정말로 극권의 군주가 가진 정통을 그가 계승했다는 증거였다.

[권속 라플라스가 주인 차연우의 신화 중 일부를 차용하고 있습니다!]

[차용 중인 신화: 극권의 군주]

연우는 크로노스의 신화 속에서 '밤'을 접하면서 극권의 군주와 한차례 다툰 전적이 있었다. 그때, 그를 쓰러뜨리면서 빼앗은 신화가 고스란히 라플라스에게 적용되고 있는 것이다.

당연히 극권의 군주가 남긴 사념에서 잉태된 라플라스는 전력이 강화될 수밖에 없는바. 두 주먹에 가득 맺힌, 냉기로 이뤄진 불꽃은 녹색 불길에게도 상극이었다.

콰콰쾅!

라플라스와 춤추는 녹색 불길이 거세게 부딪칠 무렵.

차정우의 주변으로 그림자가 불쑥 올라오면서 연우의 권속들이 잇달아 모습을 드러냈다.

정복, 전쟁, 기근, 죽음으로 대변되는 한령, 샤논, 레베카가 나타나 차정우를 지키고, 그의 머리 위로 공간이 활짝 열리면서 부의 인페르노 사이트가 나타나 마법 결계를 넓게 둘러쳤다.

그 외에도 망자 거인들이 나타나 호위를 서고, 사룡들이 모습을 드러내며 하늘 위로 날아올랐다. 디스 플루토를 비롯한 다른 권속들 역시 속속 등장하면서 진영을 갖췄다.

『너희들……?』

차정우는 그들에게 연우는 어떻게 하고 그들만 넘어왔는지 물어보려 했지만, 그럴 겨를이 전혀 없었다.

타계의 신과 혼세팔신이 차례로 등장한 웜홀 너머로, 거대한 눈이 이쪽을 주시하는 것이 보였기 때문이었다.

그 눈에 노출된 순간, 모든 이들은 본능적으로 섬뜩함을 느껴야만 했다.

경계의 거주자.

혼세팔신의 수장이며, '밤'의 실질적인 우두머리가 모습을 드러낸 것이다.

아. 버. 지. 가. 계. 신. 곳.

배. 신. 자. 가. 있. 는. 곳.

너. 희. 들. 에. 게.

종. 말. 을.

내. 리. 리. 라.

['경계의 거주자'가 시선에 노출된 모든 존재들에게 저주를 내립니다!]

['밤(녹스)'이 내려앉습니다.]

그 시선에 노출된 모든 이들의 머리 위로 한순간 새카만
아지랑이가 내려앉았다.

그들의 영혼에는 여러 개의 언령(言靈)이 연속으로 강하
게 틀어박히는 중이었다.

졸도.

둔화.

구속.

미몽.

자해.

부정.

"아아아……!"

『아, 안 돼……!』

『이래서는……!』

랭커를 비롯한 플레이어들은 이미 시선에 노출되었을 때
부터 죽어 버리거나 졸도하고 말았다.

그리고 그건 평상시 초월자라며 거들먹거리던 천계의 신
과 악마들도 크게 다르지 않았다. 처음에는 어느 정도 저항
했으나 이내 줄줄이 죽어 나가거나, 이어지는 언령에 완전
히 속박되어 이지가 흐려지고 말았다.

그러다 마지막 저주인 자기 부정(自己否定)에 다다라서는
여태껏 쌓은 신화가 해체되면서 영락하는 경우도 있을 정

도였다.

그렇게 많은 신과 악마들이 불타면서 줄줄 추락하는 모습은 말 그대로 '밤하늘'을 수놓는 유성군을 떠올리게 만들었다.

별들이…… 아래로 쏟아지고 있었다.

하지만 그런 것들은 끄나풀일 뿐.

경계의 거주자가 진짜 노리고 있는 목표는 차정우였다. 여전히 '낮'의 가호를 받고 있는 존재. 그는 감히 아버지를 잠들게 했던 배신자들을 전부 죽이고 말겠다는 일념으로 가득 차 있었다.

「이대. 로는. 위험.」

부도 경계의 거주자가 주는 위협만큼은 감당하기가 쉽지 않았던지, 인페르노 사이트가 잔뜩 일그러지고 있었다.

탑 외 지역의 여러 공간들이 이리저리 찌그러졌다. 곳곳에서 발생한 왜곡장이 수많은 존재들의 육체는 물론 영혼까지 짜부라뜨리면서 세계 자체를 파멸 직전으로 몰아갔다.

그때.

[아가레스가 강림합니다!]

하늘에서부터 검은 벼락이 떨어지면서 아가레스가 차정우 앞으로 나타나 경계의 거주자에게 으르렁거렸다.

『내 것에 함부로 손을 대지 마라!』

마기가 폭풍처럼 휘몰아치면서 금방이라도 부서질 듯이 위태롭게 굴던 부의 마법 결계를 단단히 떠받쳤다.

[메타트론이 강림합니다!]

[바알이 강림합니다!]

그리고 연이어 메타트론과 대천사 무리가, 바알과 마왕 무리가 나타나면서 차정우를 보호하듯이 서니.

『후계자여, 들으십시오.』

『너는 지난 수천 년간 우리가 기다리고 기다렸던 결실이다. 하지만 아직 영글지 않았으니, 지금은 때가 아니다. 물러나!』

메타트론과 바알은 하얗고 검은 날개를 활짝 펼치면서 경계의 거주가 쏟아 내던 저주를 모두 치워 내고, 차정우를 보면서 소리쳤다.

차정우는 자신을 수호하는 고대신들의 향기가 두 사람에게서도 나는 것을 감지했기 때문에, 그들 역시 '낮'의 존재들이라는 것을 알 수 있었다.

『형이 저곳에 있습니다! 당신들이 뭐라고 하더라도 떠날 수 없⋯⋯!』

『그것이 우리의 뜻이기 이전에 그대의 형이 보인 뜻이라는 걸 아직 모르겠습니까?』

『⋯⋯!』

차정우의 안색이 딱딱하게 굳었다.

대체 뭐라고⋯⋯?

『그대의 형은 우리에게 그대를 보호해 줄 것을 요청하였습니다. 자신이 시간을 끄는 동안 어떻게든 '낮'의 후계자를 지키라는 것이 그 내용이었지요. 그리고 우리는 목숨으로써 우리들의 후계자를 어떻게든 지키고, '낮'의 운명을, 미래를⋯⋯ 그대에게 걸어 보기로 결의하였습니다.』

메타트론은 엄숙한 얼굴로 차정우에게 말했다. 이것밖에는 방법이 없다는 듯.

『무⋯⋯!』

차정우는 당연히 반발심이 들 수밖에 없었다.

'낮'과 '밤'의 비밀에 대해 제대로 알지 못하는 그로서는 그들이 자신에게 미래를 부탁한다는 말을 해도 콧방귀만 나올 뿐이었고, 한평생 자신을 위해 희생하기만 했던 연우를 이대로 버리고 가라는 말에는 화가 잔뜩 났다.

하지만 그는 말을 길게 잇지 못했다. 예상치 못하게 뒷덜

미에 가해진 충격에 정신을 잃고 만 것이다.

아난타는 씁쓸한 얼굴로 기절한 차정우의 얼굴을 보다가, 곧 표정을 굳히면서 메타트론과 바알을 바라보았다.

"저흰…… 그럼 이제 어디로 가면 되는 거죠?"

『아가레스를 따라가라. 그곳에 '낮'을 밝히던 옛 늙은이들이 마련해 둔 안배가 있으니.』

그때, 아가레스가 여전히 경계의 거주자를 노려보다 말고, 이쪽을 홱 하고 돌아봤다.

아난타는 오래전부터 아가레스가 차정우에게 광기 어린 집착을 보였다는 것을 잘 알기에 영 못 미더워하는 얼굴이었지만, 그래도 지금은 어쩔 수 없었기에 가만히 고개를 끄덕일 수밖에 없었다.

『영감.』

아가레스는 싱숭생숭한 표정으로 바알을 불렀다.

『왜 그러냐?』

『살아남아. 이 몸이 그 자리를 완전히 찬탈할 때까지는 어떻게든. 난 공석에 그냥 앉을 생각 따윈 추호도 없으니까!』

『흥! 애송아, 네가 이 자리에 앉으려면 아직 백만 년은 이르다.』

『늙어 빠져도 쿠키나 찾는 주제에……!』

아가레스는 분위기에 어울리지 않게 바알과 티격태격했지만, 다른 마왕들은 모두 익숙하다는 듯이 개의치 않아 하는 얼굴이었다.

그러다 아가레스는 도중에 입을 꾹 다물며 바알을 한껏 노려보다, 끝내 아난타 등 쪽으로 움직였다.

『가지.』

그렇게 아가레스와 동마왕군이 길을 뚫는 사이, 차정우를 업은 아난타와 세샤를 품에 안은 갈리어드가 곧장 뒤를 따랐다.

디스 플루토가 후방을 지키고, 망자 거인들이 좌우에 서서 접근을 시도하는 타계의 신들을 물리쳤다. 하늘에서는 두 마리의 사룡이 브레스를 잇달아 뿌리면서 공중전에 대비했다.

연우의 권속들에 의해 보호받고 있던 아르티야의 멤버들과 산하 조직들의 생존자들, 그리고 올림포스도 그 속에 섞였으니. 외뿔부족도 어느새 그들 무리에 있었다.

*   *   *

탈출을 시도하는 이들 주변으로 갖가지 이펙트가 만발하면서 탑 외 지역도 빠른 속도로 붕괴되어 갔다.

바알은 그렇게 빠져나가는 이들을 한참 동안이나 지켜보다, 다시 주먹을 꽉 쥐었다.

『저 말도 더럽게 안 듣던 놈이 사라지니 속이 다 후련하군.』

하지만 그는 말투와 다르게 어딘지 조금 씁쓸해 보였다.

그리고.

그건 메타트론도 마찬가지인 것처럼 보였다.

『후회하지는 않으십니까?』

『후회? 무슨 후회?』

『저와 함께 이곳에 저물기로 한 결의 말입니다. 당신이 쌓은 신화는 여전히 아주 높고, 이룬 결과물도 상당합니다. 이대로 놓아 버리기엔 아깝진 않으십니까?』

『아쉽긴. 이제야 좀 쉴 수 있게 되었으니 다행이다 싶은데. 사실 그동안 좀 지쳤었거든.』

바알은 뒷주머니에 꿍쳐 두었던 쿠키를 한가득 꺼내 입 안에다 털어 넣었다.

와그작. 부스러기가 입 밖으로 쏟아졌지만, 당이 돌아서 그런지 정신이 어느 때보다 맑았다.

『천마 놈이 했던 말이 맞아. 구세대는 구시대로. 새로운 시대는 그네들에게 맡기는 게 옳지. 우리만이 할 수 있다는 생각은 책임감이 아니야. 그냥 노망이지.』

『동감입니다. 비록 지금은 '낮'이 아주 잠깐 내려앉아 '밤'이 찾아온다지만, 결국 다시 해는 뜨기 마련이니 말입니다.』

메타트론이 웃으면서 고개를 끄덕였다.

바로 그때.

오. 릭. 스.

샤. 발. 리. 오. 스.

경계의 거주자는 계속 시야를 가리던 대천사와 마왕들을 물리치고, 눈살을 잔뜩 일그러뜨린 채로 예나 지금이나 자신들의 행사를 방해하기만 하는 두 존재를 굽어다 보았다.

배. 신. 자. 들.

『배신자라……. 틀린 말씀은 아닙니다만, 아둔한 이를 따르는 멍청이들이 그렇게 말해서야 자신들이 얼마나 머릿속이 텅텅 비었는지를 말해 줄 뿐이잖습니까?』

메타트론은 평상시와 다르게 비소가 잔뜩 섞인 힐난을 경계의 거주자에게 던졌다.

그리고 그 말을 끝으로.

콰르르르—!

　　['낮(에로스)'과 '밤(녹스)'이 재차 충돌합니다!]
　　[아마겟돈이 진행 중입니다!]

　대천사와 마왕들로 이뤄진 '낮'이 하늘로 떠올랐다.

　서광과 칠흑이 뒤섞이다가 폭발을 계속 반복하고, 그 뒤
로 세계가 무너지면서.

　모든 것이 암전(暗轉)되었다.

　　　　　　　　*　　　　*　　　　*

　　[대탈출이 진행 중입니다!]
　　['밤(녹스)'이 당신들을 주적으로 지정하였습니
　다. 방해가 계속 이어집니다.]

　수없이 쏟아지는 타계의 신과 외신들의 견제 속에서.

　아가레스와 동마왕군은 억지로 조금씩 길을 열어 갔다.
그 와중에 죽어 나가는 마왕들도 있었지만, 일행들은 어느
누구도 그쪽을 도와줄 생각을 하지 못했다. 아가레스조차

도 눈길을 주지 않았다.

지금은 누구 하나를 돕겠답시고 어설프게 나섰다간 일행 모두가 전멸을 면치 못할 수도 있을 만큼 위험천만한 상황이었으니까.

"그런데 우리…… 대체 어디로 가는 거죠?"

아난타는 차정우를 업은 채로 수도 없이 명멸하는 빛무리들을 보다가, 아랫입술을 질끈 깨물면서 아가레스에게 물었다.

아가레스는 무심한 얼굴로 그녀와 잠든 차정우를 번갈아 보다가 짧게 대답했다.

『방주(方舟).』

"방주? 그게 무슨……!"

『'낮'의 망령, 퀴리날레 가가 남긴 유산이야. 듣기로는 마지막 후예가 남겼다고 들었는데…… 자세한 건 나중에 알아봐라. 지금은 활로를 여는 데만 집중해도 정신이 없으니까.』

"……."

워낙에 대답이 차갑게 돌아오는 통에 아난타는 더 이상 질문을 던지지 못하고 입을 꾹 다물어야만 했다.

원래 같았으면 저딴 싸가지 없는 태도에 한마디라도 쏘아붙였을 테지만.

지금은 어쩐지 저리도 냉막한 모습이 북받치는 감정을 가리기 위한 것으로 비쳤다.

　바로 그때.

　『저희도! 저희도 돕게 해 주세요!』

　왕, 왕왕!

　갑자기 하늘에서부터 우렁찬 목소리가 들렸다.

　일행들의 시선이 곧장 위쪽으로 쏠렸다.

　　[악마의 사회, '니플헤임'이 강림합니다!]

　검은 벼락과 함께 줄지어 나타난 존재들은 하계에서도 모르는 이가 거의 없다시피 한 거대 사회, 니플헤임의 악마들이었다.

　특히 그들의 우두머리 역할을 맡고 있는 펜리르, 요르문간드, 헬의 위용은 전장을 거의 뒤덮을 정도로 아주 대단했다.

　……강아지처럼 반갑다는 듯이 '헥헥' 거리며 꼬리를 흔들어 대는 펜리르와 이쪽을 보면서 군침을 질질 흘려 대는 헬의 모습만 뺀다면.

　『저, 저, 저곳에 있는 사람이 차정우 님……! 우리 연우 님이 그토록 구슬프게 찾아 헤매던……! 정말 똑같이 생겼잖아! 거기다 세, 세샤까지! 스크린으로만 보던 분들이 여기에 다 있어! 이 헬은 오늘 너무 행복해서 죽을지도 몰라 욧!』

『……쓸데없는 소리일랑 그만하고! 아가레스, 방주가 있다고 했지? 어디냐?』

요르문간드는 여전히 정신을 차리지 못하는 형과 여동생을 보면서 인상을 꽉 찌푸리다가, 상황이 상황이니만큼 다급한 어조로 아가레스를 돌아보았다.

『시나이.』

『과연……. 언약궤가 묻혀 있던 지성소(至聖所)인가. 알았다.』

요르문간드는 고개를 끄덕이면서 휘하의 악마들을 돌아보았다. 평상시 나사가 한두 개쯤 빠진 두 사람을 대신해 그는 언제나 악마들을 다스리는 위치를 고수해 왔다.

『아버지, 로키의 명령이다. 오늘은 처음으로 세상에 우리가 있음을 포고하는 날이니, 모두 날뛰어라!』

그 말이 끝나기 무섭게, 니플헤임의 악마들은 일제히 사방으로 흩어졌다.

르 인페르날이 패도적이고 절교가 날카로운 느낌을 자랑한다면, 그들은 대개 흉포한 성질을 자랑했다. 마치 길들이지 못한 야수와 같은 살의.

그렇게 다시금 전쟁의 소용돌이가 확산되는 가운데.

쿠쿠쿠쿠!

별안간 그들이 지나던 대지가 거칠게 요동쳤다. 그리고 탑 외 지역이 그대로 아래로 무너지면서 거대한 무언가가 하늘 위로 떠오르는 것이 보였다.

여태껏 탑 아래에 숨겨져 있던 대륙이 떠오르고 있었다.

[공간이 함몰됩니다!]
[좌표가 삭제됩니다!]
……

['약속된 땅'이 떠오릅니다!]

르' 뒤에.

우둔하기만 했던 칠흑왕이 공허에 처박히기 전에 가졌던 '살점'.

칠흑왕의 육신이 영혼과 정신을 찾아 움직이고 있었다.

['밤(눅스)'이 세계를 가득 물들입니다!]

*   *   *

『으, 으아아악!』

『칠흑에…… 칠흑에 이대로 묻힐 수는 없……!』

탈주를 시도하거나, '밤'과 싸우는 등 여러 사회들은 저마다 다른 대응책을 보였다.

하지만 대개 그들을 맞이한 운명은 동일했다.

죽거나, 스러지거나.

혹은 저물거나.

끝도 없이 쏟아지는 타계의 신에게 사냥당하고, 아래에서 꿀렁대고 있는 칠흑으로 잠기고 마는 것이다.

칠흑은 칠흑왕을 이루는 염, 그 자체. 즉, '꿈'을 의미한다. 칠흑으로 떨어진다는 것은 '꿈'에 완전히 잠긴다는 뜻이니, 자아를 잃은 존재의 소멸이라고 봐도 무방했다.

영락 혹은 타천만큼이나 두려운 광경이 펼쳐지고 있는 셈이었다.

하지만.

정작 그들을 가장 두렵게 만드는 것은 르'뤼에의 등장이었다.

르'뤼에는 칠흑왕의 세포에 불과하나, 저것은 절대 이 우주에서 형성될 수 없는 성질의 것.

모든 물리적 법칙을 거부하는 태초, 아니, 그보다도 훨씬 이전의 성질을 띠고 있었기 때문에 닿는 것만으로도 그들을 그냥 원시적인 물질로 회귀시키는 것이 가능했다.

『어떻게든 저것을 막아야만 해……!』

그리고 '약속된 땅'이라는 별명이 붙은 만큼, 저것이 나타났다는 것은 칠흑왕이 눈을 뜰 때가 임박했다는 의미이기도 했다.

르'뤼에는 곧 자가 증식을 통해 육체를 마련할 것이고, 곧 공허에서 깨어난 칠흑왕이 그 위에 내려앉을 것이니.

그렇기에 일반적인 신과 악마들은 모를지언정, 계시록을 조금이라도 볼 기회가 있었던 상위 이상의 신과 악마들은 하나같이 두려움에 떨 수밖에 없었다.

꿈틀!

꿈틀!

처음엔 그저 단순히 거대한 땅덩어리로만 보이던 르'뤼에는 어느새 거대한 세포 덩어리가 되어 살아 있는 것처럼 거세게 고동치고 있었다.

살덩이 위로 바짝 오른 혈관에 피가 맹렬하게 돌아다니고, 자그마한 세포들이 마구잡이로 증식을 시작했다.

삽시간에 수십 수백 배로 불어나면서 세계를 뒤덮어 가는 모습은 끔찍하다 싶을 정도였으니.

가뜩이나 혼란에 젖었던 탑 외 지역은 곧 르'뤼에의 안쪽으로 뒤엉켜 사라질 것 같았다.

"……."

하르모니아는 드높은 상공에서 그런 광경을 고요한 시선으로 바라보고 있었다.

여태껏 잠들어 있던 약속된 땅, 르'뤼에가 떠오른 지금.

그녀는 이것이 세계를 뒤덮고, 탑을 흡수하여, 그 속에서 깨어날 칠흑왕의 정신을 수용할 수 있도록 인도하기만 하면 되는 비교적 손쉬운 마지막 과정만 앞두고 있었다.

하지만.

하르모니아는 언제부턴가 르'뤼에가 증식하도록 가만히 내버려 두기만 할 뿐, 손을 대지는 않고 있었다. 의식(儀式)도 도중에 끊어져 르'뤼에가 탑을 덮지는 않고 있던 것이다.

그렇게 해야만 진짜 '알'이 완성될 수 있다는 것을 잘 알고 있었지만.

그녀의 눈은 여전히 무슨 생각을 하는지 알 수 없이 깊게 가라앉아 있기만 할 뿐이었다.

*　　　*　　　*

[칠흑왕은 자신의 분신이 무슨 생각을 하고 있는

지를 궁금해합니다.]

　[칠흑왕은 자신의 분신이 과연 '분신'의 한계를 넘을 수 있을지를 의아해합니다.]

　[칠흑왕은…….]

　……

　칠흑왕과 관련된 메시지는 언제부턴가 연우의 눈에 보이지 않게 되었다.

　[모든 데이터가 근원으로의 업로드를 시도합니다.]

　[실패하였습니다.]

　[실패하였습니다.]

　……

　[알 수 없는 이유로 성공하였습니다.]

　[업로드를 위한 과정이 시작됩니다. 데이터가 유실될 우려가 있으니 조심하십시오.]

　[귀의(歸依)가 시작됩니다.]

　……

　[모든 영혼이 귀의합니다.]

　[모든 자아가 귀의합니다.]

　……

[모든 신위가 귀의합니다.]

[모든 신화가 귀의합니다.]

[단말(端末)이 유실되었습니다.]

[기존에 남아 있던 어뷰저 차연우의 데이터가 모두 삭제되었습니다.]

......

[어뷰저 차연우의 데이터를 클라우드 시스템에 모두 백업하는 데 성공하였습니다.]

......

[백업된 데이터를 로딩합니다.]

[실패하였습니다.]

[해당 명령을 수행하기 위한 메모리 할당량이 턱없이 부족합니다.]

[알 수 없는 이유로 백업된 데이터가 리로딩을 시도합니다.]

[실패하였습니다.]

[실패하였습니다.]

......

[알 수 없는 이유가 전면 차단되었습니다.]

[리로딩이 불발됩니다.]

연우는 칠흑왕의 근본을 오롯이 인지할 수 있게 된 뒤,
자신을 구성하는 모든 데이터를 압축시켜 공허에다 집어
던졌다.

그 과정에서 육체는 물론이고 영혼을 포함한 모든 것이
칠흑에 묻혀 한낱 '꿈'의 파편으로 전락하고 말았지만, 그
는 전혀 개의치 않았다.

어차피 이대로 칠흑왕에게 패배를 하여도 가장 먼저 먹
히고 말 테니, 그럴 바엔 배수진이라도 쳐 보자는 생각에서
선택한 시도였다.

그리고 여기서 연우가 노린 것은 칠흑왕에 대한 완전한
종속(從屬).

아니, 구속(拘束)이었다.

단순히 칠흑왕이 자신을 구속하게 두는 것이 아니라, 자
신도 칠흑왕을 구속할 수 있어야만 했다.

다행히 그에게는 '탑'이라는 매개체가 있었으니, 자아를
칠흑에다 던진다면 탑의 시스템도 덩달아 칠흑으로 같이
쏠릴 수밖에 없었다.

칠흑과 탑의 시스템에 더욱더 긴밀하게 연결된 것이다.

물론, 이것만으로는 불가능했다.

탑이 완전히 칠흑에 동화되어서야 그저 단순한 구속구에 불과할 테니까.

그리고 '꿈'에서 깨어난 칠흑왕은 분명히 탑을 어떻게든 치워 내려 할 터였다.

아마 불가능하지는 않을 것이다. 연우가 동화된다면 탑의 시스템도 칠흑으로 귀화된다는 뜻이니, 얼마든지 조작이 가능하지 않겠는가.

그렇기에 연우로서는 반드시 자아를 깨울 필요가 있었다. 시스템에 대한 제어권을, 정확하게는 주도권을 내어 주지 않아야만 했으니까.

물론, 무한하다는 말로도 부족할 칠흑의 한가운데에서 자아를 깨운다는 건 거의 불가능에 가까운 일이었지만.

연우는 당장 믿는 구석이 있었다.

첫 번째는 음검.

의념을 강화하여 세계의 물리 법칙까지 강제로 비틀어 버리는 음검이라면, 의념 통천(意念通天)을 발휘하여 자아를 계속 유지케 할 수 있을지 모른다고 생각했다.

이미 그런 시도를 여러 차례 해 보기도 했었으니 자신이 있었던 것이다.

하지만 음검마저도 칠흑이라는 '꿈'에 바스러져 전혀 없던 사실이 되고 말았고, 자아는 결국 깨어나지 못했다.

그나마 업로드가 이뤄지고 있던 중에 일부 손상될 우려가 컸던 것을, 전혀 훼손된 것 없이 무사히 성공하게 해 준 것만 해도 대단한 성과라 할 수 있었다.

더군다나.

연우도 정작 믿고 있던 건 따로 있었다.

[상태 이상이 감지되었습니다.]
[현재 상태는 '칠흑'입니다.]
……

['냉혈' 특성으로 이성을 유지합니다!]

특성 냉혈.

아버지 크로노스 때부터 시작되어 연우에게까지 이어졌던 특성이, 영원토록 칠흑을 떠돌아다닐 수도 있었던 연우의 데이터를 완전히 깨우는 데 성공했던 것이다.

[부족한 메모리가 강제로 할당되었습니다.]
[백업된 데이터가 리로딩됩니다.]

[성공하였습니다.]

......

[상태 이상이 해지되었습니다.]

[칠흑에 대한 내성이 생겼습니다.]

[어뷰저 차연우의 자아가 깨어납니다!]

연우는 눈을 활짝 떴다.

'성공했나?'

[새로운 감각이 열렸습니다.]

[육신통 중 세 번째, 타심통(他心通)을 획득하였습니다.]

......

[천안통과 천이통과 타심통의 복합 작용으로 인해 기존에 인지할 수 없었던 새로운 세계를 관측할 수 있게 되었습니다.]

[칠흑을 관측할 수 있게 되었습니다!]

연우는 어그러지던 감각 체계가 완전히 돌아오는 것을

느끼면서 주변을 둘러보았다.

그리고.

보게 되었다.

키키키킥.

결국 왔어! 왔다고!

거봐. 내가 뭐라고 했나! 저것은 가능하다고 하지 않았었나!

저게 '몇 번째'의 나였었지?

정말 대단하군. 여태껏 '꿈'이 스스로 '꿈'이라는 것을 자각한 적은 단 한 번도 없었는데.

이번에는 기대를 걸어도 되는 건가?

과연, '우리'를 '나'로 바꿔 줄 수 있을는지. 그건 조금 더 지켜봐야 알겠지.

수도 없이 떠돌아다니는 너무나 많은 양의 활자들과.

대체 몇이나 되는지 알 수 없을 만큼 많은 마성(魔性)의 시선들을.

그리고.

'꿈'의 조각이라고 표현할 수 있을 정도로 엄청나게 나열된 다중 우주(多重宇宙)를.

　　　　　*　　　*　　　*

　—이제 좀 그만해라. 지치지도 않냐?

　—그. 저. 우. 리. 는. 깨. 어. 나. 려. 만. 할. 뿐.

태초에 우주 창생이 시작되기 직전, 거대한 칠흑과 전쟁을 치르는 천마가 보였다.

　—יהי אור(빛이 있으라).

그리고 그런 칠흑왕을 공허 속에 유폐시키고 난 뒤, 천마가 지친 얼굴로 고개를 들며 언령을 외치는 광경도 있었다.

한 점의 빛과 함께 우주가 시작되고 있었다.

—그대들은 무지하오! 또한, 무모하오! '낮'을
밝히는 횃불이라 더 이상 말할 수 없단 말이오!

어쩐 일인지 눈물을 흘리면서 메타트론과 바알에게 저주
를 퍼붓는 비바스바트도 있었고.

—그러니 묻지. 너는 '몇 번째'의 나인 거지?

칠흑의 늪에 손을 담갔다가, 마성에 젖어 드는 크로노스
도 보였으며.

—또 '굴레'가 이렇게 되감기는구나. 종말은 이
렇게 또다시 유예되는 것이고…….

어둠으로 가려져 얼굴을 알아볼 수 없지만, 어딘지 모르
게 익숙한 목소리를 지닌 사내가 뭐라고 혼잣말을 떠드는
세계도 있었다.
무엇보다.
'저게 어떻게 있을 수 있는 거지……? 말도 안 돼.'

—다행히 이 늙은이에게 조금이나마 힘이 남아

있으니, 이 저주를 완전히 씻어 내지는 못하더라도
어느 정도 눌러 두고 견제할 수는 있겠지.

—전부 대가리 박아.

—넌 누구냐?

연우가 겪었던 신화들. 그저 단순히 퀘스트로만 수행해
'이야기'로만 그쳤을 일들이 생생하게 기록되어 있었다.
크로노스에 빙의되어 그가 겪었던 일들이며, 프네우마의
하늘을 얻기 위해서 저질렀던 사고들까지도 전부 '실제로'
있었던 일처럼 펼쳐지고 있었던 것이다.
그 순간.
연우는 깨달을 수 있었다.
그것들은 한때 실제로 '있었던' 사건들이며, 세계였지만.
지금은 '없는' 세계라고.

*　　　*　　　*

연우가 항상 계시록을 볼 때나, '낮'의 존재들과 이야기
를 나눌 때에 던졌던 의문이 있었다.

그건 바로 대체 '꿈'이 정확하게 무엇을 의미하느냐는 것이었다.

꿈.

칠흑왕은 공허 속에 처박힌 채 기나긴 잠에 들었다…….

그리고 그로 인해 제대로 된 우주를 창생할 수 있었다는 말까지는 이해하고 있었다.

하지만 그 뒤가 문제였다.

칠흑왕이 저문 자리에 나타난 것이 천마의 우주라면, 어째서 그 우주는 칠흑왕의 '꿈'으로 표현되는가?

그리고 인간을 비롯해 수많은 피조물들이 가진 무의식의 근간, 원형(Archetype)은 어째서 칠흑왕이 머무는 심연에 닿아 있던 걸까?

또한, 죽은 영혼들은 윤회전생을 돌고 돌아, 가장 먼저 칠흑왕의 심연을 한껏 유영하다가 다시 세상으로 돌아가는 걸까?

온통 수수께끼투성이었던 것이다.

하지만 연우는 오랫동안 칠흑왕의 힘을 겪어 보고, 그의 분신까지 되면서. 그리고 직접 칠흑왕의 깊숙한 곳까지 들어오면서 조금은 그 이유를 알 것 같았다.

'칠흑왕은…… 역시 단순하게 딱 뭐라고 정의할 수 있는 개체가 아니었던 거였어. 개념에 가까운 것이지.'

태초 이전의 물질. 우주 창생과 함께 태어난 후대의 존재들이 어떻게 관측하거나 정의할 수 없는 존재인 셈이었다.

또한, 그렇기에 우주 창생은, 그 자체만 봐도 칠흑왕과 떼려야 뗄 수가 없는 관계이기도 했다.

우주 곳곳에 칠흑왕의 흔적이 남아 있는 셈이니까.

피조물들이라면 누구나 가지는 무의식을 비롯해 영혼의 순환까지…… 죽음, 어둠, 꿈, 영혼, 겨울, 악, 파괴 등 세상을 구성하는 마이너스적인 개념들은 전부 '칠흑왕', 그 자체라고 봐도 되는 것이리라.

'대립된 위치에 있는 천마와 나란히 세우면 이원론(二元論)이라고도 할 수 있겠고…….'

그렇게 세상 곳곳에 남아 있는 칠흑왕의 흔적들은 '꿈'으로 표현되는 것이다.

그리고.

그러한 '꿈'들은 칠흑왕이 눈을 뜬 순간, 전부 단순한 허상으로 화해 바스러지고 말 테니.

연우는 그제야 칠흑왕이 말도 안 될 정도로 거대한 존재이고, 그것을 강제로 억누르는 천마와 '낮'이 얼마나 위대한 일을 해 왔는지를 알 것 같았다.

'너무 많아. 신과 악마들이 여태껏 소유할 수 있었던 우주와 차원은 그냥 한 줌에 불과했을지도…….'

비록 연우가 이 자리에서 볼 수 있는 건 그러한 우주들에서 빚어지는 단편적인 광경에 불과했지만, 그것만 해도 연우에게는 자신이 가지고 있는 세계관을 아득하게 넘어설 만큼 방대했다.

그리고 그 앞에서 자신이 얼마나 초라하게 느껴지는지도.

'이것이 전부…… 칠흑왕이 꾸고 있다는 '꿈'.'

제아무리 '황'에 근접했다느니, 신왕의 격을 갖추었다느니 해도, 결국 칠흑왕 앞에서는 한 줌의 모래 알갱이에 불과했으니까.

냉혈 특성이 아니었다면 이렇게 자아를 유지하지도 못했겠지.

과연 이런 것들을 전부 집어삼키고, 주 인격이 될 수 있을지 까마득한 심정이 들기도 했다.

『푸하하하! 너를 선택할 때까지만 해도 설마설마했는데. 정말 여기까지 오게 될 줄이야……!』

바로 그때, 연우는 자신의 머릿속을 울리는 목소리에 고개를 옆으로 홱 돌렸다.

[어뷰저 차연우의 신화 중 일부가 칠흑을 매질 삼아 구현됩니다!]

[구현된 신화: 기어 다니는 혼돈]

파스스—

돌연 잿빛 구름이 뭉치더니 연우를 닮은 형태를 띠었다.

그것을 본 연우의 눈이 커졌다.

그건 분명히 여기에 있을 수 없는 존재였으니까.

『'꿈'은 언제든지 사라질 수 있지. 꿨다가 끝나면 그걸로 끝이거든. 하지만 그렇다고 해서 덧없다고 하기도 힘든 법이지. 누군가가 그것을 인지하고 기억하고 있다면 말이야.』

기어 다니는 혼돈. 정확하게는 연우가 크로노스의 신화를 체험하면서 '밤'으로부터 흡수했던 기어 다니는 혼돈이었다.

칠흑왕의 어여쁨을 받았지만, 근원이나 다름없던 칠흑왕에 대한 탐구심과 호기심을 숨기지 않던 자.

『여하튼 이렇게 우리 아둔한 아버지의 곁에 들어오게 될 줄이야. 요그—소토스, 그치가 알면 그렇지 않아도 컸던 눈이 아주 왕방울만 해지겠어! 하하하하!』

기어 다니는 혼돈의 웃음소리에는 점차 광기가 묻어났다.

『이건 생각했던 것보다 훨씬 대단해. 이토록 많은 세계

들이 전부 수용되었다는 건, 초끈에 따른 무한한 인플레이
션을 동반한다는 뜻일 테고…… 그중에서 확정될 수 있는
건, 인지와 관찰의 해석에 따른 변곡점을 기준으로 잡는다
는 건가? 아냐. 그건 결정론이 무의미해지는 데다가, 이토
록 많은 시선이 있어서야 다세계에 대한 해석이 불가능해
질……!』

기어 다니는 혼돈은 저 혼자만이 알 수 있을 말들을 끝도
없이 늘어놓다가, 갑자기 도중에 말을 뚝 끊었다.

그리고 표정을 싸늘하게 굳히더니, 한쪽 입술을 말아 올
렸다.

『이봐, 인기남. 이렇게 많은 아버지의 시선들이 보고 있
는데, 뭐라고 응답이라도 해 줘야 하는 것 아닌가?』

기어 다니는 혼돈은 연우에게로 무수히 쏟아지는 시선과
사념, 그리고 인격들을 읽을 수 있었다.

그리고.

연우 역시 그러한 시선과 인격들 중 한 명의 자격으로 있
다는 것도.

"넌 왜 나온 거지?"

연우는 기어 다니는 혼돈의 질문에 대답하지 않고 미간
을 살며시 좁혔다.

『별다른 이유는 없다. 그냥 보고 싶었을 뿐.』

"무엇을?"

『태초 이전의 태초! 어둠 이전의 어둠! 혼돈 이전의 혼돈! 바로 아버지의 진짜 모습! 그리고.』

기어 다니는 혼돈의 눈동자가 기이한 광망을 뿌렸다.

『이 우둔한 아버지의 끝.』

녀석의 눈동자에 싸늘한 표정을 짓고 있는 연우의 모습이 비쳤다.

『'꿈'이 어디까지 이어지는지를 직접 보고 싶었을 뿐이다.』

"……."

연우는 아주 잠깐 동안 아무 말도 하지 않았다.

녀석의 머릿속을 도저히 이해할 길이 없었던 탓이었다.

오히려 헛웃음이 나왔다.

칠흑왕의 끝을 보고 싶다니. 그게 '밤'을 상징하는 혼세팔신이던 놈이 할 소리란 말인가.

하지만 그건 그것대로 녀석다운 말이라는 생각이 들기도 했다.

더군다나.

"그럼 그렇다는 건, 방해는 하지 않겠다는 거군?"

연우에게는 다른 것을 다 떠나서 그 점이 가장 중요했다.

기어 다니는 혼돈씩이나 되는 녀석이 방해를 하려 들면,

이 마성들을 상대하는 데 집중해도 모자랄 판국에 쓸데없
이 귀찮아질 테니까.

『당연하지.』

다행히 기어 다니는 혼돈은 고개를 끄덕였다.

"그럼 됐어."

그 순간, 연우가 고개를 번쩍 들었다.

다중 우주 곳곳에서 수많은 마성들이 감지되고 있었다.

칠흑왕이 까마득한 시간을 영유하면서 하나둘씩 자연스
럽게 피어난 무의식의 잔재들. 혹은 '꿈'의 허물들.

그것들 모두가 칠흑왕의 주 인격이 되고자 했지만, 실패
했던 찌꺼기였다.

[6차 용체 각성]
[권능 전면 개방]

[하늘 날개]

화아악!

연우는 등을 활짝 열어젖히면서 용의 날개를 한껏 드러
냈다.

탈각과 함께 7차 용체 각성도 같이 진행되고 있기 때문

인지, 일부 비늘에서 허물이 조금씩 벗겨지고 있는 것이 보였다.

　　[중단되었던 탈각이 재진행됩니다!]
　　[현재 주변의 알 수 없는 영향으로 인해 탈각의 진행 속도가 많이 더딥니다. 47.2, 47.3……47.6%……]
　　[현재 상태는 '칠과'입니다.]
　　[7차 용체 각성이 탈각과 함께 진행 중에 있습니다. 각성을 무사히 완성하기 위해서는 탈각을 끝내야 합니다.]

　　[현재 어뷰저 차연우의 속성은 '밤'입니다.]

　　『하하하! 그렇군. 이곳에서 탈각을 시도하면서 단번에 다른 마성들을 압도하고, 주 인격으로 자리매김할 생각인건가? 더딘 진행은 그 경쟁에서 처치한 마성을 흡수하는 것으로 보충하고……?』
　　기어 다니는 혼돈은 단번에 연우의 노림수를 알아차리고, 다시 한번 더 파안대소를 터뜨렸다.
　　연우가 다른 데이터는 망가지더라도, 냉혈 특성과 함께

반드시 지키고자 했던 권능이 하나 있었다.

〈하데스의 식령검〉이었다.

그것만 있다면, 다른 데이터는 소실되거나 훼손되어도 어떻게든 역전을 꾀할 발판을 마련할 수 있었으니까.

칠흑왕을 대변하는 수많은 자아와 사념들과 전쟁을 치르고, 처치한 녀석들을 일일이 삼킨다면.

그리하여 칠흑으로 환원된 것들을 양분 삼아 더디게 진행되는 탈각을 빠르게 완성할 수 있을 테니, 다른 마성들보다도 더 우위를 점할 수 있으리라 여긴 것이다!

콰아아앙!

연우는 기어 다니는 혼돈의 추론에 전혀 대답을 하지 않고, 가장 먼저 근방에 있던 세계 쪽으로 날아들었다.

그러자 연출되는 세계와 세계 사이를 누비고 다니던 여러 활자들이 한데 뭉치기 시작했다.

15구골의 '꿈'을 꿨던 그놈이 몇 번이고 이를 갈았었는데. 상대로 가장 먼저 나를 선택한 건가? 시건방진.

아니. 어쩌면 이것이 더 재미날지도.

활자가 뭉친 인형(人形)은 연우를 향해 주먹을 거세게 내밀었다.

콩!

쿠르르르―

스퀴테와 주먹이 작렬한 자리로 거친 폭음이 울렸다. 그리고 거기서 삐져나온 것은 불똥이 아닌 짙은 어둠이었다. 마성이 자리 잡고 있던 세계가 이리저리 흔들리더니 금방 왜곡되었다.

그 순간.

띠링!

[시나리오 퀘스트(칠흑왕의 야욕 Ⅱ)에 이어 새로운 연계 퀘스트가 생성되었습니다!]

[시나리오 퀘스트 / 칠흑왕의 야욕 Ⅲ]

설명: 칠흑왕은 이제 지난날 자신을 배반하였던 '낮'을 물리치고, '밤'을 가져오면서 천마의 흔적들을 물리치고 깨어날 준비를 하고 있습니다.

하지만 기나긴 '꿈'에서 깨어나기 위해서는 몇 번이나 반복되었을지 모를 미몽에서 벗어날 필요가 있습니다. 하지만 칠흑왕은 너무 오랫동안 잠이 들었던 나머지 일어나는 데 아주 많은 시간과 준비가 필요합니다.

그렇기에 가장 먼저 비몽사몽인 상태인 정신을 깨울 필요가 있습니다.

그러니 지금부터 칠흑왕이 자아를 온전히 갖출 수 있도록, 칠흑 내에 존재하는 수많은 사념들과의 경쟁에서 승리를 쟁취하십시오.

그리한다면 원하는 바대로 주 인격으로 거듭날 수 있을 것입니다.

달성 조건:

1. 천마가 만든 탑을 더더욱 많은 칠흑으로 잠식시켜 성전(聖殿) 구축을 완성하십시오.

2. 칠흑이 산재된 '꿈'의 조각(세계)에는 마성이 하나씩 배당되어 있습니다. 그들과의 경쟁에서 승리하여 더 많은 '꿈'의 조각을 쟁취하십시오.

3. '꿈'의 조각이 커질수록 '밤'의 진정한 주인에 가까워질 수 있습니다.

제한 조건: 칠흑왕의 분신

제한 시간: ―

성공 시: 칠흑왕의 주 인격.

실패 시: 사라진 '꿈'의 조각.

연우와 함께 칠흑 안쪽으로 침투되었던 시스템이, 연우의 의도를 빠르게 파악하고 새로운 시나리오 퀘스트를 만들어 낸 것이다.

배틀 로얄.

최후의 1인이 남을 때까지 벌이는 전쟁이 시작된 것이다.

그리고.

재미있겠군.

나도.

나도 하겠어.

'우리'를 '나'로 만들어 줄 수 있는지 시험을 해 봐야 하지 않겠나.

단순한 그릇일지. 단순한 알일지. 보면 알겠지.

곳곳에서 여러 활자들이 조합되면서 나타난 마성들이 일제히 연우에게로 달려들었다.

*   *   *

대체 얼마나 많은 시간이 흐른 걸까.
연우는 언제부턴가 시간 개념이 아예 사라지고 없었다.

*   *   *

1일째.
연우는 한 명의 마성과 팽팽한 접전을 벌였다.

아주 재미지구나. 말로만 듣던 것만큼이나 제법이야.

마성은 한동안 연우를 괴롭혔던 녀석보다 훨씬 강한 힘을 자랑했다.
마성이라고 해서 다 똑같은 것은 아닌 것 같았다. 녀석들이 태어난 세계와 쌓은 업, 그리고 보낸 세월만큼 격도 천차만별인 게 틀림없었다.
가장 가까운 녀석이기에 선택했지만, 놈은 연우와 비등

한…… 아니, 어쩌면 더 강할지 모르는 힘을 자랑했던 것이다.

아마 녀석만 따로 분리해서 본다면 고대신이나 혼세팔신쯤 된다고 볼 수 있지 않을까.

이만큼이나 월등한 격을 지닌 존재가 그저 칠흑왕의 아주 '사소한' 부품에 불과하다는 사실이 어이없기도 했다.

하지만 무엇보다 연우를 짜증 나게 만드는 것은 따로 있었다.

그만한 힘을 지니고 있는 데 더해 환경적인 요건마저 녀석에게 절대적으로 유리하게 돌아간다는 점이었다.

곳곳에 칠흑이 산재해 있다 보니, 팔이 날아가도 금세 수복이 가능했다.

체력이나 마력의 한계도 전혀 없는 것 같았다. 오히려 연우와의 싸움이 계속 이어지면 이어질수록 더 강해져 갔다. 그동안 잊고 지냈던 싸움법을 조금씩 되찾기라도 하는 듯한 모습이었다.

반면에 연우는 냉혈 특성을 이용해 아직까지 칠흑에 완전히 동화되지 않은 상태. 칠흑의 힘을 자유자재로 끌어다 쓸 수가 없었다.

체력과 마력은 물론, 정신력에도 한계가 있을 수밖에 없다는 뜻이었다.

하지만 연우도 믿는 구석이 없는 건 아니었다.

　[현자의 돌(오만 · 식탐 · 색욕)이 계속되는 '칠
흑'의 상태에 강하게 저항합니다!]
　['오만'이 기승을 부립니다!]
　['식탐'이 새로운 먹잇감을 발견하고 군침을 흘
립니다!]
　['색욕'이 매혹을 위해 강한 향을 뿌립니다!]

　이미 3개의 영혼석과 완전히 동화가 된 현자의 돌은 각각
의 성질을 차례로 드러내면서 연우에게 힘을 북돋아 주었다.
　오만의 성질은 연우에게 절대 지지 말라며 더 많은 마력
을 실어다 나르면서 위력을 증폭시켰고.
　식탐의 성질은 '하데스의 식령검'을 이따금 드러내면서
마성의 목덜미를 물어뜯고자 했으며.
　색욕의 성질은 계속 연우를 이물질처럼 취급하는 칠흑에
동화되고자 활발히 움직였다.
　그러다 보니 마성과의 격차를 어찌어찌 메울 수 있는 수
준까진 이를 수 있었다.
　물론, 그렇다고 해서 승기를 잡을 정도는 아니었다.
　결국 싸움은 오로지 연우의 몫이었다.

'거기다 이놈만이 아니라 주변에서 호시탐탐 기회를 노리는 하이에나들도 투성이고.'

연우는 주변을 뺑 에워싼 마성들을 보면서 차갑게 입술 끝을 비틀었다.

수만? 수억? 헤아릴 수도 없을 만큼 바글바글한 마성들은 흥미진진하게 자신을 살피고 있었다.

이목구비 없이 새카만 얼굴만 하고 있어 표정 따윈 전혀 알 수 없었지만, 어쩐지 무슨 생각을 하고 있는지 알 수 있을 것 같았다.

저기 보이는 세계의 '나'여. 그대는 우리 중에 천마의 혈육을 유일하게 죽여 본 업을 가지고 있느니라. 그러니 그만한 격을 증명해 보아라.

연우는 대답 대신에 하늘 날개를 크게 활짝 피워 올렸다. 화르륵!

['투쟁'의 신화가 맹렬하게 빛납니다!]

검뢰와 함께 검붉은 불길이 작렬했다.

* * *

2일째.
연우는 왼팔이 잘렸다.

* * *

15일째.
오른쪽 손가락 두 개가 날아갔다.
하지만 덕분에.

[마성134,298,111을 처치하는 데 성공하였습니다!]
[권능 '하데스의 식령검'이 마성에 대한 식령을 시도합니다.]

겨우겨우 첫 승리를 거둘 수 있었다.
그리고.

다음엔 나야.

쉴 틈도 없이 다음 차례를 맞닥뜨렸다.

[칠흑을 빠르게 소화합니다.]

[합성되는 인자에 새로운 변화가 주어집니다.]

[더뎠던 탈각의 진행 속도가 조금 더 빨라집니다.
49.4, 49.5⋯⋯ 49.7%⋯⋯.]

*   *   *

43일째.

['만능 복원'이 맹렬하게 발동하고 있는 중입니다!]

['무채독'이 마성98,423,964,593을 중독시키는 데
성공하였습니다!]

'이제⋯⋯ 겨우 사흘 차로 줄였나?'

처음에는 마성을 한 명 처치하는 데 보름이 걸렸던 것이
이제는 사흘밖에 걸리지 않을 정도로, 연우는 점차 녀석들
과의 싸움에 익숙해지고 있었다.

물론, 그 과정이 쉬웠던 것은 아니었다.

하루에도 몇 번씩 팔다리가 잘렸다가 수복되기 일쑤였

고, 이따금 아트만 시스템이 과부하 상태에 잠겨 정지될 때도 있었다.

마력을 너무 과도하게 출력하면서 육체와 정신이 한계선까지 위태롭게 내몰리기도 했던 것이다.

언제나 무한하게 마력을 뿜어낼 줄 알았던 현자의 돌도 극한으로 몰린 탓에 달아올라 있었다.

['오만'이 현자의 돌에 가중된 과부하를 어떻게 든 극복하고자 합니다.]
['식탐'이 부족한 마력을 보충하기 위해 더 많은 칠흑을 필요로 합니다.]
['색욕'의 효과가 많이 약화됩니다.]

죽인 마성들을 이리저리 흡수하기도 했지만, 그중 태반이 육체 재구성을 위해 탈각의 양분으로 쓰이면서 마력 보충에는 상대적으로 들어가는 양이 적을 수밖에 없었다.

아니, 흡수한 칠흑을 전부 마력으로 돌린다고 하더라도, 정신적인 피로만큼은 어쩔 수가 없는 부분이었다.

그동안 그는 쉬었던 적이 단 한 번도 없었으니까.

마성들이 절대 연우에게 쉴 틈을 주지 않았기 때문이었다.

머릿수로 밀어붙이지 않고, 일대일 생사결을 선호한다는

점이 그나마 다행이긴 했지만.

그렇다고 해도 정신을 가다듬을 여유가 주어지지 않으니, 오히려 더 지칠 수밖에 없었다.

하지만 연우는 이를 악물고 스퀘테를 꽉 쥐었다.

어쨌거나 이 끝도 없이 이어질 싸움에서 그는 이겨야만 했다.

그래야 동생을 무사히 구하고, 그가 살 수 있는 터전을 보존해 줄 수 있을 테니까.

* * *

250일째.

연우는 비로소 마성 하나를 상대하는 시간을 사흘에서 하루로 줄이는 데 성공할 수 있었다.

그리고 덕분에 마성에 대해 추가적으로 알게 된 사실이 있었다.

'이것들…… 하나하나가 완전한 자유의사를 갖추고 있어.'

처음 맞닥뜨릴 때에도 혹시 그렇지 않을까 하는 의심을 했다지만, 이제는 확신을 가질 수 있었다.

마성은 하나하나가 별도로 완전히 분리된 인격체였다.

성격도 각자가 다 달랐고, 저들끼리 친분을 유지하거나

적대적인 관계를 보이는 이들도 있었다. 무리를 이루기도 해서 리더로 보이는 녀석도 있었고, 실력에 따라 나뉜 계급에서 가장 아래쪽에 위치한 녀석도 있었다. 그 외에 무리에서 따로 떨어져 다니는 녀석이 있기도 했고.

천계의 사회나 혹은 타계 신들의 질서와 똑같은 양상을 띠고 있었던 것이다.

무엇보다.

'가지고 있는 기술이며 권능, 특성도 다 다르고…… 지금은 칠흑에 종속되어 있지만, 원래는 각자가 다른 곳에서 발원한 존재란 뜻이겠지. 나처럼.'

이들은 연우, 자신과 똑같았다.

저마다 각자 다른 '꿈', 즉 세계에서 살았던 존재들.

그러다 어떤 일들을 계기로 칠흑왕으로부터 후예 혹은 분신으로 지목되어 그를 깨어나게 할 의무를 가지고 있었지만, 끝내 실패하고 말았던 이들이 틀림없었다.

'칠흑왕…… 아니, 칠흑을 온전히 담아낼 수 있는 그릇이 되어야만 하지만, 어떤 이유에서든지 간에 깨지고 만다면 결국 그 영혼은 완전히 칠흑에 침식될 수밖에 없을 테니까.'

아마 그 과정에서 저들이 살던 세계는 한낱 '꿈'으로 저물고 말았을 테고.

연우는 궁금했다.

한때는 각자의 세계에서 저마다 다른 인연을 가지고 살았을 저들 중에도 자신처럼 감히 칠흑왕에게 대적할 생각을 가졌던 작자가 있었을까?

칠흑왕이 여전히 잠에 들어 있다는 것은 그러한 시도들이 전부 실패했다는 뜻일 테니…… 어쩌다 그렇게 되었는지를 묻고 싶기도 했다.

물론, 저들이 대답을 해 줄 것처럼 보이지는 않지만.

*   *   *

599일째.

연우는 드디어 두 명의 마성과 한꺼번에 싸워도 승기를 잡을 수 있을 만큼 강해졌다.

*   *   *

1천 일이 지났을 때, 세 명을 동시에 상대할 수 있었고.

2천 일이 지났을 때, 다섯 명의 합공에서 버틸 수 있을 만큼 강해졌다.

강해진다. 강해져.

시건방지게 '우리'에게 도전했을 때부터 느끼긴 했지만.
확실히 뭔가 다른 게 있는 건가.

나도. 나도 확인해 보겠어!

그리고 5천 일쯤 지났을 때.
연우는 이제 생사결을 고집하지 않고, 무리와 싸워도 밀
리지 않을 만큼 강해졌다.
무수히 쏟아지는 마성들을 상대로도 절대 승기를 놓치지
않았으며, 자신이 다치는 것을 전혀 고려치 않으면서 싸우
고 또 싸웠다.
그리고 또 이겼다.
그것은 마치 언젠가 존재했다는 수라계(修羅界)를 떠오르
게 할 정도로, 싸움만이 무한하게 반복되는 곳이었으니.
그야말로 무한투(無限鬪)라는 단어가 전혀 이상하지 않을
정도였다.

[탈각이 진행 중에 있습니다. 63.6, 63.7%······.]
[현재 상태: 극종(克種).]

다만, 문제가 있다면, 연우가 이제 극도로 지쳐 가는 것이 보인다는 점이었다.

이번에는.
내가 나서 봐야 하나.

하지만 마성들이 그러한 연우의 상태를 고려할 리 만무했고.
마성들 중에서도 항상 뒤로 빠진 채 연우를 관찰하기만 하던 '수장'들이 슬슬 흥미를 보이며 움직이려 하고 있었다.
칠흑왕이라는 존재의 의사를 결정짓는 이들.
당연히.
연우의 피로도 그만큼 커질 수밖에 없었다.

*   *   *

그렇게 또 얼마나 시간이 흘렀을까.
1만 일?
혹은 10만 일?
도저히 짐작할 수도 없었다.

어쩌면 수백 년, 수천 년의 세월이 흘렀을지도.

연우의 의식은 언제부턴가 희미한 촛불처럼 밝혀졌다가 꺼졌다를 반복하면서 언제 완전히 칠흑에 저물어도 이상하지 않을 만큼 위태로운 상태로 지속되고 있었다.

['냉혈' 특성으로 이성을 유지합니다!]

만약 특성도 없었더라면 의식 따윈 완전히 날아가 버렸을 테지.

그리고 까마득한 시간이 흐른 뒤에나 겨우 사념들이 다시 뭉쳐 과거에 연우였던 기억을 가진 새로운 마성이 눈을 떴을 것이다.

칭찬하지. 사실 여기까지 온 것만 해도 아주 대단한 것이다. 너 같은 존재는 처음이니.

그때, 계속 이어지던 무한투가 잠시 중단되었다.

대신에 마성들이 뒤로 물러난 곳으로, 새로운 마성이 걸어 나오고 있었다.

다른 녀석들과 비교해도 그다지 뛰어난 면은 보이지 않는 녀석. 아니, 오히려 크기가 너무 작아서 이렇게 보지 않으면 그냥 지나쳤을 녀석이었다.

하지만.

모양새가 어딘지 모르게 익숙했다.

'제천대성……?'

연우는 어쩐지 저 검은 막을 치우고 나면 익숙한 존재가 나타날지도 모른다는 생각이 불쑥 들었다.

하지만 정신을 차리고 다시 쳐다보니 처음 받았던 느낌은 완전히 사라지고 없었다.

휘휘휘!

녀석의 주변으로 활자들이 마음껏 춤을 췄다.

참으로 인간이란 생물은 신기하단 말이지. 한낱 피조물 주제에…… 그리고 그러한 피조물들 중에서도 가장 약해 빠진 축에 속하면서도 이따금 새로운 모습들을 보이니까.

대체 무슨 말을 하고 싶은 걸까.

알고 있나? 원래 칠흑이 담길 '그릇'은 피조물 따위에게 절대 허락되지 않는다는 것을. 인간이란, 본디 '꿈'의 아주 자그마한 티끌에 불과하거든.

칭찬? 감탄?

연우는 흐릿해져 가는 의식 속에서 겨우 보이는 활자들을 읽으면서도, 녀석의 속내를 도저히 짐작하기가 힘들었다.

쓸데없는 소리만 늘어놓을 거면, 그냥 덤비라고 말하고 싶었다.

하지만 천마도 그러하였고…… 원래 우리들은 감히 쳐다볼 엄두도 내지 못할 존재들이 이렇게까지 성장하는 것을 보면 감탄이 절로 나올 수밖에 없어. 하지만 거기에도 한계가 있을 수밖에 없다.

천마도 결국 끝끝내 '우리'를 잠재우는 데 힘이 다해 전전긍긍하는 것이 보이지 않나?

그러니 제안하지. '우리'의 일부가 되어라. 비록 '나'가 되지 못한 것이 아쉽지만…… 그대를 인간의 틀에서 완전히 벗어날 수 있게 해 주지. '꿈'에서 같이 깨어나는 거다. 이 또한, '나'가 되겠다던 그대의 소망을 성취했다고 볼 수 있지 않은가?

녀석이 마성들 중에서도 얼마나 대단한 위치를 갖고 있는지는 알 수 없지만.

그들은 그들 나름대로 연우를 생각했던 것보다 훨씬 높게 평가하는 것 같았다.

[칠흑왕이 자신의 분신을 아주 흡족하게 평가합니다.]
[칠흑왕이 자신의 분신이 최근에 본 '그릇' 중에서 품질이 가장 뛰어나다고 생각합니다.]
[칠흑왕이 자신의 분신이 앉을 왕좌를 내어 주겠노라고 제안합니다.]

어떤가?

세 개의 활자가 뱅글뱅글 돌면서 연우의 앞에서 가볍게 터졌다.

거기에.

"정우의 영혼을…… 돌려줘."

연우는 이제 거의 잇다시피 한 육성으로 직접 말했다.

이렇게 힘든 싸움을 반복하면서도 끝까지 그를 버티게 하는 이유를.

동생의 영혼만 되찾을 수 있다면, 사실 주 인격이 되지 않는다고 해도 상관없었다. 기쁜 마음으로 이들과 동화되어 마성으로 변할 수도 있었다.

하지만.

말했지만, 그것만은 안 된다네. 그것은 '우리'를 해방시켜 줄…… '나'가 깨어날 수 있게 해 줄 중요한 열쇠라.

녀석은 어쩔 수 없다는 듯이 고개를 휘휘 내저었다.

연우가 인상을 일그러뜨렸다.

"그럼 잔말 말고 꺼져!"

흠. 어쩔 수 없나…….

녀석은 어느 정도 짐작하고 있었다는 듯, 씁쓸해하는 태도를 보이면서 연우 쪽으로 손을 뻗쳤다.

아주 느릿한 동작.

너무나 선명하게 보여 얼마든지 옆으로 쳐 낼 수 있을 것 같았지만.

어쩐지 연우는 녀석의 손이 얼굴을 덮어 올 때까지, 손가락 하나 까딱할 수가 없었다.

'이렇게…… 져야만 한다고?'

연우가 답답한 마음에 뭐라 소리라도 치고 싶다고 생각하던 그때.

번쩍!

[권속 '브라함(호문클루스·신)'이 남긴 안배가
발동합니다!]
['태양의 서'가 개시됩니다.]

기적이 일어났다.

*   *   *

브라함은 이예와 하르모니아의 대화를 듣고 난 후, 앞으로 연우에게 무슨 일이 닥칠 것인지를 예상할 수 있었다.

―칠흑왕이 깨어날 준비를 하려는 거구나. 아니,
이건 잉태(孕胎)라고 해도 되려나…….

'알'.

그것은 새롭게 깨어난 뒤 활동하는 데에 필요한 육체, 칠흑왕이 내려앉을 장소를 말하는 것이었으니.

당연한 말이지만, 칠흑왕이나 되는 존재를 수용하는 건 웬만한 그릇으로는 절대 불가능했다.

주신 급의 인사들도 불가능한 일. 도리어 육체가 정신에 완전히 잡아먹혀 강림이 불발로 그칠 수 있었다.

그렇기에 기존에 있는 괜찮은 그릇을, 칠흑왕이 충분히 수용할 수 있을 만한 내구도를 가진 것으로 새롭게 빚을 필요가 있었다.

'알' 속에 칠흑왕이 내려앉고, 거기서부터 차차 영혼부터 육체까지 모든 본질을 칠흑으로 바꿔 버리는 것이다.

브라함이 잉태라고 표현한 것도 그리 틀린 말은 아니었다. 칠흑왕이 새로운 탈을 쓰고 환생을 하는 것이나 마찬가지인 셈이었으니.

그리고 당연한 말이지만, 하르모니아와 시의 바다는 이러한 '알'로 연우를 점찍었다.

'낮'을 상징하던 옛 고대신들 중에서도 단연 독보적인 존재감을 자랑하던 프네우마와 퀴리날레의 피를 한 몸에 타고났다는 점도 있었고.

어둠에 본질적으로 가장 가까운 죽음을 개념적으로 획득할 만큼 뛰어난 격을 이루었다는 점도 있었다.

하르모니아는 자신이 '알'로 낙점되지 못했다는 부분에 안타까움을 느끼기도 했지만, 곧 마음을 추스르고 칠흑왕이 일어나는 데 큰 도움이 될 수 있는 제사장의 역할을 자처해 왔다.

그리고 당시 브라함은 이런 모든 것들을 꿰뚫어 보았다.

오랫동안 우주의 근본에 대해 탐구해 오고, 연우가 가져다준 계시록을 통해 그 어떤 신과 악마와도 비견할 수 없는 통찰력을 지녔기 때문에 가능한 일이었다.

하지만 그는 스스로가 연우에게 큰 도움이 되지 못하리라는 것도 잘 알고 있었다.

칠흑왕이 일어나겠다고 마음을 먹는다면, 제아무리 연우라고 하여도 절대 거스를 수가 없을 테니까.

더군다나 천마의 시종이었던 이예까지 시의 바다에 붙은 이상, '알'의 운명을 뒤집을 수 있는 방법 따윈 없었다.

더군다나 그 자신도 거기서 죽을 운명이라 직감하였으니. 연우를 도와주고 싶어도 어떻게 손을 쓸 방법이 없었던 것이다.

그렇기에 남긴 것이 바로 '태양의 서'였다.

─연우, 분명히 너의 성격대로라면 안 될 가능
성이 높다 하여도, 오히려 칠흑왕에게 달려들 테
지……. 정우의 영혼도 어떻게든 찾으려 들 테고. 그
렇다면 거기서 '너'를 잊지 않게, 도와주마.

칠흑은 완전한 어둠을 뜻한다.

빛이라는 개념이 생겨나기도 이전에 존재하던 것. 모든
생명체며 물질까지 집어삼키던 것이었으니, 그 속에서 살
아남는 건 거의 불가능에 가까울 것이다.

연우가 아무리 냉혈 특성을 가지고 있다고 해도, 결국 압
도적인 칠흑 앞에서 완전히 무너져내리는 것은 기정사실일
터였다.

그렇기에.

브라함은 연우에게 빛을 남겨 주고 싶었다.

아무리 어두운 칠흑 속이라 하여도, 홀로 스스로를 빛낼
수 있는 빛을.

　─오래전부터 그런 생각을 해 왔다네. 나를 탑 속
에 가둬 두었던 천마…… 그는 어찌하여 탑을 두고,
'태양신의 사탑'이라는 이름을 붙여 두었던 걸까?

―오랫동안 고민을 하면서, 확실치는 않지만 난
이런 결론을 내려 보았다네. 칠흑에 항거하기 위해,
그러한 이름을 붙여 두었던 것은 아닐까 하고.

―태양은 행성을 기준으로 봐서는 아주 크게 보
이지만…… 사실 거대한 우주 앞에서는 아주 작디작
은 부스러기 정도일 뿐이지. 하지만 그래도 홀로 지
지 않고 빛나지 않나? 마치 촛불처럼. 아마 탑에서
깨어난 존재가 칠흑과 맞닥뜨렸을 때, 그런 태양처럼
빛나라고 붙인 게 아닌가 싶어.

―그러니 자네도 지지 말게. 절대로.

화아아!
연우는 그렇게 한순간 브라함이 남기고 간 사념을 잔뜩
읽을 수 있었다.

['태양의 서'에 새겨진 브라함(브라흐마)의 신력
이 천천히 영혼에 스며듭니다.]
[위태로운 신격을 복구합니다.]
[위태로운 신위를 복구합니다.]

[위태로운 신력을 복구합니다.]

……

[플레이어 비바스바트의 신위, 올포원을 자극합니다!]

[신위, 올포원이 깨어나 천천히 고개를 듭니다.]

그가 어떻게 쓰러졌는지도.

그가 무엇을 염려하였는지도.

사실 브라함은 자신이 죽어 가는 와중에도, 절대 도망치거나 하지 않았다. 도리어 연우를 위한 안배를 남겨 놓고자 했다.

그래야만 자신의 딸을, 손녀를, 사위를 지킬 수 있을 테니까. 그는 죽어 가는 와중에도 자신의 안위보다는 가족들을 걱정했던 것이다.

그렇기에.

절대 쓰러져서는 안 되었다.

[신위, 올포원이 칠흑의 상태를 못마땅하게 여깁니다.]

[신위, 올포원이 자신은 이루지 못한 소망을 너라면 해낼 수 있을지도 모른다는 사념을 내뱉습니다.]

[신위, 올포원이 태양신 비바스바트라는 진명에 걸맞은 행사를 보여 주고자 합니다.]

[신위, 올포원에 저장된 신앙이 모두 특별한 성질로 환원됩니다!]

......

[환원된 성질이 송과선으로 스며듭니다. 영혼과 육체에 동시에 강한 영향력을 미칩니다.]

[정신이 깨어납니다.]

[육체가 깨어납니다.]

......

[올포원의 남은 성질이 특성 '냉혈'과 합쳐졌습니다.]

[새로운 특성, '열광(熱光)'이 생성되었습니다!]

연우는 여태껏 꺼져 가던 정신이 한순간 확 깨어나는 듯한 느낌을 받았다.

이상하게도 여태껏 마성들과 싸우면서 생긴 피로까지 전부 사라지는 기분이었다.

[특성: 열광]

'냉혈'과 '올포원'이 합쳐져 만들어진 특별한 특성. 모든 상태 이상과 정신계 저주로부터 영체를 보호하고 자아를 유지케 하며, 바라는 염원과 의지가 강할수록 육체에도 강한 영향력을 미친다.

[특성 '열광'과 신위 '투쟁'이 긴밀하게 연결되었습니다.]
......
[투쟁의 신위가 그 어느 때보다 격렬하게 반응합니다!]

화르르륵!

연우의 등 뒤에 맺힌 하늘 날개가 더욱더 거센 화력을 뿜어냈다. 좌측의 검은 날개가 여태껏 연우를 답답하게 만들었던 칠흑을 한껏 밀어내고, 우측의 붉은 날개가 육체에 자유를 가져다주었다.

그리고.

콰아아앙!

연우는 검뢰를 터뜨리면서 자신을 덮쳐 오던 마성의 손길을 한껏 뿌리쳤다.

그 와중에 번져 나간 여러 불길들이 다수의 마성을 휩쓸어 버리는 가운데.

이건……?

마성들의 우두머리로 보였던 녀석이 놀란 어투로 고개를
들었다.
그러다.

그렇군. 역시 어쩌면.

재미있다는 듯 흡족하게 웃었다.

하지만 '나'가 되려면 아직 갈 길이 멀 거다.

휘휘휘!
녀석을 중심으로 돌던 활자들이 잘게 부서지는 것과 동
시에.
연우는 다시 마성들과의 싸움에 몰두했다.
하지만.
이전과 다른 점이 있다면.

[칠흑의 사이로 새로운 칠흑이 번져 나갑니다!]

온통 어둠으로만 가득한 세상에, 연우를 상징하는 더 짙은 어둠이 점차 번져 나간다는 점이었다.

*　　*　　*

『……브라함.』

르'뤼에가 자가 증식을 계속해 나가며 탑 외 지역을 점차 덮어 가고, 혼세팔신을 필두로 한 '밤'의 세력이 '낮'의 진영을 거의 궁지로 몰아갈 때 즈음.

하르모니아의 눈이 번쩍 뜨였다.

그녀의 눈가를 따라 복잡한 감정들이 수도 없이 지나갔다.

그녀는 칠흑왕의 또 다른 후예이기 때문에 볼 수 있었다. 저 '알' 속에서 빚어지는 일들을.

그곳에 이제 다시는 볼 수 없을 거라고 여겼던 브라함이 있었다. 칠흑에 저물 위기에 처한 그를 구하고, 이에 따라 비바스바트의 사념도 덩달아 행동하면서 연우를 떠받치고 있었다.

그제야 하르모니아는 깨달을 수 있었다.

당시 브라함은 원한다면 충분히 살아남을 수 있었을 것이나, 연우를 위해 그러지 않은 것이란 걸.

그리고.

파아아!

  ―하르모니아. 당신이라면 내가 남긴 이 메시지를 볼 수 있겠지?

잘게 부서지는 빛무리 속에서, 브라함이 그녀에게 남긴 유언도 볼 수 있었다.

  ―당신이 살아온 삶을 나는 알지 못해. 당신에게 있어 나와 아난타가 어떤 의미였는지도 이젠 물어볼 수 없을 테지. 어쩌면 당시에 내가 가졌던 생각대로, 그저 단순한 호기심에 따른 유희 거리였을지도 모르고……. 당신이 그리고 있던 어떤 큰 그림을 위한 포석이었을지도 모르지.

  ―그것을 두고 내가 당신에게 무어라 왈가왈부하는 것은 옳지 못한 일일 테지. 당신에겐 당신의 삶이 있고, 그것을 위해 밟은 길이 있을 테니. 그래도 당

신을 만나서 꼭 하고 싶은 말이 있었어. 비록 도중에 스텝이 꼬여 이제는 만날 수도 없을 테지만…… 이렇게라도 남기고 싶은 말이 있어.

『…….』

하르모니아는 그윽한 눈으로 자신을 바라보며 말하는 브라함을 보는 내내 아무 말도 할 수 없었다.

저것이 환영이라는 것을 잘 알고 있으면서도.

마치 저 속에 있는 브라함이 당장이라도 바깥으로 나와서 자신의 이름을 불러 줄 것만 같았다.

과거에 아난타를 낳을 적. 그의 말마따나 단순한 호기심으로 빚어진 만남의 결과였지만, 그래도 아주 잠깐이지만 모성애를 느낀 적이 있었다. 그리고 브라함에 대한 알지 못할 감정도…….

하지만 그녀에겐 반드시 수행해야 할 일이 있었고, 유희는 거기서 끝나고 말았다. 그리고 죽은 존재가 되어 어둠 속에서만 살아야 했다.

그래도 하르모니아는 언제나 아난타와 브라함에게 두었던 시선을 거둔 적이 없었다. 그들을 돕고 싶어 하루에도 몇 번씩이나 뛰어들고 싶은 충동이 일었지만, 그럴 때마다 여러 상황적인 요인들이 그녀의 발목을 묶고 말았다.

그리고…… 언제나 외면했다.

브라함이 자신을 애타게 찾는다는 사실을 잘 알고 있을 때에도 못 본 척 고개를 돌리고만 있었다.

그리고 항상 아무도 없는 곳에서 욱신거리는 심장을 부여잡았다. 그래도 자신에게는 반드시 해야 하는 일이 있노라고 최면을 걸듯이 스스로를 속여야만 했다.

하지만 그 뒤에 남은 것은 텅 비고, 아프기만 한 감정이었다.

특히 브라함이 죽는 모습을 허망하게 바라봐야만 했을 때. 그러한 공허함은 점점 더 정신을 좀먹어 갔다. 의식을 치르는 내내 정신이 딴 데 팔린 것처럼 멍했던 것이 전부 그 때문이었다.

그러다.

하르모니아는 이제야 그 감정이 무엇인지 알 것 같았다.

이것은.

─**후회할 짓은 절대 하지 마.**

후회였다.

파아아…….

브라함은 그 말을 끝으로 사라졌고.

하르모니아는 한참의 침묵 끝에야 겨우 고개를 들 수 있었다.

후회할 일을 하지 마라.

브라함이 마지막까지 전하고 싶었다던 그 말이 가슴 속에 강하게 내려앉았다.

『브라함, 당신은 결국 끝까지 내 머릿속을 어지럽게 만드는군요. 아난타를 낳을 때에도 그렇게 만들더니……. 하긴 그렇기에 당신다운 것일 테지만.』

하르모니아는 이 순간 결심했다. 여태껏 칠흑왕의 후예로서 가족도 동족들도 버린 삶을 살았지만…… 지금 이 순간만큼은 아난타의 어미로 있겠노라고.

하르모니아는 양 날개를 활짝 펼쳤다. 그녀의 크기만큼이나 엄청난 너비를 자랑하는 날개가 르'뤼에를 덮을 듯이 굴었다.

쿠쿠쿠쿠!

그 순간, 르'뤼에는 자가 증식을 하다 말고 도중에 정지하고 말았다.

동시에 표면 위로 칠흑이 불길처럼 일어나면서 르'뤼에의 전체를 휘감고 말았다.

무. 슨.

뭘. 하. 려. 는.

개중 민감한 감각을 가진 혼세팔신과 타계의 신이 하르모니아 쪽으로 시선을 돌렸다. 그동안 '밤'의 첨병(尖兵)으로서 맹활약을 펼쳐 오던 그녀가 갑자기 무슨 짓을 하려는지 도무지 짐작이 가질 않았던 것이다.

본능이 앞선 이들은 무언가 심상치 않은 예감을 느끼기도 했다.

『웜홀이 열린 이상, 당신들은 언제든 다시 모습을 비칠 수 있으니…… 이만 내 딸만큼은 보내 주십시오.』

하르모니아가 르'뤼에의 안전을 빌미로 협박을 일삼은 것이다.

시. 녀. 따. 위. 가.
시. 건. 방. 진.

그때, 경계의 거주자가 거대한 눈을 하르모니아 쪽으로 돌렸다. 르'뤼에는 칠흑왕이 내려앉을 육체. '알'에서 깨

어난 칠흑왕의 정신이 머물러야만 하는 곳이기 때문에 반
드시 지켜야만 했다.

쾅! 콰콰콰쾅!

칠흑의 불길에 휩싸인 르'뤼에가 터져 나가기 시작했다.

타계의 신들이 그것을 막기 위해 몰려드는 가운데, 하르
모니아는 당당하게 그들에 맞서면서 눈에 바짝 힘을 주었
다. 결연함이 얼굴 위로 스쳐 지나가고 있었다.

『원래대로라면 사라졌어야 할 과거의 망령들이여……
저와 함께 이 세상에 함몰됩시다.』

하르모니아는 자신이 '밤'을 모두 물리칠 수 있을 거란
생각은 추호도 하지 않았다.

하지만 발은 묶을 수 있으리라.

'알'이 있는 세상을 통째로 무너뜨린다면. 타계와 연결
된 웜홀을 닫아 버리고, 르'뤼에를 망가뜨린다면 저들이
다시 나타나는 데에도 시간이 걸릴 수밖에 없을 테니까.

'아난타. 잘 살아야 한다. 못난 이 어미가 이제야 어미다
운 짓을 해 줄 수 있게 되었구나.'

　　['약속된 대지'가 붕괴합니다!]
　　[탑 외 지역이 무너집니다!]

[세계가 붕괴합니다!]

......

['낮(에로스)'의 빛이 조용히 꺼집니다.]

['밤(녹스)'이 그 아래에 묻혀 사라집니다.]

......

때문에 미처 아무도 듣지 못했다.

"오효효효. 이렇게 되면 계시록의 마지막 장이 조금 더 유예되는 것이라고 봐야겠군요. 이것도 천마의 안배려나요?"

한곳에서 울린 누군가의 괴상한 웃음소리를.

*　　　*　　　*

그리고.

10년이 흘렀다.

〈다음 권에 계속〉

마법군주』 발렌 작가의 신작!

『정령의 펜던트』

"정령사는 말이지, 되고 싶다고 해서 되는 게 아니야.
그냥 그렇게 태어나는 거지.
날 때부터 정해진 운명 같은 거라고."

★
dream
books
드림북스

『제왕록』, 『무림에 가다』 시리즈의 작가 박정수
그가 거침없는 현대 판타지로 돌아왔다!

『신화의 전장』

주먹을 믿지 마라.
우리가 살아가는 이 땅에 인간을 벗어난 자들이 존재한다.

dream
books
드림북스

환생왕

ORIENTAL FANTASY STORY & ADVENTURE

요도/김남재 신무협 장편소설

정체를 알 수 없는 세력들에 의해
비참한 최후를 맞이한
천룡성(天龍城)의 후계자 천무진.
그런 그에게 찾아온 또 한 번의 삶.
그리고 그를 돕기 위해 나타난 여인 백아린.

"이번엔…… 당하지 않는다."

이젠 되돌려 줄 차례다.
새로운 용이 강호를 뒤흔든다!

dream
books
드림북스